Walter K. Ludwig

Die Wandlitz-Papiere

Walter K. Ludwig wurde 1957 in Bad Neustadt/Saale geboren. Er studierte Geschichte und Politikwissenschaft und absolvierte ein Zeitungsvolontariat. Mehrere Jahre arbeitete er als Redakteur. Jetzt lebt er als Autor in Hamburg. »Die Wandlitz-Papiere« ist sein erster Roman im Programm des KBV.

Walter K. Ludwig

Die Wandlitz-Papiere

KBV
KRIMI

Originalausgabe

www.kbv-verlag.de
E-Mail: info@kbv-verlag.de
Telefon: 0 65 93 - 99 86 68
Fax: 0 65 93 - 99 87 01
Redaktion: Nicola Härms, Rheinbach
Umschlagillustration: Ralf Kramp
Druck: Grenz-Echo AG, Eupen
www.grenzecho.be
Printed in Belgium
ISBN 978-3-940077-21-9

Meinen Eltern gewidmet

Schläft ein Lied in allen Dingen
die da träumen fort und fort
und die Welt hebt an zu singen
triffst Du nur das Zauberwort

(Joseph von Eichendorff, 1788 - 1857)

1. Kapitel

Sie waren sich schnell einig: Es sollte wie ein Raubmord aussehen. Oder wie eine Beziehungstat. Auf jeden Fall ohne Waffen. Ganz spontan eben. Erwürgen wäre gut, eventuell auch erschlagen. Aber eigentlich erwürgen.

Sie wollten Dubinski, Sergej Dubinski. Er war der Beste. Schnell, zuverlässig, diskret. Stellte nie irgendwelche Fragen. War immer sofort zur Stelle, wenn man ihn brauchte. Tat, was getan werden musste. Immer saubere Arbeit. Nie Klagen. Erstklassig.

Es dürfte keine Probleme geben. Die Frau war dreiunddreißig Jahre alt und lebte allein. Sie sah gut aus. Es gab keinen Mann in ihrem Leben. Es sollte in ihrer Wohnung passieren, am besten spät nachts. Die Gegend war ruhig. Zu den Nachbarn hatte sie keinen näheren Kontakt. Nicht gar keinen Kontakt. Bloß keinen näheren. Höflich distanziert eben. Niemand weit und breit, der Dubinski in die Quere kommen könnte. Auch keine Alarmanlage. Sollte man danach vielleicht noch Feuer legen? Um alle Spuren zu verwischen? Um ganz auf Nummer sicher zu gehen? Wohl eher nicht. Nur kein allzu großes Aufsehen. Außerdem überflüssig, vollkommen überflüssig, denn: Dubinski hinterließ keine Spuren. Wozu also unnötigen Schaden verursachen? Das brachte doch nichts. Womöglich wurden noch Unbeteiligte in Mitleidenschaft gezogen. Das wollte man nicht. Bloß bald müsste es passieren, möglichst bald. Die Sache duldete keinen Aufschub. Bevor noch mehr Unheil angerichtet wurde. Aber ansonsten: nur nicht zu viel Aufwand. Nicht übertreiben. Und keine Schmerzen.

Es sollte kurz und schmerzlos sein. Die Frau sollte nicht leiden.

Sie waren ja keine Unmenschen.

* * *

Was für eine Unverschämtheit da draußen, wirklich! Die Wohnung: Dachgeschoss. Behaglichkeit und Bildung. Jede Wand von oben bis unten voller Bücher. Die Musik: Beethovens Klavierkonzert Nr. 3 in C-Moll, Opus 37. Der Mann: vierzig Jahre alt, mittelgroß, Hornbrille auf der Nase, Strickjacke, Pantoffeln. Hingebungsvoll vertieft in seine Tätigkeit, die liebevolle Pflege seiner Bonsai-Bäumchen. Das heißt: Bis eben war er noch vertieft. Bis ihn das ordinäre Hupen eines Autos vor dem Haus aus seiner Idylle riss. Ein Hupen aus der Welt da draußen. Das jetzt in seine Welt drang. Ihn belästigte. Moritz Lenz zuckte zusammen. Versuchte zunächst, sich von seinem Tun nicht abhalten zu lassen. Versuchte weiterzumachen, als ob nichts wäre. Vergebens. Es hupte erneut. Einmal. Zweimal. Direkt unter seinem Fenster. Verdammt! War es jetzt schon so weit, dass sich dieses dumme Proleten-Pack auch in diesem Viertel breitmachte? In Hamburg-Uhlenhorst? Leute ohne Bildung und Kultur und, schlimmer noch, ohne Manieren, ohne Rücksicht? Könnte es nicht Viertel nur für Menschen mit Niveau geben? Quartiere für gebildete, sensible, zurückhaltende und – vor allem – ruhige Zeitgenossen? Für Menschen wie ihn also? Doch wie sollte man diese Eigenschaften messen? Und vor allem: wer? Wären separate Wohnviertel nur für Leute mit abgeschlossenem Studium vielleicht die Lösung? Gab es nicht auch ungehobelte, laute, rücksichtslose, hupende Akademiker? Fragen über Fragen!

Lenz schoss zum Fenster, blickte hinaus. Unten stand ein Auto, aufgemotzte Mittelklasse, am Steuer ein junger Mann. Ohrring. Tattoo. Kackbraun gebrannt. Mit einem Wort: primitiv. Der Verursacher seines Ärgers. Aus Lenz´ Augen sprach kalter Hass. Eine junge Frau trat aus dem Haus. Typisch: Die dralle Blonde aus dem zweiten Stock, die schon ein paarmal versucht hatte, ihn in ein Gespräch zu verwickeln. Erfolglos übrigens. Besaß ein Sonnenstudio und sah auch genau so aus. Eigentlich war sie ja ganz nett. Wie alle im Haus. Trotzdem: Lenz blieb lieber auf Distanz. Grüßte freundlich, sagte auch mal den ein oder anderen belanglosen Satz. Aber nur, um kein Misstrauen zu erregen, um nicht aufzufallen. Ansonsten: Bloß nicht zu persönlich werden, bloß keine Nähe aufkommen lassen. In den fünf Jahren, die er hier wohnte, war nie einer der übrigen Hausbewohner bei ihm zu Besuch gewesen. Umgekehrt hatte auch Lenz niemanden im Haus jemals besucht. Wozu auch? Er hatte überhaupt selten Besuch. Eigentlich fast nie. Wenn er mal ein paar Tage verreiste, was selten vorkam, gab er seiner Etagen-Nachbarin den Schlüssel für den Briefkasten. Das war schon der Gipfel der Vertraulichkeit. Frau Schad war eine pensionierte Lehrerin, zweiundsechzig Jahre alt, seit drei Jahren Witwe. Jetzt lebte sie alleine, ab und zu kam ihr Sohn zu Besuch. Lenz mochte sie ganz gerne. Unter den Nachbarn galt Lenz als langweiliger Eigenbrötler. Etwas verschroben. Ziemlich verschroben.

Jetzt setzte sich die Dralle auf den Beifahrersitz, umarmte stürmisch den Mann am Steuer. Als ob sie sich seit Wochen nicht gesehen hätten. Dabei hatten sie garantiert die letzte Nacht miteinander verbracht, vermutete Lenz. Waren wahrscheinlich nicht zum Schlafen gekommen. Ohrring steckte seine Zunge in Blondies Mund, ließ sie eine Weile darin kreisen. Blondie revanchierte sich, streckte ihrerseits ihre Zunge heraus und leckte Ohrring damit übers Gesicht. Ordinär. Dann fuhren sie los. Lenz atmete auf. »Fahr' unvorsichtig«, dachte er boshaft.

Zurück zu den Bonsais. Zurück zu Beethoven. Allerdings: Die richtige Ruhe fand er jetzt nicht mehr. Irgendwie war er aus dem Konzept gebracht. Lenz blickte auf seine Armbanduhr: Viertel vor elf. Es war Montag, er hatte frei. Zeit, in die Innenstadt zu fahren. Seine freien Tage verbrachte er immer gleich: Sushi, danach Milchkaffee, Zeitunglesen. Ein wenig die Seele baumeln lassen.

Er fuhr mit der U2 zum Hauptbahnhof. Dort das übliche Bild: Es wimmelte von Polizisten. Nachdem der Hamburger Hauptbahnhof über viele Jahre hinweg einer der größten Drogenumschlagplätze Europas gewesen war, hatte sich, seit neue Herren die Stadt regierten, das Bild total gewandelt: Jetzt glich der Platz fast einem Hochsicherheitstrakt.

Ein paar hundert Meter zu Fuß durch die Innenstadt, und Lenz hatte sein Ziel erreicht: Ein großes Kaufhaus, in dem in einer der hinteren Ecken eine kleine Sushi-Bar eingerichtet war. Lenz´ Stammlokal. Einmal die Woche war er mindestens hier, manchmal auch zweimal, wenn es sich einrichten ließ. Er liebte japanisches Essen und überhaupt alles, was mit Japan zu tun hatte.

Ja, sie war da. Wanvalai. Seine Lieblingsbedienung, eine junge Thailänderin. »Lange nicht gesehen«, sagte sie zur Begrüßung und lächelte ihn an. Lenz freute sich und fasste ihre Worte als fernöstlich verklausulierten Hinweis darauf auf, dass er besonders willkommen sei. Er war gerade mal seit einer Woche nicht mehr hier gewesen.

»Viel zu tun, im Moment«, murmelte er und gab seine übliche Bestellung auf: eine Maki-Selektion und ein Alsterwasser. Wie immer packte ihm Wanvalai viel mehr auf den Teller, als dort laut Speisekarte hätte sein müssen. Auch das wertete Lenz als Sympathiebeweis. Seine Stimmung besserte sich schlagartig.

Er war der einzige Gast und so konnten sie ein wenig plaudern. Wanvalai musste den Laden heute ganz alleine schmeißen, also Essen zubereiten und die Gäste bedienen. Sie arbeitete elf Stunden pro Tag, sechs Tage die Woche und sparte für einen Flug in ihre Heimat, die sie seit fünf Jahren nicht mehr gesehen hatte. Sie hatte Heimweh. Sie erzählte, dass sie oft von ihrer Oma träumte. Lenz war gerührt. Wanvalai war zwanzig Jahre alt und bildhübsch. Nebenbei brutzelte sie in einer Pfanne ihr eigenes Mittagessen. Nudeln, Shrimps und noch ein paar andere Leckereien. Lenz´ interessierten Blick verstand sie genau richtig: Als das Essen fertig war, gab sie ihm einen ganzen Teller davon ab. Lenz war gerührt. Nach dem ärgerlichen Wochenauftakt vorhin war er jetzt allerbester Laune.

Ein Milchkaffee in einem nahegelegenen Bistro, die Lektüre der Tagespresse und das flüchtige Durchblättern des *Spiegel* sowie ein anschließender Stadtbummel rundeten den gelungenen Nachmittag ab, der so ganz nach Lenz´ Geschmack war. Es war ein sonniger, milder Junitag. Und Hamburg war einfach seine Stadt.

Am frühen Abend war er zurück in seiner Wohnung. Den weiteren Abend wollte er geruhsam gestalten. Was nicht weiter überraschend war. Denn eigentlich sah fast jeder seiner Abende so aus. Zu Hause bleiben. Lesen. Musik hören. Nach den Bonsais gucken. Vielleicht ein wenig im Internet surfen. Etwas Abwechslung in seinen Alltag brachten gelegentliche

Opern-, Konzert- und Theater-Besuche. Früher hatte er selber Musik gemacht, hatte ganz passabel Querflöte gespielt, eine Zeit lang sogar in einem Orchester. Aber das war lange her. Einen Fernseher besaß Lenz nicht. Nach einem ausführlichen Bericht über »Hitlers Lieblingsrezepte« hatte er ihn abgeschafft. Davor hatten ihm über längere Zeit hinweg schon allerlei dubiose Sendungen über den aufregenden Alltag von Friseuren, am Herd dilettierende Pseudo-Promis und abgehalfterte Fußball-Präsidenten Übelkeit bereitet. Er vermisste das Gerät kein bisschen. Lieber hörte er Radio, am liebsten NDR-Kultur und den Deutschlandfunk. Aber noch lieber las er. Vor allem Schöngeistiges oder Historisches. Derzeit hatte es ihm ein Buch über die Geschichte der Schweizer Garde angetan. Davor hatte er sich wochenlang in eine Maria-Callas-Biografie vertieft. Als Nächstes hatte er eine umfangreiche Abhandlung über das Japan des 16. Jahrhunderts ins Auge gefasst. Hochinteressant!

Lenz war das, was man einen klassischen Bildungsbürger nannte. Ein Schöngeist. Zu früheren Zeiten hätte man ihn vielleicht als »homme de lettres« bezeichnet. Heute galt einer wie er eher als Sonderling. Kein Wunder, dass er seinen Beruf als Traumberuf ansah. Ein Beruf, der zu ihm passte wie kein zweiter: Er war Bibliothekar. Diplom-Bibliothekar in der Hamburger Zentralbibliothek, Abteilung: Literatur, Theater, Kunst. Dort durfte er sich den ganzen Tag mit Dingen beschäftigen, die ihn sowieso interessierten, und er bekam auch noch Geld dafür. Einen schöneren Beruf konnte Lenz sich nicht vorstellen.

* * *

Schröder nervte. Er ließ einfach nicht locker. Schröder von »Naturwissenschaften/Technik«. Es war Lenz´ erster Arbeitstag in der Woche, und seine Geduld wurde bereits auf das Äußerste strapaziert. Am frühen Morgen. Er hätte jetzt eigentlich Wichtigeres zu tun gehabt. Und Schröder auch. Die Verlage hatten die Vorschauen ihrer Herbst-Programme verschickt, und die Bibliothekare durchforsteten diese nach den für ihre jeweiligen Abteilungen interessantesten Neuerscheinungen. Ein Gesamtbestand von über einer Million Büchern wollte schließlich gepflegt und ständig auf den neuesten Stand gebracht sein. Unerlässlich bei siebenhundertausend Benutzern jährlich.

Doch Schröder machte sich Gedanken über den nächsten Betriebsausflug. »Ich müsste das diese Woche schon noch definitiv wissen, Herr Kollege«, bohrte er, »so ein Betriebsausflug muss schließlich vorbereitet werden.«

»Ich kann Ihnen beim besten Willen noch nicht sagen, ob ich mitfahre«, wehrte sich Lenz matt, »ich meine ... der Ausflug ist doch erst Mitte Juli, und jetzt haben wir gerade mal Anfang Juni. Das sind doch noch sechs Wochen ...«

»Achtunddreißig Tage«, korrigierte Schröder und wies darauf hin, dass die genaue Kenntnis der exakten Teilnehmerzahl eines solches Betriebsausflugs von enormer Wichtigkeit war. Schließlich hingen davon die Größe des zu mietenden Busses und damit die Kosten für den Einzelnen ab, und schließlich wüsste auch der Wirt des Ziellokals gerne vorher Bescheid, wie viele Leute er denn zu versorgen habe.

»Was spricht denn dagegen, dass Sie sich schon mal anmelden?«, wollte Schröder wissen.

Alles, dachte Lenz. Er war alles andere als ein geselliger Mensch. Und ein Ausflug mit den Kollegen an die Ostsee und nach Lübeck, nebst Besuch der dortigen Bibliothekskollegen, verbunden mit einem Abstecher in eine Aal-Räucherei und der Besichtigung einer örtlichen Marzipanfabrik, überstieg einfach seine Kräfte. Eindeutig. Mit Grauen dachte er an den bisher einzigen Betriebsausflug zurück, zu dessen Teilnahme er sich hatte breitschlagen lassen. Ziel war der Heidepark Soltau gewesen, und Lenz war den ganzen Tag von notorisch gut gelaunten, witzigen, plappernden Kollegen und Kolleginnen umgeben. Verschärfend kam noch hinzu, dass sich offenbar sämtliche schwer erziehbaren, verhaltensgestörten Kinder Niedersachsens, Hamburgs und Bremens untereinander verabredet hatten, just an besagtem Tag den Park ebenfalls heimzusuchen. Da sie außerdem anscheinend alle ausnahmslos extrem schwerhörig waren, verständigten sie sich untereinander und mit ihren Eltern grundsätzlich brüllend. Lenz war restlos bedient, hatte rasende Kopfschmerzen und kehrte am Abend zutiefst deprimiert in seine Wohnung zurück. Einzig Mozarts *Zauberflöte* verschaffte seiner gequälten Seele etwas Linderung.

Dieses Horror-Szenario vor Augen, arbeitete sein Verstand jetzt auf Hochtouren: Blitzartig schoss ihm das Repertoire an Ausreden durch den Kopf, das er sich für solche Fälle zurechtgelegt hatte. Nachdem die letzten Male die Ausreden »Opernkarten« und »Geburtstag des Vaters« hatten herhalten müssen, entschied er sich diesmal für »Besuch von der Schwester«. Ein Argument immerhin, dem Schröder nichts entgegensetzen konnte. Zumindest vorerst.

Endlich konnte er weiterarbeiten. Allerhand, was die Verlage wieder auf den Markt gebracht hatten. Viel Historisches dabei diesmal. Viele Ratgeber. Im Belletristik-Bereich vor allem frustrierte Mittdreißigerinnen, die ihr nicht vorhandenes Sexualleben literarisch verarbeiteten.

»... eine Kopfschmerztablette?«

»Bitte?«

»Ob Sie vielleicht eine Kopfschmerztablette hätten?«

Lenz war so vertieft in seine Arbeit gewesen, dass er gar nicht bemerkt hatte, dass Angelika Maiwald offenbar schon eine ganze Weile neben seinem Schreibtisch gestanden und ihn etwas gefragt hatte. Angelika Maiwald aus der Kinderbuchabteilung. Dreiunddreißig Jahre alt, ledig, sehr apart, zierlich, grüne Augen, brünett, Hornbrille. Immer sehr geschmackvoll gekleidet. Immer sehr gut riechend. Lenz mochte sich nicht recht eingestehen, dass er eine heimliche Schwäche für sie hatte. Abgesehen davon, dass er keinerlei Bedarf nach einer Beziehung hatte: Er hätte sich bei ihr auch null Chancen ausgerechnet. Angelika Maiwald galt im Kollegenkreis als unnahbar, und auch Lenz selber hatte diesen Eindruck von ihr. Über ihr Privatleben war nur bekannt, dass sie alleinstehend war und von Männern offenbar nichts wissen wollte. Warum, wusste man nicht. Das einzige männliche Wesen in ihrem Leben war ein Kater.

Jetzt fasste sie etwas theatralisch mit ihrer rechten Hand an ihre rechte Schläfe, zog dabei die Stirn in Falten, um die Dringlichkeit ihres Ansinnens zu unterstreichen.

»Äh, ich glaube ...«, stammelte Lenz. Er fasste in seine Hosentaschen, dann in seine Sakkotaschen. Ein völlig blödsinniges Unterfangen, denn er wusste genau, dass er keine Tabletten dabei hatte. Er zog die Schreibtischschublade heraus, guckte hinein. Genauso blödsinnig. »Also, ich weiß nicht, irgendwo ...«

»Schon gut, macht nichts. Danke.« Und schon war Angelika Maiwald wieder verschwunden.

Mist. Wie konnte ihm das bloß passieren? Eine Kollegin bat ihn um Hilfe, und er musste passen. Unverzeihlich und dazu höchst ungewöhnlich für ihn! Als Kavalier alter Schule hatte er schließlich auch immer Feuer dabei, obwohl er selber Nichtraucher war. Er bedauerte diesen Fauxpas außerordentlich. Denn so viel gestand er sich doch ein: Zwar wollte er nichts von Angelika Maiwald, wirklich nicht, aber die wenigen Male, die er mit ihr zu tun gehabt hatte, hatte er ihre Nähe als außerordentlich angenehm empfunden. Jetzt eben auch wieder. Sie hätte ruhig länger bleiben können. Ein Hauch ihres Duftes lag noch in der Luft.

Lenz dachte angestrengt nach, ließ die Runde der Kolleginnen und Kollegen in seinem Kopf Revue passieren. Wer könnte helfen? Blum aus der Filmabteilung vielleicht? Lieber nicht. Der machte bestimmt bloß irgendwelche blöden Bemerkungen. Und konnte dann doch nicht helfen. Schimoniak aus der Musikabteilung? Bloß nicht! Der quatschte ihn wieder so zu, dass der halbe Tag dabei draufging. Aber Frau Bobenstein-Hallerbeck! Das war die Lösung! Frau Bobenstein-Hallerbeck von »Geografie, Geschichte, Gesellschaft«. Die klagte auch immer über Kopfschmerzen. War wetterfühlig, hatte Heuschnupfen und außerdem zig verschiedene Allergien. Die hatte sicher was dabei. Lenz flitzte los.

* * *

Er wusste Bescheid. Die Angaben waren präzise. Wie immer. Die Frau musste eliminiert werden, und zwar möglichst schnell. Bevor alles aufflog. Sie hatten sich jetzt endgültig dafür entschieden, es wie einen Raubmord aussehen zu lassen und nicht wie eine Beziehungstat. Denn die Frau hatte gar keine Beziehung. Wieso eigentlich nicht? Sah doch gut aus. Er betrachtete ihr Foto. Halblange, glatte, braune Haare. Bisschen dünn vielleicht. Bisschen blass. Um den Mund herum ein etwas verkniffener Zug. Aber ansonsten nicht schlecht. Er hatte freie Hand: erwürgen oder erschlagen, ihnen war beides recht. Bloß spontan sollte es aussehen, keinesfalls wie eine geplante, professionelle Tat. Frau überrascht Einbrecher, der bringt sie um. Ganz einfach. Das haute keinen vom Hocker, das fiel gar nicht weiter auf. Er hatte sich für erwürgen entschieden. Das war persönlicher. Er war heute in der Stadt angekommen, hatte ein Zimmer in einer billigen Absteige auf St. Pauli genommen. Morgen würde er die Frau an ihrem Arbeitsplatz aufsuchen, würde sich einen persönlichen Eindruck verschaffen, wollte sozusagen Witterung aufnehmen. Er würde ihr folgen. Würde sie langsam einkreisen, das Netz allmählich enger ziehen. Sie würde davon nichts merken. Er schätzte, die Angelegenheit bald erledigen zu können, vielleicht sogar schon morgen Abend. Spätestens übermorgen. Es dürfte keine Probleme geben. Er hatte schon wesentlich schwierigere Fälle gehabt. Hatte schon Leibwächter und Alarmanlagen ausschalten müssen. Hatte sich den Weg freischießen müssen. War verwundet worden. Und jetzt das: eine Bibliothekarin. Eigentlich lächerlich. Viel zu einfach. Aber er war Profi, und er tat, was von ihm verlangt wurde. Der Kunde war schließlich König.

Jetzt hatte er Hunger. Er verließ die Absteige, schlenderte über die Reeperbahn, Richtung Große Freiheit. In einem Schnellimbiss gönnte er sich ein halbes Hähnchen mit Pommes Frites, dazu eine Sprite. Alkohol war, wenn er einen Auftrag hatte, tabu. Der benebelte bloß die Birne, beeinträchtigte das Reaktionsvermögen. Sex nicht. Der entspannte und machte den Kopf frei. Hier war das Angebot auf dem Kiez reichlich. Er nahm eine Schwarze mit dicken Titten und drallem Arsch. Sie war gut.

* * *

Angelika Maiwald hatte schlecht geschlafen. Genau genommen hatte sie fast gar nicht geschlafen. Warum, wusste sie nicht. Es gab dafür keinen erkennbaren Grund. War es der plötzliche Wetterumschwung? War Vollmond? Oder hatte sie einfach zu viel Kaffee getrunken? Sie hatte keine Ahnung. Vielleicht wusste Herr Müller-Lüdenscheidt mehr. Er hatte ihr besorgt hinterhergeblickt, als sie die Wohnung verlassen hatte. Herr Müller-Lüdenscheidt war ihr Kater. Sie hatte ihn vor vier Jahren aus dem Tierheim geholt, und er war für sie eines der wichtigsten Lebewesen auf dieser Erde. Und eines der klügsten. Ein Leben ohne Herrn Müller-Lüdenscheidt war für Angelika Maiwald unvorstellbar.

Auf der Fahrt mit der U1 zum Hauptbahnhof waren die Kopfschmerzen gekommen. Ganz plötzlich. Jetzt verstand sie, was ihr Herr Müller-Lüdenscheidt mit seinem Blick hatte sagen wollen! Nämlich: Mädchen, du hast schlecht geschlafen. Du weißt, wie das dann immer bei dir ist. Du bekommst Kopfschmerzen. Du kriegst schlechte Laune. Du wirst unausstehlich. Dir ist alles zu viel. Du bringst nichts zustande. Dein Tag ist gelaufen. Nimm also lieber Tabletten mit. Das hatte man davon, wenn man nicht auf Herrn Müller-Lüdenscheidt hörte!

Von den Kolleginnen in ihrer Abteilung hatte keine Kopfschmerztabletten dabei. Angelika Maiwald ging zu Lenz. Der kramte aufgeregt in seinen Hosentaschen, stammelte irgendwas und konnte ihr natürlich auch nicht helfen. Sie hatte nichts anderes erwartet. Aber zum Glück gab es ja noch Bobi. Das gute Bobensteinchen, auf das immer Verlass war. So auch diesmal: Angelika Maiwald hatte die Auswahl zwischen mehreren Sorten von Tabletten und entschied sich für ein mittelstarkes Medikament. Bobi gab ihr ein Glas Wasser, zeigte Anteilnahme und hatte einige mitfühlende Worte parat. Ach ja, das gute, alte Bobensteinchen. Sie war Angelika Maiwalds Lieblingskollegin. Hatte selber genug Probleme. Mann weg. Tochter an der Nadel. Übergewicht. Zu allem Überfluss auch noch ein Autounfall, der einen komplizierten Beinbruch zur Folge hatte. Der Knochen musste genagelt werden, und obwohl der Unfall schon drei Jahre zurücklag, konnte der Nagel erst kürzlich entfernt werden. Jetzt humpelte Bobi und hoffte, dass das eine vorübergehende Erscheinung war. Sie hatte es also wirklich nicht leicht. Und doch: Bobi hatte immer ein offenes Ohr für die Nöte anderer, war immer hilfsbereit.

Angelika Maiwald bedankte sich, spülte die Tablette mit einem Schluck Wasser hinunter, wechselte noch einige Worte mit Bobi und verabschiedete sich. Unterwegs kam ihr Lenz eilig entgegen. Sie stießen fast zusammen.

»Oh, Entschuldigung«, murmelte er fahrig.

»Ist ja nichts passiert«, beruhigte ihn Maiwald.

Irritiert schaute er seine Kollegin an, blickte dann in Richtung Bobenstein-Hallerbeck. »Da hatten wir wohl dieselbe Idee«, vermutete er und lächelte verlegen.

Jetzt war es Angelika Maiwald, die irritiert schaute.

2. Kapitel

Das Türschloss war ein Witz. Drei Sekunden brauchte er, um es zu öffnen. Die Wohnung lag im Stadtteil Eilbek, einem ruhigen Viertel, das von vielen Singles bewohnt wurde. Es war jetzt genau 22.05 Uhr. Die ideale Zeit für sein Vorhaben. Um diese Zeit begegnete einem kaum jemand im Treppenhaus. In den Wohnungen war noch Leben, die Leute waren noch wach. Fernseher liefen, Musik wurde gehört. Besser als mitten in der Nacht, wenn es totenstill war. Da fiel jedes Geräusch, vor allem wenn es irgendwie aus dem Rahmen fiel, sofort auf. Gut, er arbeitete nahezu lautlos. Aber meistens zappelten sie ja doch irgendwie noch, strampelten wie verrückt. Jeder hing eben an seinem kleinen Leben. Da konnte schon mal eine Vase zu Bruch gehen, ein Stuhl umkippen. Einmal war es einem sogar noch mal gelungen, sich loszureißen. Der hatte es dann noch bis zum Fenster geschafft. Mit einem gezielten Messerwurf hatte er ihn stoppen müssen. Er mochte keine Messer, die waren was für Türken. Aber da hatte er keine Wahl gehabt. Natürlich hatte er seinen 38er Special dabei, mit Schalldämpfer, wie immer, aber den auf die Waffe zu schrauben, dafür war die Zeit zu knapp gewesen. Am liebsten arbeitete er aus großer Distanz, mit Präzisionsgewehren. Das hatte Niveau, das hatte Stil, das war eine Herausforderung, das war diskret, sauber und professionell. Musste er direkt am Objekt arbeiten, was ihm weniger lag, bevorzugte er ein Stück Wäscheleine, das zu seiner Grundausstattung gehörte und das sich vorzüglich als Würgeinstrument eignete. Oder er nahm seine bloßen Hände. Ehrliches, solides Handwerk. Messer aber machten immer eine Riesensauerei.

Die Wohnung war im zweiten Stock. Auf der Etage gab es noch zwei weitere Wohnungen. Die eine wurde von einem jungen Mann bewohnt, Typ Student, die andere stand derzeit leer. All das hatte er tags zuvor ausgekundschaftet. Gewissenhaft wie immer. Heute hatte er die Frau an ihrem Arbeitsplatz in der Zentralbibliothek aufgesucht. Er hatte sie sofort erkannt. Ihr schien es nicht gut zu gehen. Sie machte einen leidenden Eindruck, rannte nervös von einer Abteilung zur nächsten, bat ihre Kollegen um irgendetwas, zog jedesmal erfolglos von dannen. Sie wirkte genervt. Dann wäre das ja sogar eine gute Tat, wenn er sie von ihrem Leid erlösen würde, hatte er boshaft gedacht. Bei einer fetten Qualle hatte sie schließlich offenbar doch Glück gehabt.

Er war ihr dann in der U-Bahn bis nach Hause gefolgt. Ihre Wohnung lag wenige hundert Meter von der U-Bahn-Station entfernt. Sie hatte einen kleinen Umweg gemacht und in einem Supermarkt Obst, Brot und Katzenfutter gekauft. Katzenfutter? Von einer Katze hatten sie ihm nichts gesagt. Griffen Katzen ein, wenn man ihrem Frauchen zu Leibe rückte? Er hatte keine Ahnung. Egal, ein Hund wäre auf jeden Fall schwieriger gewesen. Wenn die Arbeit erledigt wäre, würde er noch einmal die Schwarze vom Kiez aufsuchen, beschloss er, das hatte er sich verdient.

Die Wohnung lag an einem Kanal, der mit Bäumen und Sträuchern gesäumt war. Ideal für seine Zwecke, dort konnte er sich bis zum Einbruch der Dunkelheit verbergen. Hätte er einfach so stundenlang vor dem Haus herumgelungert, ohne Deckung, ungeschützt, wäre das sicher aufgefallen.

Er war jetzt in der Wohnung. Der Fernseher lief. Die Frau war im Wohnzimmer. Vorsichtig schlich er durch den Flur. Die Wohnzimmertür war nur angelehnt, langsam drückte er sie auf und spähte in das Zimmer. Die Frau war nicht da.

Dafür räkelte sich ein blödes, fettes Katzenvieh auf dem Sofa, das sofort hochschnellte und ihn mit großen Augen anstarrte. Sogleich begann es laut zu fauchen.

»Herr Müller-Lüdenscheidt, was ist denn?«, tönte es aus dem Badezimmer.

Da stand sie auch schon im Flur, nur mit einem Bademantel bekleidet, die Haare nass. Das ungläubige Staunen in ihren weitaufgerissenen Augen machte in der nächsten Sekunde fassungslosem Entsetzen Platz. Diese Sekunde nutzte er. Zwei, drei Schritte und er war bei ihr, versetzte ihr einen Kinnhaken. Sie schlug mit dem Kopf an die Badezimmertür, sackte sofort zusammen. Er kniete sich auf ihre Brust, hielt ihr mit einer Hand den Mund zu, drückte mit der anderen ihre Kehle zusammen. Sie war nicht bewusstlos, aber benommen, ihre Gegenwehr war schwach. Der Schlag war recht stark gewesen.

Na also, der Fall wäre erledigt, dachte er. Vielleicht drei Minuten noch, dann hätte sie es überstanden. Höchstens vier Minuten. Dann hatte er Feierabend.

Was machte das blöde Katzenvieh? Er wandte den Kopf Richtung Wohnzimmer. Das war ein Fehler. Denn so sah er den Mann nicht, der durch die Wohnungstür kam und durch den Flur glitt. Seine Bewegungen waren geschmeidig, präzise und blitzschnell. Der Mann wusste genau, was zu tun war, er zögerte keine Sekunde. Der Schlag kam von hinten und völlig unerwartet, auf beide Ohren gleichzeitig. Er verlor sofort jegliches Gleichgewichtsgefühl, fuhr herum.

»Was zum Teufel ...« Er war schockiert. Er kam nicht dazu, auch nur den kleinsten Gedanken zu Ende zu denken. Er sah den Mann, er kam ihm irgendwie bekannt vor. Der Mann trat ihm ins Gesicht, mit einer unglaublichen Präzision und Härte, traf genau sein Kinn. Er überschlug sich, rollte durch den Flur Richtung Wohnzimmer. Er spuckte Blut und Zähne. Sein Schädel schien zu zerplatzen. Er tastete nach seiner Waffe. Eigentlich nur formhalber. Um das Gesicht zu wahren. Er wusste, dass er keine Chance hatte. Der Mann war ein Profi. Ein Nahkampfexperte der allerersten Garnitur. Vielleicht, wenn er nicht schon so angeschlagen gewesen wäre. Wenn er darauf gefasst gewesen wäre. Wenn sie sich gegenübergestanden hätten, Mann gegen Mann, Auge in Auge. Im ehrlichen Zweikampf. Aber auch dann nur vielleicht. So aber ...

Eigentlich hatte er schon nach dem ersten Schlag genug gehabt. Mit den Handballen auf beide Ohren. Von hinten. Hinterhältig. Gemein. Wo brachten sie den Leuten bloß so miese Tricks bei? Er tippte auf Mossad. Oder CIA? Aber was machte so einer hier? Wo kam der plötzlich her?

Der nächste Schlag ging direkt auf seine Kehle. Ihm wurde schwarz vor Augen. Die Frau röchelte, hustete, sagte etwas. Das blöde Katzenvieh fauchte. Der Mann sagte etwas. Er verstand nichts. Dann verlor er das Bewusstsein.

Angelika Maiwald stand das Entsetzen ins Gesicht geschrieben. Und doch: Zu dem Entsetzen gesellte sich etwas, das fast genauso stark war. Ungläubig staunend starrte sie den Mann an, der ihr soeben das Leben gerettet hatte. »Verdammt, Lenz, wo kommen Sie denn plötzlich her?«, presste sie mühsam hervor.

»Moment.« Es gab zunächst Wichtigeres zu tun. Lenz tastete Maiwalds Kopf ab, ihren Hals, ihr Gesicht, stellte fest, dass sie keine ernsthaften äußeren Verletzungen hatte.

»Wie fühlen Sie sich?«

»Beschissen.«

Lenz ging ins Badezimmer, füllte einen Zahnputzbecher mit Wasser, gab ihn Maiwald. Gierig trank sie. Dann begann sie zu schluchzen. Etwas unsicher und unbeholfen nahm

Lenz sie in die Arme, versuchte sie zu trösten. »Es ist vorbei, der kann Ihnen nichts mehr tun.«

Lenz ging zum Telefon, alarmierte Rettungsdienst und Polizei. Er durchsuchte den Angreifer, nahm ihm Revolver, Schalldämpfer und Messer ab. Mit einem Stück Wäscheleine, das er in seiner Hosentasche fand, verschnürte er ihn fachgerecht: Füße und Hände band er so zusammen, dass sich der Mann keinen Millimeter bewegen konnte, wenn er wieder zu Bewusstsein kam. Laut Pass handelte es sich um einen gewissen Sergej Dubinski, einundreißig Jahre alt, geboren in Kiew, aber deutscher Staatsbürger. Ob der Pass echt war?

Es klingelte an der Wohnungstür. Polizei und Rettungsdienst.

»Lenz?« Angelika Maiwald wollte unbedingt noch etwas loswerden, bevor es in ihrer Wohnung jetzt gleich von fremden Leuten wimmeln würde.

»Ja?«

»Danke.«

»Schon gut.«

* * *

Holzinger war ein misstrauischer, alter Hund. Kriminalhauptkommissar Georg Holzinger vom Hamburger Landeskriminalamt. Abteilung Staatsschutz. Mit einem Kollegen hatte er Lenz an dessen Arbeitsplatz in der Bibliothek aufgesucht. Die Maiwald war krankgeschrieben.

Die Streifenbeamten hatten am Abend zuvor mehr oder weniger bloß Maiwalds und Lenz' Personalien aufgenommen. Angelika Maiwald war nicht vernehmungsfähig gewesen, Lenz ziemlich wortkarg.

Jetzt wollte es Holzinger ganz genau wissen. Lenz kam es so vor, als ob er seine Geschichte nun schon ungefähr zum fünfzehnten Mal erzählte. Wie ihm am Nachmittag aufgefallen war, dass der Mann die Kollegin Maiwald beobachtete. Wie er bemerkte, dass er ihr hinterherspionierte. Ihr nach Dienstschluss folgte. Wie er sich dann seinerseits an dessen Fersen heftete. Warum? Keine Ahnung, einem unguten Gefühl folgend, irgendwie.

»Bemerkte der Mann nicht, dass er verfolgt wurde?«

»Offenbar nicht.«

Wie er sah, dass der Mann vor Maiwalds Wohnung Position bezog, dort wartete, stundenlang, bis zum Einbruch der Dunkelheit. Wie er dann in die Wohnung eindrang. Wie er ihm folgte.

»Warum haben Sie nicht die Polizei gerufen?«

»Dazu war keine Zeit mehr.«

»Mit dem Handy wäre das doch ganz schnell gegangen.«

»Ich habe kein Handy.«

»Und dann?«

»Was, und dann?«

»Ja, was war dann in der Wohnung?«

»Da habe ich ihn überwältigt.«

»Einfach so?«

»Ja.«

»Hm.«

Holzingers Kollege sagte die ganze Zeit nichts.

»Herr Lenz.« Holzinger hatte jetzt den Tonfall eines gutmütigen, geduldigen Onkels, der mit einem verstockten Kind spricht, die Hoffnung aber noch nicht ganz aufgegeben hat. »Herr Lenz. Nach allem, was wir wissen, handelt es sich bei dem Mann um einen Profikiller. Und zwar um einen aus der allerersten Liga. Einen, der europaweit arbeitet, vielleicht sogar weltweit.«

»Oh! Tatsächlich?«

»Ja, tatsächlich.«

»Meine Güte!«

»Und Sie haben den überwältigt ...«

»Ja, nun ...«

»Einfach so ...«

»Tja ...«

»So mir nichts dir nichts ...«

»Was soll ich sagen?«

Holzinger war wirklich ein verflucht misstrauischer, alter Hund. Ein Spürhund.

»Herr Lenz ...« Holzinger wirkte gut gelaunt. Geradezu amüsiert. »Meine Frage ist nun: Wie haben Sie das gemacht? Der Mann war immerhin bewaffnet.«

Lenz wandt sich. Druckste herum. Faselte. Nun ja, er habe den Überraschungsmoment ausgenutzt. Schließlich habe der Mann nicht mit ihm gerechnet. Dann habe er einige Schläge und Tritte angewandt, die er mal in einem Film gesehen habe. Und Glück, ja, ein wenig Glück habe er auch gehabt. Ziemlich viel Glück sogar.

»Herr Lenz, bitte!«

Also gut, nun ja, früher, da habe er mal ein wenig Kampfsport betrieben. Aber das sei wirklich schon sehr lange her. Geradezu unglaublich lange.

»Lenz?«

»Ja?«

Holzinger rückte jetzt sehr nahe an Lenz heran. Seine Augen waren nun ungefähr so durchdringend wie ein Röntgengerät. »Was haben Sie eigentlich gemacht, bevor Sie Bibliothekar wurden?« Der Spürhund hatte Witterung aufgenommen.

»Studiert.«

»Aha.«

»Ja. Ist Voraussetzung, um Diplom-Bibliothekar zu werden.«

»Und davor?«

Lenz fiel auf, dass an der Wand ein Bild schief hing. Seit wann? Er musste das umgehend in Ordnung bringen.

»Lenz! Davor!«

Der gutmütige Onkel verlor langsam die Geduld.

»Nichts besonderes. Bundeswehr.«

Holzingers Augen verengten sich zu Schlitzen. »Wo? Welche Einheit?«

Lenz rückte das Bild gerade. Dabei sah er, dass der obere Rahmen staubig war. Sauerei! Die Putzfrauen machten hier wohl auch bloß das Nötigste.

»Fallschirmjäger?«

Leerten wahrscheinlich gerade mal die Papierkörbe und hielten in der übrigen Zeit lieber ein gemütliches Schwätzchen.

»Kampfschwimmer?«

Qualmten womöglich sogar, obwohl Rauchen in der ganzen Bibliothek streng verboten war. Lenz musste an seinen alten Lateinlehrer denken.

»Fernspäher?«

Raucher sind Schweine, hatte der immer gesagt. Und dass die Chinesen das Volk der Zukunft seien, das hatte er auch gesagt. Während der dekadente Westen dem Untergang geweiht sei. Wie früher das Alte Rom. Sittenverfall und bankrotte Staatsfinanzen allerorten. Kluger Mann, der Lateinlehrer. Prophet.

»Eine Spezial-Einheit?«

Lenz schaute aus dem Fenster. Nach einer Weile nickte er. »Darf ich auch mal eine Frage stellen?«

»Nur zu«, ermutigte ihn Holzinger.

»Warum interessiert sich eigentlich der Staatsschutz für diesen Fall?«

Jetzt war es Holzinger, der auf einmal sehr schweigsam wurde.

* * *

Angelika Maiwald putzte ihre Wohnung. Schrubbte den Fußboden, wischte Staub, brachte Bad und Küche auf Hochglanz. Fremde Leute waren hier gewesen, waren mit ihren Schuhen überall herumgetrampelt. Jemand hatte versucht sie umzubringen. Warum? War es ein Einbrecher? Oder ein Sittlichkeitsverbrecher? Sie hatte keine Ahnung.

Am Abend zuvor hatte der Notarzt nicht viel für sie tun können. Eine Beule am Hinterkopf. Ein blauer Fleck am Kinn. Würgemale und ein Bluterguss am Hals. Ein Beruhigungsmittel. Ein paar kalte Kompressen. Das war alles. Mit dem Angreifer hatte er wesentlich mehr Arbeit. Der Arzt hatte ihr zu ein paar Tagen Krankenhaus geraten. Zu psychologischer Betreuung. Sie hatte abgelehnt. Sie wollte bloß Ruhe. Heute war sie zu Hause geblieben. Morgen war sie auch noch krankgeschrieben. Vielleicht würde sie für den Rest der Woche Urlaub nehmen.

Sie wollte telefonieren. Sie wusste nicht, mit wem. Sie brachte ihre Wohnung zum zweiten Mal auf Vordermann. Sie polierte die Möbel und putzte die Fenster. Sie war diese Arbeiten nicht gewohnt. Sie hatte eine Putzfrau.

Herr Müller-Lüdenscheidt beobachtete all dies mit tiefer Sorge. Merkwürdige Dinge waren geschehen. Erst war ein Mann über sein Frauchen hergefallen. Dann hatte ein anderer Mann diesen Mann verprügelt und so sein Frauchen gerettet. Dann waren viele weitere Männer in die Wohnung gekommen und hatten viel geredet. Und jetzt benahm sich sein Frauchen so, als ob es den Deutschen Hausfrauenpreis gewinnen wollte. Herrn Müller-Lüdenscheidt gefiel das alles nicht. Er hasste alles, was seinen geregelten Alltag durcheinanderbrachte.

Es klingelte an der Wohnungstür. Holzinger und ein jüngerer Kollege.

* * *

Dubinski schwieg. Den ganzen Tag schon. Nichts hatten sie aus ihm herausgebracht, kein einziges Wort. So einen harten Knochen hatten sie noch nicht erlebt. So eiskalt. Durch nichts zu erschüttern. Ob das überhaupt Sinn machte? Ob der überhaupt jemals was sagte? Sie konnten den Mann ja nicht foltern. Selbst das hätte vermutlich nichts gebracht. Ob sie ihn in seine Zelle zurückbringen sollten?

»Ich muss pinkeln.«

Die beiden Vernehmungsbeamten schauten sich überrascht an. Dubinski hatte geredet. Zwar nicht unbedingt das, was sie hören wollten, aber immerhin: Er hatte geredet. Sie werteten das als kleinen Erfolg. Ob er langsam mürbe wurde? Wenn Holzinger sie nachher fragen würde, ob er was gesagt hatte, könnten sie Ja sagen. Hähä, kleiner Scherz. Die beiden arbeiteten schon sehr lange zusammen und so brauchten sie nicht unbedingt Worte, um sich zu verständigen. Pinkeln. Ja, klar. Verständlich. Schließlich saß der Mann beinahe schon den ganzen Tag hier. Sie hatten sich schon gewundert. Kein Problem. Das war sein gutes Recht.

Die drei machten sich auf den Weg Richtung Toilette. Es war nicht allzu weit. Dubinskis Hände waren auf den Rücken gefesselt. Außerdem trug er Fußfesseln. Das war ungewöhnlich. Normal waren allenfalls Handschellen, aber nicht über dem Rücken, sondern vorne. Dubinski fühlte sich geschmeichelt. Geehrt. Nach der Schmach vom Vortag wusste er diese Geste zu schätzen. Als ihn die Beamten zur Toilette eskortieren, zogen sie sogar ihre Waffen. Das tat seiner verwundeten Seele gut. Wenn ihn bloß seine Auftraggeber jetzt so sehen könnten! Er hoffte, dass sie ihm die Panne nicht allzu übel nahmen, hoffte, den Fehler wieder gutmachen zu können.

Er beschloss, die beiden Beamten am Leben zu lassen.

* * *

»Ein was?«

»Ein Profikiller.«

»Hier bei mir?«

»Sieht ganz danach aus.«

Angelika Maiwald ließ ein gequältes Lachen hören. »Was sollte der denn von mir wollen?«

»Sie umbringen.«

Wieder ein gequältes Lachen. Missglückt. »Und warum?«

»Wir hatten gehofft, dass Sie uns das sagen können.«

»Keine Ahnung.«

Der Besuch der Kripoleute fiel noch unangenehmer aus, als Angelika Maiwald befürchtet hatte. Vor allem machte er sie vollkommen ratlos. Wer sollte einen Profikiller auf sie ansetzen und warum? Sie hatte nicht den Hauch einer Ahnung, nicht die geringste Vorstellung. Sie suchte nach einer Erklärung. »Vielleicht eine Verwechslung.«

»Unwahrscheinlich. Man kann über Profikiller sagen, was man will, aber sie sind sehr gewissenhaft und zuverlässig. Einem Mann wie Dubinski würde niemals ein solcher Fehler unterlaufen.« Wieder war es nur Holzinger, der redete. Sein Kollege saß schweigend daneben.

»Im Stockwerk über mir wohnt eine Pelzhändlerin. Vielleicht militante Tierschützer ...« Ein letzter hilfloser Versuch.

Holzinger schüttelte mitleidig den Kopf. »Auf jeden Fall bekommen Sie Polizeischutz.«

»Was?«

»Polizeischutz. Rund um die Uhr. Es stehen bereits zwei Mann vor Ihrer Wohnungstür. Und vor dem Haus steht ein Streifenwagen. Und wenn Sie einverstanden sind, wird sich eine Beamtin bei Ihnen in der Wohnung einquartieren.«

»Auf keinen Fall!«

»Überlegen Sie es sich.«

Angelika Maiwald schüttelte den Kopf. Eine fremde Frau hier bei ihr in der Wohnung? Keinesfalls.

»Das wäre bloß zu Ihrer Sicherheit.«

Nein.

Noch einmal redete Holzinger ihr ins Gewissen. Sie solle doch bitte ernsthaft darüber nachdenken, was der Hintergrund des Anschlages sein könnte. Ob sie vielleicht mit jemandem Streit gehabt habe?

Niemals.

Ob sie möglicherweise Schulden habe?

Fehlanzeige.

Ein ehemaliger Liebhaber?

Lächerlich.

Ein verschmähter Verehrer?

Völlig absurd.

Vielleicht habe sie etwas gesehen, irgendeine Beobachtung gemacht, etwas, das nicht für ihre Augen bestimmt war?

Nichts.

Irgendein außergewöhnliches Ereignis in ihrem Leben? Etwas, das aus dem Rahmen fiel und sei es auch nur ein bisschen. Vielleicht etwas, dem sie selber gar keine Bedeutung beimaß. Das jetzt aber, im Zuge der jüngsten Ereignisse, möglicherweise in einem völlig neuen Licht zu sehen sei. Dann möge sie das doch bitte kundtun. Jetzt. Jeder Hinweis könne wichtig sein. Lebenswichtig. Bitte.

Angelika Maiwald zuckte mit den Schultern. Was sollte im Leben einer Bibliothekarin schon Außergewöhnliches passieren? Einem Leben zwischen Bücherregalen, Katalogisieren und Kundenkartei. Zwischen Leihgebühren und Benutzungsordnung. Noch dazu in der Kinderbuchabteilung. Obwohl: Da war in der letzten Zeit tatsächlich etwas gewesen ... Etwas, womit sie niemals gerechnet hatte. Aber das in Zusammenhang mit dem Mordanschlag zu sehen, schien ihr so absurd, dass sie es lieber für sich behielt.

»Noch Kaffee?«, fragte sie.

* * *

»So geht das aber nicht.«

Dubinski war mit seiner Eskorte mittlerweile in der Toilette angekommen. Jetzt deutete er mit dem Kopf Richtung Hosenschlitz und machte mit seinen auf den Rücken gefesselten Händen eine hilflose Bewegung. »Also, entweder einer von euch holt ihn raus oder ...«

Wieder eine Bewegung mit den Händen.

Die beiden Beamten blickten einander an. Wieder verstanden sie sich ohne Worte und entschieden sich für die zweite Möglichkeit. Einer der beiden steckte seine Waffe zurück in das Holster, zückte einen Schlüssel und löste Dubinskis

Handfesseln. Sein Kollege nahm derweil mit seiner Waffe Dubinski ins Visier.

Wieder fühlte sich Dubinski sehr geschmeichelt. Freundlich und dankbar lächelte er den beiden zu. Erleichtert rieb er sich die Handgelenke. Dann schlug er mit einer blitzschnellen Bewegung dem einen Beamten die Waffe aus der Hand, rammte dem anderen fast gleichzeitig seinen Ellbogen in die Magengrube. Dann war er schon wieder bei dem ersten Beamten, schlug ihm mit beiden Handkanten gleichzeitig seitwärts auf den Hals, anschließend mit der Faust auf den Hinterkopf. Bewusstlos sackte der Polizist zusammen. Er hatte den Boden noch nicht ganz erreicht, da kümmerte sich Dubinski schon wieder um seinen Kollegen und versetzte ihn mit einem Handkantenschlag ins Genick in den Tiefschlaf. Mit einem tiefen Seufzer ging er zu Boden. Die ganze Aktion hatte fünf Sekunden gedauert.

Hoffentlich hab' ich nicht zu fest zugeschlagen, dachte Dubinski. Die beiden sind echt in Ordnung. Er nahm den Schlüssel, löste seine Fußfesseln. Nahm den Beamten Waffen und Reservemagazine ab. Verstaute die Waffen in seinem Hosenbund, die Magazine in seinen Hosentaschen. Schleifte die reglosen Beamten in eine Kabine. Dann trat er vor die Toilettentür. Ging hinaus auf den Gang.

Alles ruhig. Er hatte vielleicht zwei, drei Minuten Zeit. So lange würde es schätzungsweise dauern, bis Alarm ausgelöst wurde. Drei Minuten. Bis dahin musste er das Gebäude verlassen haben. Zügig aber ohne Hast machte er sich auf den Weg. Ein junger Beamter kam ihm entgegen, steuerte die Toilette an. Verflucht! Dubinski beschleunigte seine Schritte. Er erreichte das Treppenhaus, erreichte den Ausgang. Alles blieb ruhig. Bis jetzt. Er verließ das Polizeigebäude.

Jetzt hatten sie die beiden bewusstlosen Kollegen bestimmt gefunden. Ein paar Sekunden noch, und keine Mücke würde das Gebäude mehr unkontrolliert verlassen können. Dubinski rannte jetzt, lief über den Parkplatz. Er hatte die Straße fast erreicht, als ein Streifenwagen mit quietschenden Reifen vor ihm hielt. Dubinski tastete nach den beiden Waffen – da gab ihm der Polizist auf dem Beifahrersitz ein Zeichen. Dubinski verstand. Man konnte sich wirklich auf sie verlassen.

Er nahm auf dem Rücksitz Platz, legte sich hin, um von draußen nicht gesehen zu werden. Mit Martinshorn und Blaulicht raste der Wagen davon. Nach etwa einer halben Stunde war das Ziel erreicht. Eine gottverlassene Gegend, irgendwo am Stadtrand. Dubinski hatte keine Ahnung, wo er war. Die beiden Polizisten ließen ihn aussteigen und fuhren gleich wieder davon. Ein schwarzer Kleintransporter wartete auf ihn, Dubinski ging auf ihn zu. Vorne saßen zwei, die er kannte. Die Schiebetür des Transporters wurde geöffnet.

Da stand einer, den Dubinski nicht kannte. In der Hand hielt er eine Sig Sauer-Pistole, Kaliber neun Millimeter. Gute Waffe, dachte Dubinski, zuverlässig. Obwohl er persönlich eigentlich Revolver bevorzugte. Die hatten keine Ladehemmung. Dafür konnte man Pistolen schneller nachladen. Die Vorlieben und Meinungen in Kollegenkreisen waren, was diese Frage betraf, durchaus unterschiedlich. War wohl eine Frage des Temperamentes.

Dubinski musste an seine Mutter denken. Sie hätte gerne gehabt, dass er eine Banklehre machte. Doch das war ihm ein zu unanständiges Gewerbe. Ferner hätte sie es gerne gesehen, wenn er geheiratet und eine Familie gegründet hätte. Wie alle Mütter. Darüber hätte man noch reden können, er war ja noch jung. Dazu hätte sich bestimmt noch eine Gelegenheit ergeben, früher oder später, dachte Dubinski.

Daraus würde nun nichts mehr werden. Sein Leben war vorbei. Schade. Vielleicht wäre eine Banklehre doch nicht so schlecht gewesen. Das war der letzte Gedanke, der sein Gehirn durchzuckte, bevor es seinen zerplatzenden Schädel verließ und an den hinter ihm stehenden Baum klatschte.

* * *

»Dessert?«

»Gerne, danke.«

»Bitte, gerne.«

Angelika Maiwald hatte Lenz zum Essen zu sich nach Hause eingeladen. Moritz Lenz, ihren Retter. Den Mann, den sie bisher kaum beachtet hatte. Den sie ganz offensichtlich völlig falsch eingeschätzt, nämlich unterschätzt hatte. Von dem sie zwar auch keine schlechte Meinung gehabt hatte. Sie hatte einfach gar keine Meinung über ihn gehabt. Sie hatte ihn kaum wahrgenommen, konnte sich nicht erinnern, jemals über ihn nachgedacht zu haben. Natürlich hatte sie mitbekommen, dass manche Kolleginnen über ihn tuschelten, sich über ihn lustig machten. Sie hatte sich da immer rausgehalten.

Und jetzt plötzlich das: Wieder und wieder hatten sich die Bilder vom Abend zuvor in ihrem Kopf abgespielt. Sie konnte es immer noch nicht fassen. Lenz, der Elitekämpfer. Der Held. Der einen gefährlichen Profikiller mal eben so ausschaltete, als ob es das Normalste auf der Welt sei. Innerhalb von Sekunden. Ohne auch nur außer Atem zu kommen. Der ihr dann einen Becher mit Wasser unter die Nase hielt mit den Worten, sie brauche nun keine Angst mehr zu haben. Und sie dann in seine Arme nahm. Unglaublich, dieser Mann. Sie sah ihn jetzt mit ganz anderen Augen. Noch etwas hatte sie im Laufe des Abends bemerkt, etwas, das sie gleichzeitig beruhigte und irritierte: In Lenz' Gegenwart fühlte sie sich sicher. Angelika Maiwald kam sich vor wie in einem Film. Wie in einem Film allerdings, den sie sich selber niemals angesehen hätte.

Sie hatte gekocht. Das machte sie selten, aber wenn, dann ziemlich gut. Sie hatte eine Vorliebe für deftige Hausmannskost, und Lenz hatte, seine Vorliebe für Sushi verschweigend, höflich zugestimmt, als sie ihn einlud und gleichzeitig davon in Kenntnis setzte, was sie zu kochen plante: Knusprig gebratene Ente mit Semmelknödeln und Rotkohl. Dazu ein leichter Salat und Rotwein. Lenz, der eigentlich gar keinen Alkohol trank, hatte ein weiteres Mal mit seinen wahren Gelüsten hinter dem Berg gehalten und sein eigentliches Lieblingsgetränk schamhaft verschwiegen: Am liebsten trank er Milch. Aber Ente mit Milch, das hatte er seiner Gastgeberin dann doch nicht antun wollen.

Inzwischen waren sie beim Dessert angekommen – Mousse au Chocolat. Lenz, der eine Schwäche für Süßigkeiten jedweder Art hatte, war sehr angetan. Auch die Ente mit Knödeln hatte ihm gut geschmeckt, erinnerte sie ihn doch an seine süddeutsche Heimat und an seine Mutter. Wenngleich ihm die ungewohnte Kost jetzt etwas schwer im Magen lag. Gerne hätte er seine Gastgeberin nach einem Klaren gefragt, traute sich aber nicht. Der ungewohnte Alkohol war ihm ohnehin schon etwas zu Kopf gestiegen.

Den ganzen Abend hatten sie Höflichkeiten und Belanglosigkeiten ausgetauscht, hatten sich vorsichtig aneinander herangetastet. Immerhin hatte Lenz erklärt, warum er am Abend zuvor so plötzlich in der Wohnung aufgetaucht war. Wieder staunte Angelika Maiwald. Sie hätte nicht gedacht, dass Lenz ein so guter Beobachter war.

Aber es lag noch etwas in der Luft, etwas schwebte im Raum. Jeder wusste vom anderen, dass er ein Geheimnis hatte. Ein Geheimnis haben musste. Hätte sonst ein Profikiller versucht, Angelika Maiwald zu ermorden? Wäre Moritz Lenz sonst in der Lage gewesen, ihn einfach so zu überwältigen? Jeder hätte vom anderen gerne dessen Geheimnis erfahren. Maiwald machte den Anfang. »Wo haben Sie das eigentlich gelernt?«

»Was denn?«

»So zu kämpfen.«

Lenz zögerte. »Bei der Bundeswehr.«

Maiwald lachte.

»Was ist?«

»Nun ja. Mein Verflossener war auch bei der Bundeswehr.«

»Und?«

»Der ist nicht mal in der Lage, einen Kasten Bier vom Getränkemarkt bis zum Parkplatz zu schleppen.«

»Es war eine spezielle Einheit«, sagte Lenz leise.

Maiwald schaute ihn nachdenklich an. »Wohl sehr speziell?«

Lenz nickte.

»Was ist passiert?«

Zehn Jahre vorher. Irgendwo in Afrika.

»Los, los, los, schnell, schnell, schnell!«

Die beiden gerade gelandeten Helikopter verursachen mit ihren Rotorblättern eine Menge Lärm, Wind und Staub. Die Menschen rennen auf sie zu. Hinter ihnen wird geschossen. Staub im Auge oder eine Kugel im Kopf, das ist die Wahl, die sie haben. Etwa dreißig völlig verängstigte Zivilisten. Dazu zwanzig Eiltesoldaten der Bundeswehr, die sie in Sicherheit bringen sollen. Die Zivilisten werden von den Soldaten flankiert und gesichert, während sie auf die Hubschrauber zurennen. Einige der Zivilisten sind verletzt, sie humpeln. Zwei können gar nicht mehr gehen und werden von Soldaten getragen.

»Boger, Reisinger, die linke Flanke!« Hauptmann Lenz leitet die Operation. Er hat soeben zwei Männer verloren, aber keine Zeit zu trauern. Er funktioniert wie eine Maschine, tut, was getan werden muss. Wie jeder in der Gruppe. »Schneider, Reith, nach rechts!«

Die Zivilisten sind Mitarbeiter einer deutschen Hilfsorganisation. Vor vier Wochen wurden sie von Rebellen als Geiseln genommen. Die Rebellen wollten von der Bundesregierung hundert Millionen Dollar Lösegeld. Die jedoch weigerte sich zu zahlen und schickte stattdessen Lenz und seine Männer.

Eben haben die Soldaten die Geiseln nach einem heftigen Feuergefecht befreit und dabei viele der Rebellen getötet. Lenz selber sichert den rückwärtigen Raum, an seiner Seite Boger und Reisinger, seine besten Leute. Sie sind in Stellung gegangen, haben ihre Schnellfeuergewehre im Anschlag. Es sind fünfzig Grad Celsius. Nun ist es fast geschafft. Die befreiten Geiseln haben die Maschinen erreicht, steigen hinein. Als alle in den Helikoptern sind, klettern die meisten Soldaten ebenfalls hinein, einige bleiben noch draußen und sichern.

»Jetzt ihr, ab mit euch.«

Boger und Reisinger rennen los, erreichen die Helikopter, gehen in Stellung.

Jetzt Lenz. Etwa hundert Meter bis zu den Helikoptern. Er spurtet los. Die Leichen der beiden gefallenen Kameraden haben sie mitgenommen. Das hat er befohlen. Die sollen in der Heimat ein würdiges Begräbnis bekommen. Der eine war fünfundzwanzig Jahre alt, der andere neunundzwanzig. Ist es den Zivilisten zuzumuten, mit zwei Leichen im Hubschrauber zu fliegen? Er denkt schon. Die Zivilisten sind Ärzte, Krankenschwestern, Techniker und Ingenieure. Allesamt schon länger in Afrika, von daher Leichen gewohnt. Dort liegen Leichen manchmal tagelang auf der Straße, einfach so. Bei Touristen wäre das vielleicht anders. Die hätten sich womöglich über fehlende Klimaanlagen in den Helikoptern beschwert.

Siebzig Meter.

Es ist das erste Mal, dass er bei einem Einsatz jemanden verloren hat. Einmal, vor zwei Jahren bei einem Einsatz in irgendeinem anderen Krisengebiet dieser Erde, da wurde einer seiner Leute schwer verwundet. Ein Hauptfeldwebel, dreißig Jahre alt, guter Mann. Schweres Schädel-Hirn-Trauma, beide Beine weg.

Fünfzig Meter.

Aber jetzt zum ersten Mal Tote. Zwei. Scheiße. Aber er wundert sich nicht. Wundert sich kein bisschen. Wundert sich höchstens darüber, dass es erst jetzt passiert ist, nicht schon früher. Seit sie die Bundeswehr zur Weltpolizei umfunktioniert haben, hat man damit ja rechnen müssen. Früher oder später.

Dreißig Meter.

Lenz empfindet keine Trauer. Jetzt noch nicht. Die wird später kommen, wenn dafür Zeit ist. Jetzt läuft seine Beschäftigung mit den beiden getöteten Männern auf rein professioneller Ebene ab. Hat er einen Fehler gemacht? Hat er seine Sorgfaltspflicht als kommandierender Offizier verletzt? Haben die beiden einen Fehler gemacht? Womöglich nicht genügend auf Eigensicherung geachtet? Lenz meint, all diese Fragen mit Nein beantworten zu können. Verluste sind bei Einsätzen dieser Art einfach unvermeidlich. Klar, eine Untersuchung wird es geben. Wie immer bei solchen Vorfällen. Aber der kann er mit gutem Gewissen entgegensehen. Auftrag ausgeführt, bei geringfügigen Verlusten, so würde die Meldung an seinen Kommandeur lauten. »Geringfügige Verluste«, allein die Formulierung macht ihn schon rasend.

Zwanzig Meter.

Hinter Lenz rattert eine Kalaschnikow los, mit ihrem unverwechselbaren Klang. Boger und Reisinger feuern sofort zurück. Lenz fliegen die Kugeln aus zwei Richtungen um die Ohren, von vorne und von hinten, er hört sie regelrecht an seinem Kopf vorbeizischen. Dann explodiert zunächst der eine Hubschrauber, dann der andere. Lenz wird durch die Wucht der Detonation mehrere Meter durch die Luft geschleudert, bleibt aber, von einigen Prellungen abgesehen, unverletzt. All seine Leute sowie sämtliche Zivilisten sterben.

* * *

»Muss wohl ein Raketenwerfer gewesen sein. Waffen haben die da unten ja genug. Nichts zu essen, aber Raketenwerfer.«

»Mein Gott, Lenz, das ist ja furchtbar.«

»Angeblich hat ein Kind den Raketenwerfer abgefeuert.« Maiwald tastete nach Lenz' Hand, ergriff sie. »Wir konnten doch nicht auf Kinder schießen, oder?« Er hatte ihr, bei Mousse au Chocolat und klassischer Musik, die ganze Geschichte erzählt. »Das konnten wir doch nicht, oder?« Wie er in den Busch geflüchtet war. Wie er sich ganz alleine eine Woche durchgeschlagen hatte, immer die schießwütigen Suchtrupps der Rebellen auf den Fersen. »Oder hätten wir das machen sollen?«

Maiwald schüttelte den Kopf.

»Hätten Sie das gemacht?«

»Natürlich nicht.«

Wie er dann in ein gottverlassenes Kaff gekommen und dort tatsächlich auf eine Nonne mit Handy getroffen war. Eine Nonne mit Handy, wirklich wahr. Wie er direkt das Einsatzführungskommando in Potsdam angerufen und seine Position durchgegeben hatte. Wie sie ihn herausgeholt hatten. Und wie sie ihm später das Ehrenkreuz der Bundeswehr in Gold und die Entlassungsurkunde überreichten, beides am selben Tag.

»Die Entlassungsurkunde?«

»Ja, auf eigenen Wunsch.«

Er sei nach der Katastrophe nicht länger in der Lage und auch nicht willens gewesen, jemals wieder irgendetwas mit Waffen zu tun zu haben. Totales Trauma.

»Kann ich verstehen. Dennoch: Sie haben ja keinen Fehler gemacht. Oder hat man Ihnen einen Vorwurf gemacht?«

»Das nicht. Habe mich angeblich vollkommen vorschriftsmäßig und sogar vorbildlich verhalten. Trotzdem ist es ein sehr merkwürdiges Gefühl, wenn man der einzige Überlebende einer solchen Aktion ist. Noch dazu, wenn man das Kommando hatte.«

Dann sei er ein ganz neuer Mensch geworden. Neuer Mensch, neues Leben, neuer Beruf.

»Das war aber ein extremer Wechsel.«

»Wenn schon, denn schon.«

Flucht? Klar, das war wohl eine Art Flucht, eine Flucht vor seinem früheren Leben. Ein Versuch des Ausgleichs, ein Versuch, Heilung zu finden. »Aber verstehen Sie mich nicht falsch: Ich fühle mich in diesem Leben hier sehr wohl.« Ein Leben zwischen Bonsais, Büchern und Beethoven. »Gestern Abend, das war gewissermaßen ein Ausrutscher.«

»Ein Ausrutscher, der mir das Leben gerettet hat«, stellte Maiwald klar. »Dass Sie das noch so drauf haben, dass Sie noch so fit sind, nach all den Jahren«, wunderte sie sich.

»Ehrlich gesagt: Das wundert mich auch. Das ist gewissermaßen reflexartig abgelaufen. Wir wurden damals so gedrillt, dass uns das wohl in Fleisch und Blut übergegangen ist.« Hinterher, als es vorbei war, hatten ihm aber doch ganz schön die Knie gezittert, gab er zu. Ob vor Anstrengung oder vor Aufregung wisse er nicht genau.

Herr Müller-Lüdenscheidt hörte die ganze Zeit aufmerksam zu.

»Jetzt könnten Sie mir aber auch Ihr Geheimnis verraten«, fand Lenz.

»Geheimnis? Welches Geheimnis? Ich habe keines.«

»Nun ja: Immerhin hat jemand einen Profikiller auf Sie angesetzt. Da muss also irgendetwas sein.«

Maiwald zuckte hilflos mit den Achseln. »Das hat die Polizei auch schon gesagt. Aber mein Leben ist vollkommen langweilig.« Maiwald zögerte, schaute Lenz in die Augen. Doch, sie vertraute ihm. »Na ja, da wäre höchstens diese eine Sache. Aber ich sehe da keinen Zusammenhang.«

»Welche Sache?«

»Die Erbschaft. Ich habe kürzlich geerbt, von einem entfernten Onkel in der früheren DDR, den ich gar nicht kannte.«

»Was denn? Geld?«

»Schön wär's. Nein, bloß ein paar vergilbte Papiere.«

Lenz wurde hellhörig. »Papiere?«

»Ja. Und ein paar Bücher. Ach, Erbschaft ist eigentlich zu viel gesagt. Ich habe halt den Nachlass übernommen. Der Onkel ist bei einem Autounfall ums Leben gekommen, und das Erbschaftsgericht hat mich als einzige lebende Verwandte ausfindig gemacht.«

»Und der Nachlass besteht aus Büchern und Papieren?«

»Und aus den Möbeln halt. Aber die hab' ich gespendet, irgendeiner karitativen Einrichtung. Den übrigen Hausrat auch. Bis auf den Schreibtisch, der gefiel mir so gut, der sieht so alt aus. Dort steht er übrigens.« Maiwald deutete in die Ecke. Das Teil machte auf Lenz den Eindruck, als habe es nicht nur die DDR, sondern auch schon das Dritte Reich erlebt.

»Bei den Büchern sind übrigens einige Fontane- und Eichendorff-Erstausgaben dabei. Das interessiert Sie doch sicher. Wenn Sie möchten, können Sie sich die gerne mal anschauen.«

»Oh ja, gerne!«

»Das dachte ich mir.« Maiwald wollte aufstehen, um die Bücher zu holen.

»Und was sind das für Papiere, von denen Sie sprachen?«

Maiwald setzte sich wieder. »Das ist bloß ein Karton mit privater Korrespondenz. Briefe, Ansichtskarten. Auch Stromrechnungen und so was. Absolut belangloses Zeug.«

»Ach so.«

Trotzdem. Irgendetwas hatte Lenz´ Unterbewusstsein berührt. War es der Begriff »Papiere«, in Verbindung mit »Korrespondenz« und »DDR«? Sein militärisch trainierter Instinkt war jedenfalls wieder erwacht und lief auf Hochtouren. »Was hat Ihr Onkel eigentlich beruflich gemacht?«

»Nichts Besonderes. Also, ich meine, der war kein Parteibonze oder so was.«

»Sondern?«

»Hausmeister.«

»Und wo?«

»In Wandlitz.«

3. Kapitel

Hauptkommissar Holzinger stand im Wald und hatte ausgesprochen schlechte Laune. Im Stadtteil Wohldorf-Ohlstedt hatte man etwas gefunden, was dort überhaupt nicht hinpasste: Eine Leiche mit zwei Einschusslöchern im Kopf. In Wohldorf-Ohlstedt. Wo sich normalerweise Fuchs und Hase Gute Nacht sagten. Wo das aufregendste Ereignis das jährliche Osterfeuer war. Und wo die Einwohner aufgeschreckt zum Fenster rannten, wenn draußen ein Auto vorbeifuhr. Jetzt lag da die Leiche von Dubinski. Das war eindeutig, obwohl sie kein Gesicht mehr hatte. Obwohl vom Kopf eigentlich überhaupt nicht mehr viel übrig war. Einer der alarmierten Streifenbeamten hatte beim Anblick der Leiche schnell geschaltet und angesichts der Statur und der Kleidung gleich an die Beschreibung des zur Fahndung ausgeschriebenen Dubinski gedacht. Deswegen hatten sie Holzinger geholt.

Holzingers schlechte Laune hatte bereits tags zuvor begonnen. Das hatte man nicht alle Tage, dass ein gefasster Schwerverbrecher aus dem Polizeigewahrsam floh. Seit vor ein paar Jahren ein St. Pauli-Killer mitten im Polizeipräsidium wild um sich geschossen hatte, waren die Sicherheitsvorkehrungen erheblich verschärft worden. Und jetzt das: Dubinski überwältigt zwei seiner besten Leute und spaziert dann da raus, einfach so. Unfassbar. War man denn nur noch von Idioten umgeben?

Holzinger hatte zu hohen Blutdruck. Er hatte zu hohen Puls. Er war außerdem Diabetiker. Er hatte sich deshalb vorgenommen, sich durch nichts aus der Ruhe bringen zu lassen und sich niemals aufzuregen. Im Interesse seiner Gesundheit.

Holzinger war ein Mensch mit strengen Prinzipien und eiserner Disziplin, und deshalb hielt er sich normalerweise an diese Grundsätze. Normalerweise. Gestern nicht. Da war ihm das nicht gelungen. Da hatte er einen Tobsuchtsanfall bekommen, hatte die beiden Versager zusammengestaucht. Hatte »Anfänger« und »Warmduscher« und »Sitzpinkler« und »Augen auf bei der Berufswahl« gebrüllt. Wie begossene Pudel hatten sie dagestanden, die beiden Kollegen. So kannte man ihn nicht. Das war man von ihm nicht gewohnt.

»Chef, das ging alles so schnell«, hatte der eine gestammelt.

»Ja, unglaublich schnell«, der andere.

»Der war so brutal«, der eine.

»Ja, unglaublich brutal«, der andere.

»Geht mir aus den Augen«, hatte Holzinger geschrien. Danach hatte ihm das Herz wehgetan. Er war nach Hause gefahren und hatte sich ins Bett gelegt.

Holzinger war achtundfünfzig Jahre alt. Er war seit bald vierzig Jahren bei der Polizei. In dieser Zeit hatte er eine Menge gesehen und erlebt. Aber es gab ein paar Dinge, an die würde er sich nie gewöhnen können. Dazu gehörten Kollegen mit Ohrringen. Dazu gehörten auch Frauen, die boxten, beispielsweise. Dazu gehörten aber vor allem Leichen am frühen Morgen ohne Gesicht.

»Zwei gezielte Kopfschüsse, beides Durchschüsse, beide tödlich, absolut professionelle Arbeit.« Der Gerichtsmediziner konnte seine Begeisterung kaum verbergen.

Zwei Jahre noch, dachte Holzinger. Zwei Jahre noch, dann würde er in Pension gehen.

»Abgegeben wahrscheinlich aus mittlerer Entfernung.«

Würde mit seinen Enkeln durch Hagenbecks Tierpark schlendern.

»Möglicherweise irgendeine Spezialmunition.«

Würde an der Alster entlangspazieren.

»Tatzeitpunkt: Gestern, später Nachmittag, früher Abend.«

Würde ins Ohnsorg-Theater gehen.

»Nach den Geschossen wird noch gesucht.«

Zwei Jahre.

An der Absperrung entstand Unruhe. Ein Wichtigtuer, flankiert von zwei gelackten Schnöseln, begehrte Durchlass und wurde von dem dort postierten Beamten aufgehalten. Der Wichtigtuer hielt dem Beamten irgendeinen Wisch unter die Nase, worauf der Beamte salutierte.

Holzinger schwante nichts Gutes. Gleich würde seine Laune noch schlechter werden. Der Wichtigtuer und die Schnösel kamen auf ihn zu.

»Kriminaloberrat Schell, BKA«, stellte sich der Wichtigtuer vor.

* * *

Das war Lenz lange nicht mehr passiert. Eigentlich noch nie. Er saß an seinem Arbeitsplatz und war völlig unkonzentriert. Das Ereignis, das nun zwei Tage zurücklag, hatte ihn innerlich aufgewühlt. Und der darauffolgende Abend bei Angelika Maiwald hatte diese Emotionen noch verstärkt. Waren dadurch doch Erinnerungen an eine Zeit wach geworden, mit der er längst abgeschlossen hatte. Die er verdrängt hatte. Die er verdrängen musste, um nicht vollkommen durchzudrehen. Jetzt waren sie wieder da. Die toten Kameraden. Die toten Geiseln. Und die toten Terroristen. Ja, auch die.

Lenz war damals ein ganz anderer gewesen als heute. Kein sensibler Schöngeist, den das geringste Geräusch aus der Fassung bringt, nein. Keiner, der an Bonsai-Bäumchen herumzupft. Und bei Beethoven, Mozart und Wagner in Verzückung gerät. Sondern Offizier einer Elite-Einheit. Einer, dem seine Männer den größten Respekt entgegenbrachten. Vor allem seit dieser Sache in Bosnien, damals. Ein Haus war in Brand geschossen worden, Kinder riefen um Hilfe. Lenz verbot seinen Leuten, das Gebäude zu betreten. Das wäre zu gefährlich gewesen, das Haus drohte jeden Moment einzustürzen. Dann ging er selber hinein, alleine, und holte die Kinder heraus. Aber er hatte auch getötet. Hatte töten müssen, um andere Menschen zu retten. Doch hatten die Getöteten weniger Recht gehabt zu leben als die Geretteten? War deren Leben weniger wert? Durfte man sagen, der und der muss sterben, damit die und die leben können? Das hatte Lenz sich manchmal gefragt, gegen Ende seines früheren Lebens. Als sein neues Leben noch nicht begonnen hatte. Und er hatte gehofft, dass es wohl so war. Gehofft. Aber sicher war er nicht.

Jetzt waren diese Erinnerungen wieder da. Und der alte Lenz war auch wieder da gewesen, für einige Sekunden, vorgestern Abend in Maiwalds Wohnung. Wenige Sekunden nur hatte der alte Lenz gebraucht, um einen Profikiller auszuschalten. Kein Problem für den alten Lenz. Der hatte noch ganz andere Sachen drauf. Der könnte einen Menschen innerhalb von fünf Sekunden töten, und er bräuchte dafür nur zwei Finger.

Dem neuen Lenz schauderte. Er fröstelte.

»Reiß dich zusammen«, sagte eine innere Stimme zu Lenz.

Er hatte ein flaues Gefühl im Magen.

»Dein früheres Leben ist vorbei.«

Er hatte Angst.

»Du führst jetzt ein neues Leben. Ein ganz anderes Leben.«

Seine Kollegen in der Bibliothek würden sich jedenfalls ganz schön wundern, dachte Lenz.

»Gute Überleitung«, lobte die innere Stimme.

Lenz´ Gedanken wanderten zu Angelika Maiwald. Er mochte sie, fühlte sich zu ihr hingezogen. Wo war sie da bloß hineingeraten? Mit der Hinterlassenschaft ihres Onkels hatte das wohl doch nichts zu tun. Lenz hatte am Abend zuvor die etwa zwanzig Bücher und die übrigen Schriftstücke in Augenschein genommen. Maiwald hatte recht: Das schien in der Tat völlig belangloses Zeug zu sein. Sofern man Fontane- und Eichendorff-Erstausgaben als belanglos bezeichnen kann, beschwerte sich der Schöngeist in Lenz. Andererseits: Ein Hausmeister mit Fontane und Eichendorff? Und nicht irgendein Hausmeister, sondern einer in Wandlitz.

Wandlitz. Vierzig Kilometer nördlich von Berlin. Waldsiedlung. Malerische Seenlandschaft. Zu DDR-Zeiten Wohnviertel der obersten Führungsriege, der Mitglieder des Politbüros. Hermetisch abgeriegelt. Streng gesichert. Dreiundzwanzig Einfamilienhäuser und zig Nebengebäude. Dazu fünfhundert Bedienstete, die sich um das Wohl der Parteibonzen kümmerten. Heute war dort ein Sanatorium untergebracht. Das alles hatte Lenz gestern Abend noch auf die Schnelle im Internet in Erfahrung gebracht.

Einer dieser dienstbaren Geister war Maiwalds Onkel gewesen. Viel wusste sie nicht über ihn. Offenbar war Gunther Eschke Hausmeister im Funktionärsclub gewesen, einer Art Freizeitheim für Honecker, Mielke & Co. Nach der Wiedervereinigung lebte Eschke völlig unbehelligt in Berlin. Warum auch nicht, wer interessierte sich schon für einen Hausmeister? Selbst wenn er Honeckers Hausmeister gewesen war. Er heuerte als Pförtner bei einem Fernsehsender an und blieb dort, bis er vor einigen Jahren in Rente ging. Vor zwei Monaten kam er auf regennasser Fahrbahn in der Nähe von Königs Wusterhausen mit seinem Auto von der Straße ab, überschlug sich und war tot. Er war einundsiebzig Jahre alt. Seine Frau war schon ein paar Jahre vorher gestorben. Kinder hatten die beiden nicht gehabt. Maiwald war tatsächlich seine einzige noch lebende Verwandte.

Lenz blickte auf seine Uhr. Gleich Mittag. Sushi? Nein, lieber nicht. Fiel ja allmählich auf, wenn er ständig bei Wanvalai rumhing. Obwohl, warum eigentlich nicht? Lenz machte sich auf den Weg. Er hatte sein Ziel nach wenigen Minuten erreicht, doch Wanvalai war nicht da. Stattdessen ihre Kollegin Jenny. Die war ebenfalls Thailänderin, war genauso hübsch, aber Lenz hatte zu ihr längst keinen so guten Draht wie zu Wanvalai. Irgendwie war sie ihm nicht ganz geheuer. Jenny spielte angeblich gelegentlich in Pornofilmen mit. Lenz hatte außerdem den Eindruck, dass sie hin und wieder auch als Prostituierte arbeitete. Jetzt flirtete sie jedenfalls ganz ungeniert einen Gast an, der schätzungsweise Mitte sechzig war. Wenn Lenz es richtig mitbekam, verabredete sie sich mit ihm für später in ihrer Wohnung.

Lenz gab seine übliche Bestellung auf und dachte wieder an Angelika Maiwald. Die übrigen Schriftstücke, die Maiwalds Onkel hinterlassen hatte, lagen lose in einem Karton. Schon das war doch ein Hinweis, ganz abgesehen vom Inhalt. Ein Hinweis auf die Belanglosigkeit. Denn wäre da irgendetwas von Bedeutung dabei gewesen, gar etwas Brisantes, wäre das doch anders aufbewahrt worden, überlegte er. Nicht so offen. Sauber abgeheftet zumindest. So hätte er es gemacht. Und nicht in einem vergammelten Karton. Sondern gut versteckt in der untersten Schublade seines Schreibtisches.

Schreibtisch! Dass er daran nicht schon früher gedacht hatte! Angelika Maiwald hatte doch auch noch einen Schreibtisch geerbt. Vielleicht enthielt der irgendetwas, das finstere Stasi-Seilschaften unbedingt haben wollten. Andererseits: Das hätte die Kollegin ja wohl gemerkt, sie war ja nicht blöd. Oder ein Geheimfach? Lenz´ Fantasie begann lebhaft zu blühen. Finstere Stasi-Seilschaften ... Die innere Stimme schmunzelte.

* * *

Angelika Maiwald war völlig aufgelöst. »Und dann haben sie die Bücher mitgenommen, auch die vier von Fontane und von Eichendorff!«

»Das dürfen die nicht, da hätten Sie zustimmen müssen.«

»Hab' ich ja, obwohl ich das eigentlich nicht wollte, aber die haben mich überrumpelt, irgendwie. Ach Mist, das ging alles so schnell.« Angelika Maiwald war am frühen Abend bei Lenz zu Hause aufgekreuzt. Sie waren nicht verabredet gewesen. Normalerweise mochte Lenz solche Überraschungen nicht. Wenn es an der Tür klingelte und er erwartete niemanden, öffnete er normalerweise nicht, sondern spähte vorsichtig durch den Türspion.

Normalerweise.

Bei Angelika Maiwald war das natürlich anders.

Natürlich?

Wieso?

Lenz registrierte diese Empfindung mit der Genauigkeit eines Buchhalters. Sie einzuordnen hatte er jetzt keine Gelegenheit. Das musste warten. Jetzt galt es, Angelika Maiwald zuzuhören. Sie hatte das dringende Bedürfnis, ihn auf dem neuesten Stand zu halten. Ihm zu berichten, was ihr Unglaubliches widerfahren war. Die beiden Kriminalbeamten, die Holzinger ihr beigeordnet hatte, hatten sie begleitet. Jetzt warteten sie artig vor der Wohnungstür.

»Muss man sich so was eigentlich bieten lassen? Ich meine, ist es schon wieder so weit ...?«

»Moment ...«

»... dass die Polizei einfach bei einem einmarschiert ...«

»... ich glaube ...«

»... und Bücher beschlagnahmt?«

»... die haben das doch sicher begründet.«

»... das ist ja wie früher drüben.«

»Früher drüben?«

»Na, drüben!«

»Wo, drüben?«

»Na, in der Ostzone.«

»Ach so.«

Es dauerte eine Weile, bis Angelika Maiwald sich einigermaßen beruhigt hatte. Und bis Lenz herausbekam, was wirklich passiert war. Drei BKA-Leute waren bei ihr aufgekreuzt. Wortführer war ein gewisser Kriminaloberrat Schell. Sie hatten sie »in die Mangel genommen«, wie sie es nannte, und so von ihrer Erbschaft erfahren. Die Bücher hatten sie brennend interessiert; neben einigen Jugendbüchern, Fachbüchern über das Angeln und allerlei kommunistischen Machwerken vor allem auch die antiquarischen Bände von Fontane und Eichendorff. So brennend, dass die übrige Hinterlassenschaft, also der Karton mit den Schriftstücken und der Schreibtisch, gar nicht zur Sprache gekommen war. Aber die Bücher, die wollten sie unbedingt »einer genauen Inaugenscheinnahme unterziehen«, wie es Schell formuliert hatte. Natürlich würde sie die Werke danach umgehend und selbstverständlich unversehrt zurückbekommen.

»Na also.«

»Trotzdem ...«

»Ich kann das schon verstehen, dass die jeder Spur nachgehen. Vor allem, weil das ja offenbar die einzige ist.«

»Ja, schon ...«

»Da kann jeder Hinweis wichtig sein ...«

»Sicher.«

»Und wenn er noch so klein und nebensächlich erscheint.«

»Klar.«

Maiwald begann plötzlich zu lachen.

»Was ist?«

Sie amüsierte sich über den Gedanken, was die BKA-ler wohl gemacht hätten, wenn sie ihnen auch von dem Schreibtisch erzählt hätte. »Hätten die den dann abtransportiert, oder was?«

Ein Gedanke, dessen Komik auch Lenz nicht ganz verborgen blieb.

»Oder wenn Onkel Gunther nicht zwanzig Bücher hinterlassen hätte, sondern zweihundert. Oder zweitausend.«

Die Maiwald hatte Sinn für Humor.

Ein großer Leser schien Gunther Eschke jedenfalls nicht gewesen zu sein. Bücher übers Angeln ... Aber immerhin auch Fontane und Eichendorff.

»Was ist eigentlich mit Holzinger?«

»Wieso, was soll mit dem sein?«

»War der auch dabei?«

»Nein, der hat nichts mehr zu sagen. Der scheint irgendwie aus dem Fall raus zu sein.«

»Ach! Interessant!« Lenz wurde nachdenklich. Hatte ihn schon stutzig gemacht, dass sich der Staatsschutz mit dem Fall befasste, wurde er jetzt, nachdem sich das Bundeskriminalamt eingeschaltet hatte, vollkommen misstrauisch. Meine Güte, ein Überfall auf eine Frau. Schlimm, sicher. Aber so was kam in einer Großstadt nahezu täglich vor. Wenn da jedes Mal das BKA anrücken wollte ... Noch etwas anderes kam ihm in den Sinn. Gerade noch rechtzeitig. Nämlich, dass er seine Pflichten als Gastgeber bisher sträflich vernachlässigt hatte. Er musste seiner überraschenden Besucherin unbedingt etwas zu trinken anbieten. Bloß was? Er hatte keinen Tropfen Alkohol im Haus.

»Äh, ich würde Ihnen ja gerne etwas zu trinken anbieten, aber ...«

»Aber?«

»Ich habe gar nichts Alkoholisches da.«

»Das macht nichts.«

»Bloß Saft, Wasser und ...«

»Und?«

Lenz räusperte sich. »Äh, Milch.«

Angelika Maiwald konnte sich ein Grinsen nicht ganz verkneifen. Halt doch ein merkwürdiger Vogel, dieser Lenz.

Schließlich einigte man sich darauf, einen Kaffee zu sich zu nehmen. Lenz hatte das vorgeschlagen, obwohl Kaffee am Abend für ihn normalerweise tabu war. Morgens und am Nachmittag gerne. Aber nicht am Abend.

Normalerweise.

Aber was war jetzt schon noch normal?

* * *

»Wir kommen schon klar, Herr Kollege, danke.«

Und schon war die Tür zu.

Holzinger kochte. Kochte innerlich. Die BKA-Affen taten furchtbar wichtig. Hatten nach einem eigenen Raum im LKA verlangt und selbstverständlich sofort bekommen. Mit Telefon und Fax und Internet-Anschluss und allem sonst noch erdenklichen Pipapo. Wo sie ungestört arbeiten konnten. Ungestört. Als ob das hier ein Taubenschlag wäre. Hier konnte jeder ungestört arbeiten. Schließlich war man nicht irgendein popeliges Polizeirevier, sondern das LKA. Sogar der Staatsschutz. Man war doch wer!

Ungestört arbeiten. Und er? Er und seine Leute? Sollten als Fahrer und Handlanger fungieren, oder was? Jetzt hatten die Affen einen Haufen Bücher angeschleppt, in denen sie aufgeregt blätterten. Was sollte das? Was hatten die Bücher mit dem Mordanschlag zu tun? Mit einem Buch war noch niemand erschlagen worden. Oder vielleicht doch? Holzinger hatte das Gefühl, dass derzeit einiges an ihm vorbeiging. Eben hatte ihm der Ober-Affe doch tatsächlich die Tür vor der Nase zugeknallt. Dabei hatte er sich nur erkundigen wollen, ob denn die Befragung dieser Maiwald etwas gebracht hatte. Er hatte nämlich das Gefühl gehabt, dass diese Büchertante nicht ganz ehrlich war. Dass sie etwas verschwieg. Nach vierzig Jahren im Polizeidienst hatte man so etwas im Urin. Hatte außerdem mitteilen wollen, dass seine Leute nun begonnen hatten, Erkundigungen über Dubinski einzuziehen.

Aber die Affen blieben ja lieber unter sich. Bitteschön. Sollten sie doch. Das würde man ja noch sehen, wer in diesem Fall weiter kam. Der Wichtigtuer und seine beiden gelackten Schnösel oder er und seine Leute. Die Schreibtischhengste oder die Frontschweine. Die Affen oder die Spürhunde. Schließlich waren er und sein Team schwierige, undurchsichtige Fälle gewohnt. Genau genommen waren sie sogar nichts anderes gewohnt. Das war sozusagen ihr tägliches Brot.

Nachdem der Linksextremismus aus der Mode gekommen war und seit sich herausgestellt hatte, dass die Rechtsextremen vor allem durch ihre Tölpelhaftigkeit von sich reden machten, waren in den letzten Jahren in erster Linie gewaltbereite Islamisten die Hauptkundschaft gewesen. Moscheen, Kulturvereine und Teestuben, die sich nach außen brav und bieder und harmlos gaben. In denen aber in Wirklichkeit Hass gepredigt und zum Heiligen Krieg gegen den dekadenten Westen aufgerufen wurde. Eine Szene, die schwer zu durchschauen und noch schwerer zu unterwandern war. Und die überhaupt nicht zu verstehen war. Holzinger und seine Leute hatten oft darüber diskutiert. Immer war es auf dieselbe hilflose Frage hinausgelaufen: »Was wollen die alle bei uns, wenn sie uns so furchtbar finden?«

Nach dem 11. September 2001, der gerade auch in den Reihen des Hamburger Sicherheitsapparats als Riesenschlappe angesehen wurde – waren die Anschläge auf das World Trade Center in New York und auf das Pentagon in Washington doch gewissermaßen seelenruhig direkt vor den Augen der hiesigen Sicherheitsbehörden vorbereitet worden –, hatte sich für Holzinger und seine Leute einiges geändert. Jetzt machte die politische Führung Druck, wo sie vorher gebremst und, im Bestreben als tolerant und weltoffen zu gelten, lieber weggeschaut hatte. Seitdem wurde auch die Zusammenarbeit mit den Kollegen vom Verfassungsschutz nicht mehr so eng gesehen. Vorher waren Polizei und Geheimdienst strikt voneinander getrennt gewesen. Jetzt wollten die Politiker Ergebnisse. So etwas wie der 11. September sollte sich nicht wiederholen. Einerseits bedeutete das für Holzinger und seine Leute Stress. Andererseits hatten sie es jetzt aber auch einfacher. Ihrer Arbeit wurde seitdem große Bedeutung beigemessen. Fast wie zur RAF-Zeiten in den Siebzigern. Was wiederum zur Folge hatte, dass ihnen beinahe jeder Wunsch erfüllt wurde.

Eine Abhörgenehmigung hier? Bitteschön!

Eine Kontoabfrage da? Gerne!

Eine Hausdurchsuchung dort? Selbstverständlich!

Darfs ein bisschen mehr sein? Vielleicht eine Zwangsausweisung? Gerne, danke. Bitte, gerne.

Holzinger konnte es deshalb schwer ertragen, dass ihm plötzlich jemand vor die Nase gesetzt wurde. Eigentlich konnte er es überhaupt nicht ertragen. Noch dazu aus Wiesbaden. Das war er absolut nicht gewohnt. Es war ja nicht so, dass er nicht kooperativ gewesen wäre. Ganz und gar nicht. Unfähig zur Zusammenarbeit? Er doch nicht.

Wenn es sachliche, nachvollziehbare Gründe gegeben hätte, über die man ihn von vorneherein umfassend informiert hätte.

Einverstanden.

Wenn seine Abteilung, aus welchen Gründen auch immer, alleine überfordert gewesen wäre.

Selbstverständlich.

Wenn der Fall zum Beispiel von solch weitreichender Bedeutung wäre, dass die innere Sicherheit des gesamten Staates gefährdet wäre.

Gar keine Frage.

Aber so?

Ob er vielleicht seine Kontakte zum BKA aktivieren sollte? Immerhin kannte er jemanden, der es dort ziemlich weit gebracht hatte. Hatte früher zusammen mit ihm hier in Hamburg angefangen. Feiner Kerl.

Sollte er?

Hatten zusammen manches Fass aufgemacht.

Durfte er?

Musste jetzt wohl Kriminaldirektor oder irgendetwas um den Dreh sein.

Konnte er?

Der Ober-Affe schien ihn für einen dummen Dorfpolizisten zu halten. Einen, der Döner-Buden observiert und Aufenthaltsgenehmigungen kontrolliert. Dabei war er längst nicht so ahnungslos, wie der Ober-Affe vermutlich dachte.

* * *

»Wissen Sie vielleicht, was mit der Kollegin Maiwald ist?«

»Ich? Nein, wieso?«

»Fehlt heute schon den dritten Tag. Na ja, sie hat sich ja schon am Dienstag nicht wohlgefühlt. Ist wohl eine Frauengeschichte.«

»Keine Ahnung.«

Diese Bobenstein-Hallerbeck. Musste doch nicht alles wissen. Lenz hatte ohnehin die Befürchtung, dass das Abenteuer, in das die Maiwald und er hineingeschlittert waren, bald wie ein Lauffeuer durch die Bibliothek gehen würde. Dass die Polizei an seinem Arbeitsplatz aufgekreuzt war, war bereits aufgefallen. Man tuschelte schon. Wo war Lenz da hineingeraten? In was war er verwickelt?

Fahrerflucht?

Der hatte doch gar kein Auto.

Drogen?

War er nicht der Typ für.

Illegales Glücksspiel?

Wohl auch nicht.

Sex mit Kindern?

Wer weiß? Obwohl, eigentlich nicht. Damals beim Betriebsausflug in den Heidepark Soltau hatte er jedenfalls nicht den Eindruck gemacht, als ob er sich zu Kindern hingezogen fühlte, im Gegenteil. Kinder titulierte er grundsätzlich und ausnahmslos als »Monster«.

Aber was mochte dann dahinterstecken? Komisch war das schon: Die Maiwald fehlt und prompt taucht die Polizei bei

Lenz auf. Lag ein Sittlichkeitsdelikt vor? Hatte er sich an ihr vergangen und sie hinterher brutal verprügelt? Gar getötet? Zerstückelt?

Dieser stille, zurückhaltende Mensch?

Gerade das sind die Schlimmsten!

Dieser höfliche, gewissenhafte Kollege?

Wahrscheinlich total pervers!

Dieser unauffällige, biedere Mann?

Sado-Maso!

Bobenstein-Hallerbeck war als Kundschafterin vorgeschickt worden. Ohne Erfolg. Unverrichteter Dinge humpelte sie wieder davon. Also doch. Lenz hatte etwas zu verbergen. Wollte einen wohl für dumm verkaufen. Hatte man doch längst bemerkt, dass der einen Blick auf die Maiwald geworfen hatte. Tat immer so, als ob er nicht ganz von dieser Welt wäre. So entrückt. So sensibel. So korrekt. Als ob er kein Wässerchen trüben könnte. Von wegen. Das waren die Schlimmsten.

Von alldem ahnte Lenz nichts. Er hing seinen eigenen Gedanken nach. Es war spät geworden am Abend zuvor, als Angelika Maiwald bei ihm war, sehr spät. Kurz nach Mitternacht hatte sie sich verabschiedet. Die beiden Kriminalbeamten vor der Tür waren längst abgelöst worden. Sie hatte ein wenig von sich erzählt. Hatte von einer gescheiterten, langjährigen Beziehung berichtet. Das lag wohl schon Jahre zurück, machte ihr aber offenbar immer noch zu schaffen. Seitdem hatte sie zu Männern ein gestörtes Verhältnis. Genau genommen hatte sie gar kein Verhältnis zu geschweige denn mit Männern. Lenz war etwas peinlich berührt gewesen. Er war solche intimen Vertraulichkeiten nicht gewohnt.

Danach hatte er zu wenig Schlaf gehabt. Ungewohnter Kaffeegenuss zu ungewohnter Stunde, dann zu spät ins Bett.

Jetzt war er ziemlich geschlaucht. Heute hätte er eine Kopfschmerztablette gebrauchen können. Er versuchte, sich auf seine Arbeit zu konzentrieren. Studierte die Verlagsvorschauen. Was mochte die Kunden der Zentralbibliothek mehr interessieren: *Mein Leben als Partyluder, Bohlen, Ballermann & Big Brother* oder *Prinzen, Prolls und Prominente*? Außerdem hatten ein Partykönig und ein Friseur ihre Memoiren vorgelegt. Ebenso der Spross eines Adelsgeschlechtes, eine Pornodarstellerin und ein Koch. Demnächst würde noch *Miezen, Macher und Moneten* erscheinen, vermutete Lenz. Er dachte an Fontane und Eichendorff. Oder *Schlampen, Schampus und Scheinwerfer*. Fontane und Eichendorff. *Wichtigtuer und Vandalen – Hinter den Kulissen der Fernsehbranche.*

Fontane. Eichendorff. Lenz überlegte, ob er nicht lieber vor hundert Jahren gelebt hätte. Oder vor hundertfünfzig Jahren. Als Zeitgenosse von Fontane und Eichendorff. Oder wenigstens fünfzig Jahre älter sein. Das wäre ja auch schon was. Aus seiner Sicht waren die Fünfzigerjahre des 20. Jahrhunderts Deutschlands beste Zeit gewesen. Vielleicht noch bis Anfang der Sechziger. Höchstens. Danach ging es nur noch bergab. Langhaarige Krachmacher. Drogen. Sittenverfall. Genau, fünfzig Jahre älter, das wär's, dachte Lenz. Dann wäre er jetzt neunzig, womöglich demenzkrank, und würde all das nicht mehr mitkriegen. Keine Piercings und Tattoos. Keine gröhlenden Fußball-Fans, die die Innenstadt in Beschlag nahmen. Keine grenz-debilen Dummschwätzer und geistigen Tiefflieger, mit deren verbalem Durchfall man ständig und überall belästigt wurde. Keine EU-Diktatur. Auch keine Blöd-Zeitung. Kein ständiges Auto-Gehupe. Müll und Zigarettenkippen auf den Straßen auch nicht.

Und erst recht keinen Beckenbauer, der in den Medien und der Öffentlichkeit hofiert wurde, als wäre er der Bundespräsident höchstpersönlich. Allerdings: Auch kein Sushi, keine Wanvalai, keinen Milchkaffee. Keine Bonsais und keine Kulturseiten der *FAZ*. Keine Maiwald.

Maiwald?

Ach, Maiwald ...

Er hatte sie gerade mal ein bisschen näher kennengelernt und stellte schon Anflüge von leichtem Genervtsein bei sich fest. Was interessierten ihn irgendwelche Frauenprobleme? Längst verflossene Liebschaften? War er Psychotherapeut? Beichtvater? Beste Freundin? Da wird ein Mordanschlag auf sie verübt und sie erzählt ihm ausführlich von ihrer großen Liebe. Sie schwebt in Lebensgefahr und faselt von »innerlicher Kälte« und »Bindungsangst«. Er zerbricht sich den Kopf, was hinter dem Anschlag stecken könnte, und sie will wissen, warum er Single ist. Frauen!

Er mochte Frauen, mochte ihren Anblick, ihre Gesellschaft. Er unterhielt sich gerne mit ihnen. Aber das wars dann auch schon. An näherem Kontakt hatte er kein Interesse. Sein Sexualtrieb war stark unterentwickelt. Er hatte ständig Angst vor Ansteckung und Krankheiten. In seinem ganzen bisherigen Leben hatte er erst zwei kurze Beziehungen gehabt. Beide waren schon lange her. Er hatte nie mit einer Frau zusammengelebt und hatte auch nicht das geringste Bedürfnis danach. Endlose Diskussionen und ständiges Genörgel. Horrende Telefonrechnungen. Haare im Abfluss und Zahnpasta im Waschbecken. Monatsblutungen.

Und jetzt war diese Maiwald in sein ruhiges Leben eingedrungen, saß nächtelang in seiner Wohnung herum und textete ihm die Ohren voll. Zog ihn da in eine Sache hinein, die höchst undurchsichtig und gefährlich war. Deren Ende völlig offen war. Die ihm Angst machte. Das war nichts für ihn. Er fühlte sich überfordert. Er war einfach kein Mann für Abenteuer. Jetzt nicht mehr.

War es ein Fehler gewesen, dass er sich eingemischt hatte? Hätte er sich zurückhalten sollen? Seinem Instikt nicht nachgeben sollen? Maiwald nicht beistehen sollen? Hätte er weggucken sollen? Einfach weggucken? Das wäre vielleicht besser gewesen. Für ihn. Möglicherweise war er jetzt aber auch einfach nur müde.

Das Telefon klingelte. Maiwald.

* * *

»Draht nach ganz oben? Was heißt ganz oben?«

»BMI.«

»Bundesinnenministerium?«

»Exakt. Ziemlich weit oben.«

»Staatssekretär?«

»Nicht ganz.«

»Abteilungsleiter? »

»Hm.«

»Innere Sicherheit?«

»Hm.«

»Ich danke dir.«

»Wofür?«

»Für die Information. Du hast mir sehr geholfen. Jetzt weiß ich wenigstens, mit wem ich es zu tun habe.«

»Welche Information? Dieses Gespräch hat nie stattgefunden.«

Schon klar, dachte Holzinger und legte den Hörer auf. Schon klar. Gespräch? Welches Gespräch denn? War da was? Ist da was? Geht doch nichts über alte Seilschaften. Leute, auf die man sich verlassen kann. In jeder Situation.

Sieh an, sieh an. Der Wichtigtuer also. Der Ober-Affe. War direkt in der Chefetage des Ministeriums von der Kette gelassen worden. Und turnte jetzt in seinem Revier herum. Reichlich viel Aufwand für eine kleine Bibliothekarin in Hamburg, fand er.

Hein schneite herein.

»Chef, die Fingerabdrücke sind jetzt da.«

»Und?«

»Kein Zweifel. Bei der Leiche handelt es sich um Dubinski.«

»War ja sowieso klar.«

»Klar. Ich wollte es nur sagen.«

»Danke.«

Hein wandte sich zum Gehen.

Holzinger räusperte sich. »Äh, Hein ...«

»Ja?«

»Wegen gestern ...«

»Schon gut, Chef, wir haben uns ja auch saublöd angestellt.«

»Trotzdem, ich hätte ...«

»Nee, alles klar, Chef.«

Guter Junge, dachte Holzinger. Guter Junge. Hatte halt mal einen Fehler gemacht. Konnte ja mal vorkommen. Jeder baute doch mal Mist, Herrgott nochmal.

»Wir werden das wiedergutmachen, Chef, versprochen.«

»Wir«, das waren Hein und sein Kollege Petersen. Die beiden waren unzertrennlich. Wenn von ihnen die Rede war, dann sprach man nicht von Hein und Petersen, sondern von Hein Petersen, als ob sie eine Person wären. Beide waren waschechte Hamburger Jungs, und so passte Hein Petersen ziemlich gut.

Hein Petersen war von Dubinski überrumpelt worden. Hein Petersen hatte Dubinski entkommen lassen. So was war

Hein Petersen noch nie passiert. Das wollte Hein Petersen wiedergutmachen. Legte deshalb großen Eifer an der Tag. Flitzte zwischen den einzelnen Dienststellen hin und her, kümmerte sich um die Organisation innerhalb der Abteilung und erledigte obendrein den ganzen Verwaltungskram. Und kochte zwischendurch noch Kaffee.

Petersen steckte den Kopf zur Tür herein. Wo Hein war, da war Petersen nicht weit.

»Petersen, ich habs eben schon zu Hein gesagt. Wegen gestern ...«

»Schon gut, Chef. Wir waren auch zu blöd.«

»Trotzdem ...«

»Nee, alles klar, Chef.«

Ab und zu mal so ein Wutausbruch ist gar nicht schlecht, dachte Holzinger. Ist irgendwie wie ein reinigendes Gewitter. Trotzdem ärgerte er sich. Über sich selbst. War ihm noch nie passiert, dass er derart aus der Haut gefahren war. Gut, er hatte auch noch niemals eine solche Panne erlebt. Die Sache mit dem 11. September konnten sie ihm damals nicht anlasten, ihm nicht, den Schuh zog er sich nicht an. Er hatte mehrfach darauf hingewiesen, dass man eine bestimmte Klientel besser im Auge haben sollte. Dass da irgendwas im Busch war. Das hatte er gespürt, damals. Sein Urin. Aber sie hatten ja nicht auf ihn hören wollen. Hatten keine »polizeiliche Lage« gesehen. Hatten wohl gedacht, er hätte sich in irgendwelchen Hirngespinsten verfangen. Bis zum 11. September. Manchmal wäre es besser, wenn man nicht recht behalten würde, hatte Holzinger danach gedacht.

Diesmal wäre es ihm auch lieber gewesen, wenn er sich täuschen würde. Dass die Büchertante nicht ganz sauber war, war aber leider unübersehbar. Er hatte ihr von vorneherein nicht getraut. Falsche Schlange. Er kannte diesen Typ Frau.

Nur zu genau. War lange genug mit so einer verheiratet gewesen.

Dieser Lenz schien tatsächlich zufällig in diesen Fall hineingeschlittert zu sein. Mit dem hatte niemand gerechnet. Hoffentlich blieb er nicht auf der Strecke.

Was er von seinem Kontaktmann in Wiesbaden erfahren hatte, schmeckte ihm gar nicht. Dass hinter dem Fall viel mehr steckte, als es zunächst den Anschein hatte, hatte er erwartet. Aber nicht, dass es so weite Kreise zog. Vor allem, was er noch über den Wichtigtuer erfahren hatte, beunruhigte ihn. Er hätte jetzt den Staatsanwalt informieren müssen. Hätte. Stattdessen rief er nach Hein Petersen. »Was machen eigentlich unsere lieben Freunde vom BKA?«

»Lesen.«

»Und was?«

»Immer noch diese Bücher von dieser Maiwald. Das scheint die mächtig zu interessieren.«

»Tja, Lesen bildet.«

Na also, dachte Holzinger. So lange sie auf dieser falschen Fährte waren, konnten sie wenigstens keinen großen Schaden anrichten. Und er hatte freie Bahn. Es hatte schließlich seinen Grund, dass sie den Staatsschutz eingeschaltet hatten.

4. Kapitel

Tut mir leid, da ist nichts.«

»Wirklich nicht?«

»Wirklich nicht. Dann hab' mich wohl getäuscht. Na ja, war bloß so eine Idee von mir.«

»Na ja, hätte ja sein können.«

Lenz hatte den Schreibtisch von Angelika Maiwald durchsucht. Nachdem er ihr seine Idee mitgeteilt hatte, das gute Stück könnte vielleicht irgendein Geheimnis enthalten, hatte sie darauf bestanden, der Sache sofort nachzugehen.

Heute noch. Heute Abend. Natürlich nicht alleine.

Lenz sollte vorbeikommen.

Schlagartig hatte er vergessen, dass er eigentlich genervt war und mit der ganzen Angelegenheit am liebsten gar nichts mehr zu tun haben wollte. Er hatte sofort zugesagt. Hatte dann sämtliche Schubladen herausgezogen, hatte jeweils auch die Unterseiten in Augenschein genommen. Hatte den Schreibtisch abgeklopft und nach eventuellen verborgenen Hohlräumen gesucht. Hatte schließlich, mit Maiwalds Hilfe, das ganze Teil auf den Kopf gestellt, was gar nicht so einfach war, denn es wog ganz schön viel, und dann einen Blick auf die Unterseite der massiven Tischbeine geworfen.

Nichts.

»Moment: Als Sie den Schreibtisch übernommen haben, hat er doch bestimmt nicht so ausgesehen.«

»Wie meinen Sie das?«

»Na, so komplett leer. Da lag doch bestimmt irgendwas drauf oder drin oder drauf und drin. Wie das halt bei Schreibtischen so ist.«

»Ach so, ja, hm, stimmt. Aber nicht viel. Eigentlich kaum etwas. Auf ihm standen Blumentöpfe.«

»Blumentöpfe?«

»Ja, leere Blumentöpfe. Und ein Zeitungsausschnitt lag da noch.«

»Wo ist der jetzt?«

»Hab' ich weggeschmissen. Tut mir leid. War ein Artikel über das Kriegsende in Berlin, wenn ich mich recht erinnere. Wenn ich gewusst hätte ...«

»War da noch was?«

»Briefpapier. Leeres Briefpapier. In einer der Schubladen.«

»Sicher leeres Papier?«

»So genau hab' ich mir das nicht angeschaut. Aber das Papier habe ich ja behalten. Wieso, weiß ich auch nicht. Ich meine, wer schreibt heute noch Briefe auf Papier?«

»Ja, ja, wo ist das Papier jetzt?«

»Das haben Sie schon gesehen. Das ist in dem Karton mit den übrigen Schriftstücken.«

Der Karton stand direkt neben dem Schreibtisch. Lenz und Maiwald nahmen sich den Inhalt noch einmal vor. Sie setzten sich auf den Boden, breiteten den Inhalt vor sich aus. Briefe. Postkarten. Rechnungen. Briefpapier. Sie lasen und lasen. Briefe von einer Jugendfreundin auf Rügen. Postkarten aus Moskau. Ein Brief aus Kuba. Uralte Rechnungen. Gunther Eschke schien ein leidenschaftlicher Sammler von Rechnungen gewesen zu sein.

Herr Müller-Lüdenscheidt ließ sich kurz blicken, machte einen Kontrollgang und zog sich dann misstrauisch in eine Ecke zurück, von der aus er einen guten Überblick hatte.

Lenz ging der Schreibtisch nicht aus dem Kopf. Der passte nicht zu Eschke. Hier stimmte etwas nicht, irgendetwas passte nicht zusammen. Dieser Angler und dieser Schreibtisch.

»Vielleicht hat er den auch geerbt«, vermutete Maiwald.

»Das kann natürlich sein.«

Maiwald holte eine Flasche Rotwein, öffnete sie. Lenz sträubte sich zunächst, fragte nach Antialkoholischem, fügte sich dann aber doch. Wenn das so weitergeht, werde ich noch zum Alkoholiker, dachte er. Dass sie aus der Flasche tranken, störte ihn nicht weiter. Darauf kam es dann auch nicht mehr an. Das passt doch, dachte er. Auf dem Boden sitzen, Liebesbriefe lesen und Rotwein aus der Flasche trinken.

Maiwald trug heute einen sehr kurzen Rock.

»Eine Möglichkeit gibt es natürlich auch noch: Es könnte sich um einen codierten Text handeln«, gab Lenz zu bedenken.

Kürzer als sonst. Außerdem trug sie sonst meistens Hosen.

»Oh je, dann lösen wir das Rätsel ja nie.«

Lenz fiel auf, dass sie schöne Beine hatte.

»Obwohl, da gibt es an der Uni-Bibliothek doch diesen Dr. Haberlein. Bibliotheksoberrat Dr. Kuno Haberlein.«

Was sie wohl darunter trug?

»Der ist doch Historiker. Meines Wissens ist die DDR sein Spezialgebiet. Soviel ich weiß, hat er sogar über den Sicherheitsapparat der DDR promoviert.«

Einen knappen Slip? Vielleicht mit Spitzen besetzt?

»Und da müssten Codierungssysteme und das ganze Zeugs doch dazugehören!«

Oder vielleicht gar nichts?

»Oder nicht?«

Ob sie wohl rasiert war?

Irgendwelches Gestrüpp an bestimmten Körperstellen konnte er jedenfalls auf den Tod nicht ausstehen. Schon gar nicht bei Frauen.

»Lenz?«

Eine gepflegte Rasur an bestimmten Körperstellen müsste gesetzlich vorgeschrieben sein, dachte er.

»Lenz?«

»Bitte? Entschuldigung ...«

»Ich meine, dieses ganze Codierungs-Gedöns ...«

»Ja? Was ist damit?«

»Also, das müsste doch alles zum Bereich Stasi gehören ...«

Maiwalds Wangen waren gerötet. Vom Wein? Oder vor Aufregung über ihre Idee? Oder etwa aus einem anderen Grund?

»Ja, klar.«

Stand ihr auf jeden Fall gut.

»Und Dr. Haberlein ...«

»Wer?«

»Na, von der Uni-Bibliothek ...«

»Ach, der ...«

»Kennen Sie ihn?«

»Vom Hörensagen.«

»... der kennt sich damit bestens aus.«

»Ach ja?« Lenz stellte beschämt fest, dass seine Gedanken bezüglich der Maiwald immer obszöner wurden. Was war bloß los mit ihm?

»Ich finde, wir könnten uns ruhig an ihn wenden.«

Zu seiner Entlastung führte er das auf den ungewohnten Alkohol zurück. Strafmildernd, sozusagen.

»Das sieht er bestimmt als fachliche Herausforderung an.«

Sie sah aber auch verdammt gut aus an diesem Abend.

»Wenn Dr. Haberlein uns nicht weiterhelfen kann, kann uns niemand weiterhelfen.«

Vor allem ihr Mund wirkte außerordentlich anziehend.

»Ich glaube, er hat sogar in Bayern promoviert.«

Geradezu aufreizend.

»Das ist schon was. Ich meine: In Bayern.«

Früher war ihm das nie aufgefallen.

»Ich glaube, an der Ludwig-Maximilians-Universität in München.«

Jedenfalls nicht so.

»Meinen Sie nicht, dass der uns vielleicht helfen könnte?«

»Bitte? Ach so, doch, klar, natürlich.«

Lenz' innere Stimme meldete sich wieder. Sie rief ihn zur Ordnung. Jetzt reiß' dich mal am Riemen, Junge, sagte sie. Oder hast du noch nie eine Frau mit schönen Beinen und einem schönen Mund gesehen? Lenz gehorchte sofort. Als Maiwald ihm Wein nachschenken wollte, wehrte er energisch ab. Noch ein Schluck, und ich kann für nichts mehr garantieren, dachte er.

Auch Maiwald war offenbar nicht mehr ganz klar im Kopf. Jedenfalls redete sie wie ein Wasserfall, und Lenz hatte zunehmend Mühe, ihr zu folgen. Irgendwann gab er es ganz auf, und sein Beitrag zur Konversation bestand nur noch aus »klar«, »doch« und »auf jeden Fall« und irgendwann nur noch aus einem zustimmenden »hm«. Immerhin beschlossen sie, Dr. Haberlein tatsächlich ins Vertrauen zu ziehen und um Hilfe zu bitten. Lenz meinte sich zu erinnern, im Zusammenhang mit ihm sogar mal den Begriff »Koryphäe« gehört zu haben.

»Na also, dann ist das unser Mann«, meinte Maiwald begeistert. »Dann steht der Lösung des Rätsels nun nichts mehr im Wege.«

»Falls es überhaupt ein Rätsel gibt«, wandte Lenz matt ein.

»Wenn Haberlein nichts findet, dann ist da auch nichts«, war sich Maiwald sicher.

»Und wir sind so schlau wie vorher«, murrte Lenz.

Es war nach Mitternacht, als sie sich voneinander verabschiedeten. Lenz war es, der zum Aufbruch drängte. Maiwald hätte auch noch einige Stunden so weitermachen können. Reden, Pläne schmieden, Rotwein trinken. Lange war sie nicht mehr so gelöst gewesen. Zum Abschied gab sie ihm ein Küsschen auf die Wange. Das gefiel Lenz. Die beiden Polizisten vor der Tür bemühten sich um einen möglichst diskreten, desinteressierten Gesichtsausdruck.

Lenz überlegte kurz, einen Abstecher zum Kiez zu machen, war über diesen Gedanken jedoch im nächsten Moment einigermaßen schockiert. Es musste an die zwanzig Jahre her sein, dass er solchen Anwandlungen nachgegeben hatte. Damals war er ein junger Offizieranwärter gewesen und seine Kameraden hatten ihn mehr oder weniger mitgeschleppt. »Nahkampfausbildung auf der Reeperbahn« hatte die Parole gelautet, und die damaligen Erfahrungen waren nicht geeignet, den Wunsch nach einer Wiederholung aufkommen zu lassen.

»Was ist bloß los mit dir?« Die innere Stimme wieder.

Der Wein? Maiwald? Maiwald und der Wein? Oder was?

»Kalte Dusche«, empfahl die innere Stimme.

Lenz legte den Weg zu seiner Wohnung, eine Strecke von etwa zwanzig Minuten, zu Fuß zurück. Die frische Luft tat ihm gut. Allmählich konnte er wieder klare Gedanken fassen. Allerdings nicht klar genug. Sonst hätte er bemerkt, dass ihm im sicheren Abstand und langsamen Tempo ein schwarzer Kleintransporter folgte. Hätte bemerkt, dass die Insassen ihn nicht aus den Augen ließen. Hätte vielleicht auch bemerkt, dass der Transporter unweit seiner Wohnung Position bezog und dort die ganze Nacht blieb.

Hätte.

Obwohl hundemüde, konnte Lenz nicht gleich ins Bett gehen. Wie immer in solchen Fällen schaltete er den CD-Spieler ein. Schubert diesmal. Liederzyklus »Die schöne

Müllerin«. Er setzte sich an den Computer, ging ins Internet. Wenige Tastendrucke, und er hatte einen guten Überblick über den beruflichen Werdegang von Bibliotheksoberrat Dr. Kuno Haberlein. Tatsächlich, Maiwald hatte recht, Haberleins Spezialgebiet war die DDR, und promoviert hatte er über den Sicherheitsapparat. Mehrere Veröffentlichungen zu dem Thema. *Der Apparat. Mechanismen der Überwachung und der Unterdrückung in der DDR* beispielsweise. Aber auch mit der Spionagetätigkeit des Arbeiter- und Bauern-Staates hatte sich Haberlein befasst. Kein Zweifel, der Mann war ein Experte. Brillante Idee von Maiwald, ihn ins Spiel zu bringen.

* * *

»Haben Sie was mit Literatur zu tun?« Mit diesen Worten hatte Stefan Limbach vor zwei Jahren Moritz Lenz angesprochen. Ort: Lenz' Lieblings-Café in der Innenstadt, wo er einmal in der Woche, meistens mittwochs, seinen Milchkaffee trank. Limbach hatte am Nebentisch gesessen, und Lenz, sonst bei der direkten Kontaktaufnahme durch wildfremde Menschen eher misstrauisch und zurückhaltend, war durch die Frage vollkommen überrumpelt gewesen. Und geschmeichelt. Ja, er hatte sich geschmeichelt gefühlt. »Haben Sie was mit Literatur zu tun?«, hatte ihn der Unbekannte gefragt. Das klang doch ganz anders als etwa: »Sind Sie im öffentlichen Dienst?« Oder: »Sind Sie Bibliothekar?« Oder sonst irgendwas.

»Haben Sie was mit Literatur zu tun?«

»Nun ja, in gewisser Weise schon ... Wenn auch eher im administrativen Bereich.«

Wie er denn darauf komme, hatte Lenz wissen wollen.

»Sie machen irgendwie den Eindruck.«

Der Fremde war Lenz sofort sympathisch gewesen. Wenig später hatte er an Lenz' Tisch gesessen, und es hatte sich auf Anhieb ein gutes Gespräch entwickelt.

Stefan Limbach war von Beruf Journalist. Einige Jahre war er wohlbestallter Hamburger Korrespondent einer großen Tageszeitung gewesen. Als die Zeitung in eine finanzielle Krise kam, musste sie Leute entlassen. Darunter war auch Limbach. Ihn traf die Situation vollkommen unerwartet. Die Zeitung war eine sehr renommierte Zeitung und wer es schaffte, dort Redakteur zu werden, hatte normalerweise ausgesorgt. Das war entweder eine Lebensstellung oder man wurde irgendwann für viel Geld von einem anderen Blatt abgeworben. So war es immer gewesen, jahrzehntelang.

Jetzt nicht mehr.

Die Anschläge vom 11. September 2001 bewirkten einen starken Konjunktureinbruch, der auch vor den Medien und hier insbesondere vor den Tageszeitungen, die mit sinkenden Einnahmen aus dem Anzeigenverkauf zu kämpfen hatten, nicht haltmachte.

Limbach nannte sich fortan »Freier Journalist«, scheiterte als solcher aber kläglich. Er kam mit der neuen Situation nicht klar, pumpte lieber seine Eltern an, als sich arbeitslos zu melden. Er verkaufte seinen heißgeliebten Sportwagen, schlug sich mühsam mit miesen Jobs durch, putzte Klinken für eine Telefongesellschaft, war SMS-Chat-Agent. Erst als er sich zweimal als Spielhallenaufsicht beworben hatte und beide Male nicht genommen wurde, als er dreizehn Kilo abgenommen hatte und wirklich kurz vorm Verhungern war, meldete er sich arbeitslos. Sein Anspruch auf reguläres Arbeitslosengeld war inzwischen abgelaufen, aber er bekam ALG II, 347 Euro plus die Kosten für die Wohnung. Seine komfortable Drei-Zimmer-Wohnung im Stadtteil Eppendorf musste er aufgeben und mit einem schäbigen Loch auf St. Pauli vorliebnehmen. Dort verbrachte er seine Tage nun größtenteils mit dem Anschauen von Porno-DVDs. Abends arbeitete er angeblich an einem Buch, von dem er überzeugt war, dass es ein Welt-Bestseller werden würde. »Eine Sensation«, verkündete Limbach bei jeder Gelegenheit und erzählte jedem davon, der es hören wollte, und auch jedem, der es nicht hören wollte. Noch nie hatte allerdings jemand auch nur eine Seite des Manuskriptes gesehen. Fünfzehntausend Euro hatte Limbach vor einem Jahr für die Scheinehe mit einer Jamaikanerin kassiert. Er kam jetzt einigermaßen über die Runden.

Lenz und Limbach hatten sich schnell angefreundet, auch wenn Lenz Limbachs Lebenswandel als einigermaßen befremdlich empfand. Aber der Ex-Offizier und ehemalige Elitekämpfer und der Ex-Redakteur und Kriegsdienstverweigerer lagen irgendwie auf einer Wellenlänge. Beide liebten Kunst und Kultur, blühten bei Autorenlesungen und Vernissagen richtig auf, schwelgten in klassischen Konzerten und Opernaufführungen. Und konnten sich über die jeweils neuesten Entartungen des Unterschichten-Fernsehens und der Blöd-Zeitung herrlich ereifern. Beide sahen dem nahenden Untergang des Abendlandes mit resigniertem, aber festem Blick entgegen.

Limbach war etwas jünger als Lenz, wirkte aber irgendwie abgeklärter, vielleicht auch zynischer. Er war der Einzige in Hamburg, der von Lenz' militärischer Vergangenheit wusste. Lenz hatte allmählich immer mehr Vertrauen zu ihm gefasst und ihm schließlich nach einem Jahr davon erzählt. »Das ist ja wie in einem Roman von John le Carré«, hatte Limbachs knapper Kommentar gelautet. Das war typisch Limbach.

Vertrauen. Zu niemandem hatte Lenz so viel Vertrauen wie zu Limbach, den er im Laufe der Zeit, bei all seinen Macken, als außerordentlich zuverlässigen Menschen kennengelernt hatte. Deswegen drängte es ihn sehr, ihm von den jüngsten Störungen seines normalerweise recht beschaulichen Lebens zu berichten. Ort: Wieder ihrer beider Lieblings-Café in der Innenstadt. Das war ihr üblicher Treffpunkt, und sie mussten dort gar keine Bestellung mehr aufgeben, die Bedienung wusste von vorneherein Bescheid: Ein Milchkaffee für Lenz, eine heiße Schokolade für Limbach. Manchmal noch ein Apfelstrudel für Lenz und ein Früchteeisbecher für Limbach.

Heute ohne Apfelstrudel und Früchteisbecher.

Limbach flirtete wie üblich per Augenkontakt zunächst mit der drallen, brünetten Bedienung, die seine Blicke kokett erwiderte, wandte seine Aufmerksamkeit aber bald einer zierlichen Blondine zu, die ein paar Tische weiter saß, konzentriert in einem Buch las und ihn keines Blickes würdigte. Limbachs Ehrgeiz wurde angestachelt.

Aber sobald ihm Lenz erzählt hatte, was in den letzten Tagen passiert war, waren sowohl die Dralle als auch die Zierliche vollkommen vergessen. Prüfend sah Limbach seinem Freund in die Augen. »Sach ma, du hast nicht was genommen, oder so?«

»Quatsch, ich doch nicht.«

»Du willst mich auch nicht verarschen?«

»Komm, du kennst mich doch.«

»Stimmt, so eine Geschichte könntest du dir gar nicht ausdenken.«

»Eben.«

»Der du mit Literatur ja nur im administrativen Bereich zu tun hast«, stichelte Limbach in Anspielung auf ihr allererstes Gespräch.

»Im Gegensatz zu dir, dem großen, verkannten Poeten«, konterte Lenz.

Beide lachten.

»Darfs noch was sein?«

Die dralle Bedienung war an den Tisch getreten, vielleicht, um Limbachs Aufmerksamkeit wieder auf sich zu lenken, vielleicht aber auch, weil sie einfach eine gute Bedienung war.

»Danke, im Moment nicht«, antwortete Lenz.

»Vielleicht später«, meinte Limbach und starrte ihr dabei ungeniert in den tiefen Ausschnitt ihres eng anliegenden Oberteils.

»Ihr sagt Bescheid, ja?«, flötete die Bedienung und entfernte sich wieder.

»Sehr gerne«, rief ihr Limbach hinterher und fixierte dabei ihren wackelnden Hintern. »Ich bekomm' nachher bestimmt noch Lust auf was Süßes, hähähä«, kündigte er an. Lenz verdrehte die Augen.

»Tschuldigung. Tja, also, um zum Thema zurückzukommen ...«, Limbach schaute Lenz nachdenklich an, »... wenn das alles stimmt, was du mir da erzählt hast, und davon geh' ich aus, dann sitzt du ganz schön in der Scheiße.«

»Danke. Aber das hab' ich mir fast schon gedacht.«

»Mag sein, aber wahrscheinlich sitzt du noch viel mehr in der Scheiße, als du es für möglich hälst.«

»Wieso?«

»Dieser Holzinger, den kenn' ich. Das ist ein scharfer Hund. Den lassen sie nur von der Leine, wenns brennt. Ich meine: richtig brennt.«

»Du meinst, so richtig schwere Fälle, Terrorismus und so?«

»Mindestens. Aber es darf gerne noch eine Nummer größer sein.«

»Noch größer?«

»Eigentlich ist Spionage sein Metier. Also, die Abwehr derselben natürlich. Der hat zum Beispiel damals diesen Staatsrat aus der Wirtschaftsbehörde hopsgenommen, der jahrelang munter die sensibelsten Daten ausspioniert hatte.«

Lenz erinnerte sich dunkel an den Fall, der schon etliche Jahre zurücklag. Die Einzelheiten bekam er nicht mehr zusammen, es war wohl um Konstruktionspläne für Kriegsschiffe gegangen, die der Staatsrat an die DDR verscherbelt hatte.

»Wenn der erst Witterung aufgenommen hat, lässt der sich durch nichts von der Fährte abbringen.«

Oder waren es Pläne für den Airbus gewesen?

»Gab wohl verschiedentlich Versuche ihn abzuwerben, auch aus der Wirtschaft, und sogar aus dem Ausland. Aber der Mann ist überzeugter Hamburger und überzeugter Polizist.«

Nein, da gab es die DDR doch schon nicht mehr, oder?

»Eines ist klar: Wenn Holzinger loslegt, rollen hinterher Köpfe.«

Oder hatte er für China spioniert?

»Also, sollte das Ganze tatsächlich mit irgend so 'ner Stasi-Kacke was zu tun haben, dann solltest du dir schon mal überlegen, wo du untertauchen kannst.«

»Nu mach' ma halblang, die Stasi gibts doch schon lange nicht mehr!«

»Denkst du!«

»Du liest zu viele schlechte Romane.«

»Das Leben ist ein schlechter Roman. Viel zu viele Handlungsstränge, die nicht richtig ausgearbeitet sind. Zu viele Nebenfiguren. Die Hauptfiguren undeutlich charakterisiert. Und vor allem: Die Plots viel zu langweilig, zu klischeehaft!«

»Jetzt wirst du philosophisch.«

»Cogito ergo sum, wie wir Lateiner sagen.«

»Komisch, mir fällt gerade bloß scio, nescio ein.«

»Okay, Spaß beiseite. Ich glaub' ehrlich gesagt nicht, dass das Ganze was mit der Stasi zu tun hat. Du hast schon recht, das ist alles viel zu lange her.«

»Eines habe ich dir ja noch gar nicht erzählt.«

»Nämlich?«

»Maiwalds Onkel war Hausmeister in Wandlitz.«

Limbach bestellte sich einen Früchteeisbecher.

* * *

Angelika Maiwald war verwirrt. Die Ereignisse der jüngsten Zeit hatten ihr sehr zugesetzt. Das war aber nicht der einzige Grund. Auch dieser Lenz ging ihr nicht aus dem Kopf. Den letzten Abend mit ihm hatte sie als sehr angenehm empfunden. Doch dann hatte er es plötzlich sehr eilig gehabt. Extrem eilig. Das war zumindest ihr Eindruck gewesen. Hatte sie etwas Falsches gesagt? War sie ihm möglicherweise zu nahe getreten, zu persönlich geworden? Sie vertrug wenig Alkohol, das wusste sie, und wenn sie nur ein Glas zu viel getrunken hatte, plapperte sie gern zu viel. Oder war Lenz einfach schüchtern, die Nähe von Frauen nicht gewohnt?

Seit Tagen hatte sie ihre Wohnung nicht verlassen. Holzinger hatte angekündigt, die beiden Polizisten vor ihrer Tür würden nicht von ihrer Seite weichen und sie überall hin begleiten. Das war ihr zu blöd. Wer war sie denn, dass sie mit Leibwächtern durch die Gegend spazierte? Die Bundeskanzlerin? Deshalb war sie lieber zu Hause geblieben.

Aber allmählich fiel ihr die Decke auf den Kopf. Draußen schien die Sonne. Außerdem brauchte sie einige Lebensmittel. Vor allem aber wäre sie gerne ganz einfach ein wenig an der Alster entlangspaziert. Was tun? Den beiden Jungs vor der Tür ein Schnippchen schlagen? Vielleicht über den Balkon abhauen, sich nach unten hangeln? Quatsch! Das war hier doch kein Actionfilm. Oder beide in die Wohnung bitten und irgendwie ablenken? Vielleicht verführen? Dass sie einen Moment unaufmerksam wären. Diesen Moment eiskalt ausnutzen und verschwinden. Die beiden Männer waren durchaus attraktiv. Drahtige, junge Typen mit Bürstenhaarschnitten. Sahen wirklich knackig aus, die beiden ...

Angelika Maiwald musste lachen. Irgendetwas ging gerade irgendwie mit ihr durch.

Es klingelte an der Wohnungstür. Sie fuhr zusammen und guckte durch den Türspion. Einer der beiden Polizisten stand an der Tür. Maiwald erschrak. Sie öffnete.

»Frau Maiwald, Entschuldigung. Ob ich vielleicht mal Ihre Toilette benutzen dürfte?«

»Äh, ja, klar, bitte.«

»Entschuldigung.«

»Ich bitte Sie, das macht doch nichts.«

Maiwald wies ihm den Weg, sein Kollege blieb mit unbeteiligtem Gesicht vor der Tür stehen.

»Sie vielleicht auch?«, fragte sie ihn unsicher.

»Bitte?«

»Ich meine, wenn Sie auch ...«

»Ach so. Danke. Im Moment nicht.«

Der Mann lächelte. Er sah wirklich verdammt gut aus, dachte Angelika Maiwald. Mindestens 1,90 Meter groß. Breitschultrig. Total durchtrainiert. Bestimmt Kampfsportler. Sein Kollege war etwas kleiner, hatte dafür aber einen ganz kurz gestutzten Bart. Das mochte Angelika Maiwald. Das kratzte so schön in bestimmten Situationen. Beide trugen

Zivil, waren leger, aber nicht ungepflegt gekleidet. Jeans, Sakkos, Hemden mit offenem Kragen. Dazu Turnschuhe.

»Vielen Dank. Und entschuldigen Sie nochmals, bitte.«

»Keine Ursache, ich bitte Sie.«

Da war der Kurzbärtige auch schon wieder aus der Wohnung.

»Ach, äh, Entschuldigung ...«

»Ja?«

Der Kurzbärtige drehte sich um und fixierte Angelika Maiwald aus stahlblauen Augen. Ihr wurde warm.

»Möchten Sie vielleicht, ich meine, Sie und Ihr Kollege, kurz hereinkommen? Ich würde Sie gerne auf einen Kaffee einladen.«

Der Kurzbärtige und der Breitschultrige sahen sich kurz an, nickten einander knapp zu. Angelika Maiwald registrierte, dass der Breitschultrige braune Augen hatte.

»Gerne, das ist sehr freundlich von Ihnen, Frau Maiwald«, meinte der Kurzbärtige.

Beide traten in die Wohnung.

»Ich bitte Sie. Das ist doch das Mindeste. Immerhin stehen Sie die ganze Zeit vor meiner Wohnung und beschützen mich.«

»Das ist unser Job. Dafür werden wir bezahlt«, meinte der Kurzbärtige lässig. Er schien gesprächiger als der Breitschultrige zu sein.

Angelika Maiwald geleitete die beiden Männer ins Wohnzimmer, bedeutete ihnen, Platz zu nehmen. »Ich geh' schnell in die Küche und mache den Kaffee, ja?«

Sie rauschte aus dem Zimmer, setzte den Kaffee auf. Sie flitzte ins Bad, warf einen kritischen Blick in den Spiegel. Sie war nicht zufrieden. Ganz schön zerknautscht. Bisschen Schminke hätte auch nicht geschadet. Jetzt war es dafür zu spät, das wäre zu auffällig gewesen. Die Kleidung: Eine Katastrophe! Zerbeulter Jogginganzug. Wollsocken. Mein Gott, sie hatte ja nicht ahnen können, dass sie heute noch Herrenbesuch bekommen würde. Jetzt noch schnell umziehen? Zu auffällig. Sie steckte die Haare hoch. Bisschen Chanel Nr. 5 noch, das musste reichen. Sie holte den Kaffee, servierte ihn ihren Gästen.

Beide bedankten sich artig.

Maiwald setzte sich. »Ich würde Ihnen gerne ein Stück Kuchen anbieten, habe aber leider keinen da.«

»Danke, das ist doch nicht nötig«, wehrte der Kurzbärtige ab.

»Vielleicht könnte ja einer von Ihnen schnell, ich meine, gleich gegenüber ist eine Konditorei ...«

»Bedaure, wir dürfen unseren Posten nicht verlassen«, stellte der Breitschultrige klar.

»Da bekämen Sie wohl Ärger mit Ihrem Chef?«

»Erheblichen Ärger«, bestätigte der Breitschultrige.

»Wenn er's mitkriegen würde«, grinste der Kurzbärtige. Er schien auch der Aufgeschlossenere von beiden zu sein.

»Holzinger kriegt alles mit«, warnte der Breitschultrige grimmig.

Es klingelte an der Tür. Sofort sprangen die beiden Kriminalbeamten auf. Sie gaben Angelika Maiwald ein Zeichen, sitzen zu bleiben. Mit gezogenen Waffen schlichen sie zur Tür.

»Wer ist da?«, rief der Breitschultrige. Er und sein Kollege zielten auf die Tür.

»Holzinger«, tönte es ungeduldig von draußen.

5. Kapitel

Lenz hatte schon die U-Bahn nach Hause nehmen wollen, da entschloss er sich spontan, noch einen kurzen Abstecher zu Wanvalai zu machen. Sogleich meldete sich sein schlechtes Gewissen. Schon wieder?, fragte es. Was soll's, antwortete er. Man kann sich ja ruhig mal was gönnen. Wer weiß, ob ich morgen überhaupt noch lebe. Vielleicht werde ich ja heute noch erschossen. Ob von irgendwelchen Stasi-Schergen oder von jemand anderem war ja eigentlich egal. Vielleicht bekomme ich aber auch eine Hirnblutung. Einfach so. Oder ich werde überfahren. Oder ein Flugzeug fällt mir auf den Kopf. Dann habe ich wenigstens noch mal gut gegessen. Mich gut unterhalten. Was Schönes gesehen. Carpe diem, sagt der Lateiner, dachte er, nutze den Tag. Nutze jeden Tag so, als ob es dein letzter wäre. Mussten kluge Leute gewesen sein, diese Römer. Die Japaner wiederum sagten: Morgen ist nicht wichtig. Morgen existiert noch nicht. Lebe lieber bewusst den jeweiligen Augenblick. Ebenfalls kluge Leute, die Japaner. Lenz' Appetit auf Sushi war jetzt also sozusagen philosophisch untermauert.

Es war ein strahlender, warmer Sonnentag und so standen die Chancen gut, dass bei Wanvalai nicht viel los war. Bei diesem Wetter bevölkerten die Leute lieber die zahlreichen Straßencafés. Lenz hasste es, draußen zu sitzen. Alle fünf Minuten wurde man abwechselnd von fahrenden Musikanten, Obdachlosenzeitungs-Verkäufern und Bettlern behelligt. Darüber hatte er kürzlich mit Limbach diskutiert. Limbach gab jedem etwas, der vor ihm die Hand aufhielt, obwohl er selber wenig hatte. Lenz gab nie etwas. Limbach war der Überzeugung, dass es alles andere als selbstverständlich war, dass es einem relativ gut ging. Man sollte deshalb die nicht vergessen, denen es weniger gut oder sogar schlecht ging. Lenz dagegen meinte, dass Gutmütigkeit schnell ausgenutzt wurde. Und dass es mit dem eigenen, bescheidenen Wohlstand schnell vorbei sein konnte, wenn man allzu großzügig mit ihm umging.

Lenz bemerkte nicht, dass ihm schon die ganze Zeit ein Mann und eine Frau unauffällig folgten.

Seine Rechnung ging auf: Bei Wanvalai war tote Hose. Schon von Weitem strahlte sie ihn an. »Gehts gut?«, fragte sie.

»Wenn ich dich sehe, immer«, antwortete er. Das war eigentlich nicht sein Stil. Viel zu plump, normalerweise. Aber allmählich hatte sich zwischen ihnen beiden ein einigermaßen vertrauter Umgangston entwickelt. Außerdem freute sich die junge Thailänderin über Freundlichkeiten dieser Art.

Lenz nahm an der Theke Platz und gab seine übliche Bestellung auf. Wanvalai machte sich Sorgen über den mäßigen Besuch. Lenz war der einzige Gast. Den ganzen Tag war nicht viel los gewesen und die Tage davor auch schon nicht.

»Wenn das so weitergeht, wird das Lokal noch dichtgemacht«, befürchtete sie. Der Chef hatte schon entsprechende Andeutungen gemacht.

»Das liegt jetzt bloß am Wetter. Sobald das berühmte Hamburger Schmuddelwetter wieder da ist, ist es wieder voll hier«, versuchte Lenz sie zu trösten. »Wahrscheinlich voller als dir lieb ist.«

»Hoffentlich.«

Wahr war allerdings auch, dass es immer mehr Konkurrenz gab. In der letzten Zeit waren in der Stadt Sushi-Restaurants wie Pilze aus dem Boden geschossen. Woran das wohl lag? Ob Sushi wirklich so vielen Leuten schmeckte? Oder ob sie sich beim Sushi-Essen bloß chic vorkamen? Nach dem Motto: »Schaut, wie toll und weltoffen wir sind, wir essen Sushi.« Manche hantierten mit den Stäbchen so ungeschickt, dass man gar nicht hinschauen konnte. Ein Wunder, dass es nicht zu Verletzungen kam. Die größten Banausen, denen sowieso nichts peinlich war, ließen sich lieber gleich Messer und Gabel geben. Sushi mit Messer und Gabel! Lenz war der Meinung, dass das gesetzlich verboten werden müsste. Manche gaben ihre Abenteuer an der Sushi-Front gleich live per Handy an die Lieben daheim durch: »Mama, mer sen in Hamburg un esse Susshi!«

Ehrlich gesagt, so richtig satt wurde man von Sushi ja nicht. Es war schon vorgekommen, dass Lenz vor oder nach einem Besuch bei Wanvalai verstohlen in ein amerikanisches Fastfood-Restaurant gehuscht war und dort schnell zwei Cheeseburger verdrückt hatte. Das gehörte allerdings zu den größten Geheimnissen seines Lebens. Davon würde er niemals jemandem erzählen. Nur unter schwerster Folter hätte er diese Fehltritte gestanden. Gerade Limbach durfte auf keinen Fall davon erfahren. Das wäre ein gefundenes Fressen für das alte Lästermaul gewesen.

Wanvalai packte wieder viel mehr auf den Teller, als laut Karte vorgesehen war, und Lenz freute sich. Doch, die Kleine gehörte auf jeden Fall zu den Lichtblicken in seinem Leben. Kürzlich hatte sie ihm erzählt, sie wolle Tango tanzen lernen, und ihn gefragt, ob er nicht ihr Tanzpartner sein wollte. Lenz hatte sich geschmeichelt gefühlt, klar. Aber natürlich hatte er abgelehnt. Tango! Er! Er wäre sich vollkommen lächerlich vorgekommen. »Harte Männer tanzen nicht«, hatte er zu Wanvalai gesagt, und sie hatte schüchtern gelächelt. Limbach wäre bestimmt sofort dabei gewesen, der alte Schwerenöter.

Aber Lenz hatte es natürlich tunlichst vermieden, seinem Freund von Wanvalais Ansinnen zu erzählen.

Limbach. Er war merkwürdig wortkarg geworden, als Lenz den Wandlitz-Hintergrund von Maiwalds Onkel erwähnt hatte. Die Kellnerin war noch ein paarmal mit wackelndem Hintern und wippenden Brüsten an ihm vorbeigedackelt, aber er hatte sie keines Blickes mehr gewürdigt. Was hatte das nun wieder zu bedeuten? Nahm Limbach ihn nicht ernst? Oder war das Gegenteil der Fall und er wusste mehr, als er zugab? Hatte er in seiner aktiven Journalisten-Zeit nicht auch einmal über einen Stasi-Spitzel beim NDR berichtet? War Limbach womöglich selber ein Stasi-Mann? Den letzten Gedanken verwarf Lenz sofort. Er hielt sich zugute, einigermaßen über Menschenkenntnis zu verfügen, und Limbach als Stasi-Spitzel, das war vollkommen ausgeschlossen. Außerdem: Wen oder was sollte ein Hartz IV-Empfänger schon groß ausspionieren? Oder witterte er vielleicht eine Story und hoffte, auf diese Weise wieder als Journalist ins Geschäft zu kommen? Möglich wäre allerdings auch ...

»Entschuldigung.«

»Ja?«

»Kennen Sie sich in Hamburg aus?«

»Ein wenig.«

»Das ist gut.«

Lenz war so in Gedanken versunken gewesen, dass er gar nicht bemerkt hatte, dass zwei Sitze neben ihm eine junge Frau an der Theke Platz genommen hatte. Sie war etwa dreißig Jahre alt, hatte halblange, blonde, glatte Haare, strahlend blaue Augen und trug einen schwarzen Hosenanzug. Sie war sehr attraktiv.

»Können Sie mir dann vielleicht sagen, wo die Kunsthalle ist?«

Lenz konnte.

Die Frau gab ihre Bestellung auf, und die Zügigkeit und Selbstsicherheit, mit der sie das tat, verrieten die Sushi-Kennerin. Ob er aus Hamburg komme, wollte sie wissen, und Lenz verneinte. Er lebe allerdings schon eine ganze Weile hier, aber ursprünglich komme er aus Schwaben.

»Aus Schwaben? Das hört man Ihnen aber überhaupt nicht an.«

»Nun ja,wie gesagt, ich lebe schon eine ganze Weile hier.«

Lenz fasste die Aussage der Frau als Kompliment auf. Das war ein Satz, den bestimmt nicht viele Schwaben zu hören bekamen. You can get someone out of Schwaben but you never can get Schwaben out of someone. So hatte Freund Limbach kürzlich den Nagel auf den Kopf getroffen.

Die Frau kam aus Hannover, hatte einige Tage frei und wollte sich Hamburg ein wenig anschauen. Neben der Kunsthalle stand noch ein Opernbesuch auf ihrem Programm. Und natürlich der Hafen. Ob er ein wenig Ahnung von Oper habe?

Er? Ein wenig? Lenz musste innerlich schmunzeln. War »Oper« doch fast so etwas wie sein zweiter Vorname. Aber er bemühte sich, den profunden Kenner nicht allzu sehr raushängen zu lassen.

»Nun, ein wenig schon.« Eigentlich mochte Lenz es nicht, von wildfremden Leuten von der Seite angequatscht zu werden. Aber in diesem Fall ...

Komisch, nach Jahren der völligen – und gewollten – Ereignislosigkeit passieren plötzlich allerlei ungewöhnliche Dinge in meinem Leben, dachte er. Beunruhigende Dinge. Gefährliche Dinge. Aber auch interessante Dinge. Und immer spielen Frauen dabei eine Rolle.

Die Dame aus Hannover erwies sich als charmante, witzige und gebildete Gesprächspartnerin. Lenz gab etwas gönnerhaft den kundigen Wahl-Hamburger, der auf seine Stadt nichts kommen lässt. »Hier sind sogar die Punks von ausgesuchter Höflichkeit«, versicherte er.

Die Frau zeigte sich beeindruckt und berichtete von ganz gegensätzlichen Erfahrungen in Berlin. »Det heißt hier Bullette, wa!« So war sie in der Hauptstadt angeraunzt worden, als sie in einem Schnellimbiss eine Frikadelle bestellt hatte.

»Die meinen das wahrscheinlich nicht böse, die kennen das da halt nicht anders«, vermutete Lenz, »aber als Hanseat zuckt man natürlich zusammen, wenn man so etwas hört.«

Beide lachten.

Wanvalai war etwas irritiert angesichts des ungewohnten Gebarens ihres Lieblingskunden. Normalerweise hatte er nur Augen für sie und sprach sonst mit keinem Menschen, wenn er bei ihr zu Gast war. »Darfs noch etwas sein?«, fragte sie Lenz schüchtern, aber eigentlich meinte sie: »Hallo, ich bin auch noch da!« Und: »Was willst du denn mit der?«

Lenz bestellte, entgegen seiner sonstigen Angewohnheit, noch ein Alsterwasser. Seine Gesprächspartnerin hatte zum Essen einen trockenen Weißwein gewählt und gab jetzt noch, ganz stilsichere Kennerin, einen grünen Tee in Auftrag. »Waren Sie jemals in Japan?«, wollte sie wissen.

Lenz verneinte und wies darauf hin, dass er dieses Land, trotz großen Interesses und viel Sympathie, wohl auch niemals betreten werde, da er sehr ungern fliege. Vor allem so weit. Überhaupt verlasse er Hamburg höchst ungern und nur, wenn es sich wirklich nicht vermeiden lasse.

»Da verpassen Sie aber viel«, meinte die Frau, was Lenz energisch dementierte mit dem Hinweis, dass es in Hamburg alles gab, was er brauchte.

»Was brauchen Sie denn?«

Lenz zuckte bei dieser Frage etwas zusammen, und die Frau merkte sofort, dass sie möglicherweise zu weit gegangen war. »Entschuldigen Sie, das geht mich ja gar nichts an.«

»Nein, nein, schon gut.« Lenz fand zunehmend Gefallen an dem Gespräch. »Nun, zunächst muss eine Stadt eine gewisse Größe haben, finde ich. Ich könnte nie in einem Dorf leben, wo jeder jeden kennt und jeder über jeden alles weiß.«

Die Frau nickte zustimmend.

»Dann sollte eine Stadt mindestens ein Theater, eine Universität und eine Bibliothek haben.«

Auch hier pflichtete ihm die Frau bei. »Und wenn dann noch auch die Punks höflich sind«, fügte sie hinzu, »was will man mehr?«

Wieder lachten beide.

Die Frau stand auf, ging ein paar Schritte auf Lenz zu und gab ihm die Hand. »Katja Hoch«, stellte sie sich vor.

»Moritz Lenz«, erwiderte er.

Lenz bemerkte, dass sie sehr gut roch. Chanel Nr. 5 tippte er.

* * *

Verdammt. Mist. Scheiße.

Angelika Maiwald war kurz vorm Durchdrehen. Die Decke fiel ihr auf den Kopf. Wie ein Hamster im Laufrad ging sie in ihrer Wohnung auf und ab. Holzinger war kurz da gewesen, hatte als Erstes ihre beiden Leibwächter wieder vor die Tür geschickt und ihr dann berichtet, dass es eigentlich nichts Neues gab.

Sehr witzig: Ich berichte, es gibt nichts zu berichten, hatte Angelika Maiwald gedacht. Eigentlich hatte sie Polizisten nie sonderlich leiden können. Diese zumeist schnauzbärtigen

Vertreter der Staatsmacht. Die in ihrer Freizeit Kampfsport trieben, ins Fitnessstudio gingen oder Fußball spielten. Jetzt saß die Staatsmacht – ohne Schnauzbart – bei ihr im Wohnzimmer und sah ziemlich ratlos aus. »Aber die Ermittlungen laufen auf Hochtouren. Und vor allem – für Ihre Sicherheit wird gesorgt. Zu Ihrem Schutz sind die besten Leute abkommandiert«, hatte Holzinger versichert. Dann hatte er sich verabschiedet.

Prima. Dann ist ja alles in Ordnung, dachte Angelika Maiwald. Wunderbar. Könnte nicht besser sein. Außer, dass ich nicht mehr vor die Tür kann. Es sei denn, mit Leibgarde. Aber das war ihr zu blöd. Sie dachte an John Lennon. Das Idol ihrer Jugend. Sie hatte lange nicht mehr an ihn gedacht. Jetzt sah sie ihn vor sich. Wie er die letzten zehn Jahre seine Wohnung kaum noch verlassen hatte. Aus Angst vor irgendwelchen wildgewordenen Fans. Scheiße, da ist er weltberühmt und schwerreich und traut sich nicht vor die Tür, hatte sie oft gedacht. Hockt immer in seiner Wohnung. Und als er dann doch mal kurz rausgeht, wird er prompt erschossen. Von irgend so einem Arschloch.

Angelika Maiwald hatte sich damals zwei Dinge ganz fest vorgenommen: Sie würde niemals New York besuchen, die Stadt, in der John Lennon erschossen wurde. Und sie wollte niemals berühmt werden. War sie deshalb Bibliothekarin geworden? Nie, in der gesamten Weltgeschichte nicht, war jemals eine Bibliothekarin berühmt geworden.

Eigentlich war sie für die Beatles ja viel zu jung. Zur Zeit ihrer größten Triumphe war sie noch nicht mal geboren. Aber die Ermordung John Lennons hatte sie schwer erschüttert. Sie hatte daraufhin alles über ihn und die Beatles gelesen, was sie in die Hände bekam, hatte alle Platten gehört und alle Filme gesehen und war so im Nachhinein, posthum sozusagen, mit zehn-, fünfzehnjähriger Verspätung, Beatles-Fan geworden. Sie war zur Großen Freiheit auf St. Pauli gepilgert. Wo im damaligen *Starclub* die Weltkarriere von John, Paul, George und Ringo ihren Anfang genommen hatte, war heute ein Puff. Sie war nach Liverpool getrampt, der Heimatstadt der Fab Four, und hatte den ersten handfesten Krach mit ihren Eltern. Sie hatte Hasch geraucht und anschließend gekotzt. Sie hatte angefangen, Gitarre zu spielen und Songs zu schreiben, ließ es aber bald wieder sein. Es war ihr respektlos und vermessen vorgekommen, angesichts von *Sgt. Pepper, Abbey Road* und *Let it be*. Armseliges Geklampfe im Vergleich zur größten Band aller Zeiten.

Jetzt sprach John zu ihr. »Nothing is real«, sagte er, nichts ist wirklich.

»Du hast gut reden, John, irgendwer will mir ans Leder, das kam mir ziemlich real vor, und ich habe keine Ahnung, wer. Und warum. Hab' doch keinem was getan!«

»All you need is love«, kommentierte John.

Sie lachte bitter. »John, Flower Power ist vorbei. Wir haben heute ganz andere Zeiten. Glaube mir: Dir würde es heute hier nicht mehr gefallen.«

»I'm just a jealous guy«, versicherte John.

Diesmal lachte sie amüsiert. »John, auf wen denn eifersüchtig? Auf diesen Lenz etwa? Glaube mir, da ist nichts. Ich will nichts von dem. Und er nichts von mir. Is' irgendwie doch 'n komischer Vogel.«

»Come together«, riet John.

»Wie denn? Ich hab' heute schon fünfmal versucht, ihn anzurufen. Und 'n Handy hat dieser Typ ja nicht. Kein Handy, in der heutigen Zeit, ich bitte dich! Bitte? Ach so, entschuldige, John! Handys, das sind so kleine, mobile Telefone, die man immer bei sich trägt. Hat jeder, heutzutage. Außer diesem Lenz, natürlich.«

»Good day, sunshine«, gab John zu bedenken.

»Das mag ja sein, John, aber, entschuldige die Ausdrucksweise, das geht mir ziemlich am Arsch vorbei. Ich kann zurzeit den Tag nicht genießen. Mir geht es wie dir damals in New York. Ich habe Angst, wittere überall Verrat und Feinde. Ich hocke nur noch auf meiner Bude. Wie du damals.«

»Happiness is a warm gun«, meinte John.

»Bitte? Wundert mich, dass ausgerechnet du das sagst. Aber wahrscheinlich hast du recht. Manchmal hilft eben nur Gewalt. Wäre Lenz nicht fähig, brutal zu sein, ich wäre jetzt wahrscheinlich tot. Nein, nicht wahrscheinlich. Sondern mit absoluter Sicherheit.«

»Imagine there's no heaven«, sagte John.

»Ja, ich weiß, John. Auf das Jenseits will ich mich nun wirklich nicht verlassen. Ich will schon im jetzigen Leben einigermaßen klarkommen. Ich versuche es. Aber es ist so schwer, John, es ist so verdammt schwer!«

»Let it be«, riet John.

»Danke, John, danke.«

Zum sechsten Mal wählte sie Lenz' Nummer.

* * *

»Oldäa, hasse ma 'n Eu?«

Die abgerissene Gestalt am Hauptbahnhof riss Lenz mitten aus seinen hochtrabenden Gedanken. Er hatte gerade an Yehudi Menuhin gedacht. Machte es überhaupt Sinn, andere Geiger außer Yehudi Menuhin zu hören? Darüber hatte er sich eben mit Katja Hoch, der Frau aus Hannover, unterhalten. Lenz fand es schwer verständlich, dass es überhaupt Menschen gab, die es nach Yehudi Menuhin überhaupt noch wagten, Violine zu spielen. Katja Hoch hatte das als etwas gewagte These empfunden.

Okay, möglicherweise sei seine Position etwas radikal, hatte Lenz zugestanden. Etwas überspitzt formuliert, gewiss, gewiss. Hatte es dann aber doch nicht sein lassen können, auf Albert Einstein zu verweisen. »Jetzt weiß ich, dass es Gott gibt«, hatte Einstein gesagt, nachdem er Menuhin das erste Mal im Konzert erlebt hatte. Und Einstein sei doch nun wirklich ein kluger Mann gewesen.

Als Physiker sei Einstein ein Ass gewesen, als Geiger aber doch höchstens Mittelmaß, hatte Katja Hoch erwidert. Höchstens. Und Anne-Sophie Mutter zum Beispiel sei doch auch nicht gerade eine Stümperin. Und Nigel Kennedy kein Anfänger.

Durchaus, durchaus. Technisch brillant waren andere Geiger auch. Was Menuhin aber so einzigartig machte, war die Ausdrucksstärke, die Intensität seines Spiels, hatte Lenz dem entgegengehalten. Menuhin sei in der Lage, seine Zuhörer zum Weinen zu bringen.

Jetzt also die Bitte um einem Euro. Geäußert von einem, der aussah, als würde er entsprechende Barmittel umgehend in Alkohol oder Drogen umsetzen. Lenz schüttelte andeutungsweise mit dem Kopf und eilte peinlich berührt weiter.

»Danke. Schönen Tach noch«, rief ihm die Gestalt hinterher.

Du mich auch, dachte Lenz. Wieso danke und wieso schönen Tag noch? Will der Penner mir ein schlechtes Gewissen einreden oder was?

In der U-Bahn räumte Lenz seinen Sitzplatz für eine alte Frau. Wenigstens eine gute Tat heute, dachte er. Kann nicht schaden.

Die Frau aus Hannover hatte ihm ihre Handynummer gegeben. Vielleicht habe er in den nächsten Tagen ja mal ein paar Stunden Zeit und möglicherweise Lust, diese mit ihr zu verbringen, hatte sie gemeint. Bestimmt könne er ihr in Hamburg einiges zeigen, was sie, die unkundige Touristin, sonst nicht zu sehen bekäme.

»Mal sehen, warum nicht«, hatte Lenz erwidert.

Natürlich nur, wenn er nichts Besseres vorhabe, hatte sie gemeint.

Er habe nichts Besseres vor, hatte er versichert.

Und nur dann, wenn er auch wirklich Zeit habe.

Einen Tag könnte er schon herausschlagen, zumal am Wochenende, hatte er sich zuversichtlich gegeben.

Und Lust.

Doch, doch.

Lenz hatte ihr seine Telefonnummer gegeben. Dann hatten sie sich verabschiedet.

In seiner Wohnung angekommen, legte Lenz umgehend eine CD mit einer Aufnahme von Yehudi Menuhin ein. Mendelssohn-Bartholdy, Konzert für Violine und Orchester in E-Moll. Er legte sich aufs Sofa und ging ganz in der Musik auf. Wunderbar. Unerreicht. Diese Intensität. Diese Schönheit. Diese Kraft. Irgendwie nicht von dieser Welt. Er sah sich in seiner Ansicht bestätigt.

Das Telefon klingelte. Lenz fluchte, stand auf und ging ran. Angelika Maiwald.

6. Kapitel

Bibliotheksoberrat Dr. Kuno Haberlein war ein korrekter Mann. Sein wissenschaftlich geschulter und ständig trainierter Verstand verbot ihm, irgendwelche vorschnellen Schlüsse zu ziehen. Erst Fakten sammeln, analysieren, auswerten, vergleichen. Dann erst mal nachdenken. Dann nochmal nachdenken. Sich dann mit Kollegen austauschen, die sich auf demselben wissenschaftlichen Niveau befanden wie er selbst. Zumindest annähernd. Dann die eigenen Erkenntnisse infrage stellen, sie einer wirklich harten Prüfung unterziehen, als advocatus diaboli sozusagen, als Anwalt des Teufels. Dann am besten noch mal drüber schlafen. Und erst dann, wenn tatsächlich alle Zweifel ausgeräumt waren, zu einem Urteil kommen. Vorher nicht.

Das war das Prinzip von Dr. Kuno Haberlein.

Und doch ... »Wandlitz, sagen Sie? Hm ... Interessant!« Das war seine Reaktion gewesen, als Maiwald ihn angerufen und ihm ihr Anliegen vorgetragen hatte.

Jetzt saß sie zusammen mit Lenz im Büro des Bibliotheksoberrats in der Hamburger Universitäts- und Staatsbibliothek. Die Stichworte »Hausmeister in Wandlitz« und »Schriftstücke hinterlassen« hatten genügt, um Dr. Haberlein sofort hellhörig werden zu lassen. Maiwald war es zumindest so vorgekommen. Er war jedenfalls sofort bereit gewesen, sie und Lenz zu empfangen.

Den Karton mit den hinterlassenen Schrifstücken hatten sie mitgebracht. Er stand auf dem zwar mit unzähligen Papieren überladenen, dennoch penibel aufgeräumten Schreibtisch des Bibliotheksoberrats. Haberlein konnte kaum an sich halten. Zwar bemühte er sich, seinen Besuchern gegenüber nicht unhöflich zu erscheinen und mit ihnen zumindest ansatzweise zu kommunizieren, doch kramte er gleichzeitig bereits ungeduldig im Karton herum.

»Wie gesagt, uns erscheint das alles ziemlich banal ...«, entschuldigte sich Maiwald.

»Nun, wir werden sehen«, meinte der Bibliotheksoberrat etwas gönnerhaft.

Maiwald und Lenz hatten lange darüber diskutiert, ob sie Haberlein vollkommen ins Vertrauen ziehen sollten, ob sie ihn also auch über den Anschlag informieren sollten. Maiwald war dagegen gewesen. Lenz, der alte Taktiker, hatte sich dafür ausgesprochen. »Immerhin wollen wir was von ihm, da sollten wir ihm keine Informationen vorenthalten«, war sein Standpunkt. Außerdem sei es wahrscheinlich notwendig, den Anschlag gewissermaßen als Köder auszuwerfen, weil sich der Historiker sonst bestimmt nicht mit dem banalen Inhalt irgendeines alten Kartons aus der DDR befassen würde. »Da könnte ja jeder kommen!«

Schließlich hatten sie sich auf einen Kompromiss geeinigt: Dr. Haberlein erst mal anrufen und sehen, wie er reagierte. Bei Desinteresse zunächst geheimnisvoll einen »akuten Anlass« andeuten. Wenn auch das nichts fruchten sollte, den Anschlag gewissermaßen als Trumpf aus dem Ärmel ziehen. Die Trumpfkarte war dann gar nicht nötig gewesen.

»Am besten, Sie kommen gleich vorbei«, hatte Dr. Haberlein vorgeschlagen.

Mit so viel Entgegenkommen hatten Lenz und Maiwald gar nicht gerechnet. »Der ist angefixt«, hatte Maiwald gesagt. Lenz hatte die Formulierung nicht so ganz gefallen.

Maiwalds Beschützer hatten es sich nicht nehmen lassen, sie zur Universitätsbibliothek zu begleiten (»Order vom Chef«). Jetzt drückten sie sich vor Dr. Haberleins Büro herum und bemühten sich, nicht allzu sehr aufzufallen, was ihnen nicht so recht gelang: Es war unübersehbar, dass sie nicht in eine Bibliothek gehörten.

»Vielleicht ist da ja irgendein verschlüsselter Text, Kollege Lenz meint, bei Geheimdiensten werde viel mit so was gearbeitet«, sagte Angelika Maiwald.

»In der Tat, in der Tat«, bestätigte der Historiker und studierte gedankenverloren eine Ansichtskarte, die in dem Karton gelegen hatte. »Hm, Kuba 1972 ...«

»Dass man vielleicht auf diesem Wege ...«

»... 72, 72 ...« Dr. Haberlein hatte seine Stirn in tiefe Denkerfalten gezogen.

»München. Anschlag auf die Olympischen Spiele«, wusste Lenz.

»Genau«, pflichtete ihm Dr. Haberlein bei. Erst jetzt schien er Maiwalds Begleiter überhaupt wahrzunehmen. Offenbar war auch er nicht völlig frei vom »WB«-, »ÖB«-Denken. Wissenschaftliche Bibliothekare nahmen ihre Kollegen von den öffentlichen Bibliotheken oft nicht ganz für voll. Umgekehrt sahen ÖBs in WBs häufig verstaubte, etwas weltfremde Elfenbeinturmbewohner.

Lenz wäre selber gerne ein WB geworden, aber er hatte sich seinerzeit im ÖB-Bereich bessere Berufschancen ausgerechnet. Und als über dreißigjähriger Studienanfänger war er schließlich auch nicht mehr der Jüngste gewesen.

Etwas enttäuscht schien Dr. Haberlein darüber, dass Maiwalds Onkel in Wandlitz »nur« Hausmeister gewesen war. »Ach so ..., na ja, immerhin ...«

Lenz und Maiwald sahen einander an.

Dr. Haberlein räusperte sich. Seine nun folgende Frage schien ihm etwas peinlich. »Was hat Sie eigentlich zu der Vermutung veranlasst, die Hinterlassenschaft könnte irgendeinen codierten Text enthalten?«

Lenz und Maiwald sahen einander wieder an. Also doch. Dann musste es wohl doch sein. Maiwald erzählte ihm von dem Anschlag. Schilderte ihm ihr bis dahin völlig unspektakuläres Leben. Setzte ihn davon in Kenntnis, dass das einzige Ereignis, das in letzter Zeit und eigentlich seit vielen Jahren etwas aus dem Rahmen gefallen war, eben diese völlig unerwartete Hinterlassenschaft gewesen war.

»Vielleicht war der Anschlag eine Verwechslung«, gab Dr. Haberlein zu bedenken. Advocatus diaboli.

Maiwald schüttelte den Kopf. »Das schließt die Polizei aus. Dafür war die Vorgehensweise wohl zu professionell.«

»Oder ein verschmähter Verehrer ...«

Maiwald schüttelte wieder den Kopf. »Ich habe niemanden verschmäht. Konnte ich auch gar nicht, mir hat nämlich niemand Avancen gemacht. Jedenfalls schon länger nicht mehr.«

Sei dir da mal nicht so sicher, dachte Lenz.

Dr. Haberleins Einwände schienen allmählich ausgeräumt. Er versprach, sich »der Angelegenheit« anzunehmen und sich in einigen Tagen zu melden.

»Und nun?«, fragte Maiwald, als der Bibliotheksoberrat sie verabschiedet hatte.

»Nun werden die Dinge schon ihren Lauf nehmen. Dr. Haberlein ist ein kompetenter Mann. Wenn er nichts findet, ist da auch nichts.«

»Das meine ich nicht. Ich meine: Was machen wir jetzt? Ich habe noch keine Lust, nach Hause zu gehen.

»Ach so.« Lenz blickte auf seine Armbanduhr. Es war früher Nachmittag. »Die richtige Zeit für einen Kaffee.«

Maiwald war einverstanden. Sie wäre wohl mit allem einverstanden gewesen, was Lenz ihr vorgeschlagen hätte, nur um nicht allein zu Hause zu sein.

Nach kurzer Beratung einigten sie sich darauf, die Cafeteria der Bibliothek aufzusuchen. Das war das Einfachste, Maiwald hatte keine Lust, mit ihrem Begleitschutz noch durch die halbe Stadt zu tigern.

Es herrschte Hochbetrieb und sie hatten Mühe, einen Platz zu finden. Lenz registrierte das Gewühl um sich herum mit Unbehagen und war mit einem Mal froh, seinerzeit nicht in der Universitätsbibliothek, sondern in der städtischen Zentralbibliothek gelandet zu sein. Dort herrschte zwar auch oft reger Besucherandrang, aber der verteilte sich in den großzügigen Räumlichkeiten. Vor allem gab es keine Cafeteria, in der man sich gegenseitig auf die Füße trat.

Maiwalds Beschützer bemühten sich wieder, die Balance zwischen Reichweite und diskretem Abstand zu finden. Wieder gelang es ihnen nicht so recht. Irgendwie wirkten sie wie Fremdkörper.

Lenz und Maiwald bestellten je einen Milchkaffee, Lenz außerdem ein Croissant. Maiwald hatte keinen Appetit.

»Sehen Sie, jetzt mussten wir die Trumpfkarte doch noch ziehen. Ohne Dubinski wäre Haberlein womöglich wieder abgesprungen«, meinte Lenz.

»Beziehungsweise gar nicht erst aufgesprungen«, berichtigte Maiwald.

»Genau«, pflichtete Lenz ihr bei.

»Ja, gut, dass wir Dubinski haben«, spottete Maiwald.

Sie ahnten nicht, dass Dubinski längst auf dem Seziertisch der Gerichtsmedizin lag. Holzinger hatte bei seinem letzten Besuch bei Maiwald ihr gegenüber dessen Ermordung mit keinem Wort erwähnt.

* * *

Um zwanzig Uhr saß Dr. Kuno Haberlein immer noch an seinem Schreibtisch in der Universitäts- und Staatsbibliothek. Den Nachlass von Maiwalds Onkel hatte er mehrfach auf das Penibelste durchforstet. Seit er sich intensiv mit den Rosenholz-Dateien beschäftigt hatte, die die Namen aller westdeutschen Stasi-Mitarbeiter enthielten, war Dr. Haberlein überzeugt, dass das, was bis jetzt zutage gefördert worden war, längst noch nicht alles war. Die Namen wirklich aller westdeutschen Stasi-Mitarbeiter? Nein, eben nicht! Der Historiker hatte keinen Zweifel daran, dass dem nicht so war. Dafür sprach schon das Schicksal der Rosenholz-Dateien selbst. In den chaotischen Tagen des Untergangs der DDR hatte sich nämlich der amerikanische Geheimdienst CIA auf verschlungenen Pfaden die Dateien flugs unter den Nagel gerissen. Die Bundesregierung wusste lange Zeit nicht einmal von deren Existenz. Erst nach Jahren händigten die Amerikaner den verblüfften Deutschen die Unterlagen aus. Warum erst so spät? Das hatte sich Haberlein oft gefragt. Was haben die Amis so lange damit gemacht? Haben sie die Liste etwa gesäubert? Gar gefälscht? Und wenn ja, warum? Nach Haberleins Meinung gab es darauf nur eine Antwort: Die Dateien mussten Namen von solcher Brisanz enthalten haben, dass die Amerikaner sie lieber unter Verschluss hielten. Entweder, um die Öffentlichkeit zu schonen. Oder aber, um die Inhaber der Namen in der Hand zu haben. Haberlein neigte sehr stark zu der zweiten Variante. Diese wiederum machte aber nur Sinn, wenn es sich dabei wirklich um sehr einflussreiche Persönlichkeiten handelte. Vielleicht auch nur um eine einzige, sehr hochkarätige Person. Vielleicht eine, die den Amerikanern durchaus von Nutzen sein konnte, wenn sie sie in der Hand hatten?

Gelegentlich wurde der Öffentlichkeit irgendein beliebter Fernsehmoderator als ehemaliger Stasi-Spitzel präsentiert oder der Sportchef eines Fernsehsenders oder auch mal ein Trainer. Das sollte den Eindruck vermitteln: Guckt mal, wie gewissenhaft und schonungslos wir ermitteln. Bauernopfer. Wenn die Leute wüssten, dachte Haberlein dann jedes Mal. Er sah es als seine Pflicht als Historiker an, dafür zu sorgen, dass die Leute davon erfuhren, irgendwann. Schließlich konnte man nicht ein ganzes Volk ewig für dumm verkaufen. Außerdem würde es dann mit seiner Professur vielleicht ja doch noch klappen.

Bloß: Was ihm diese Maiwald da an konkretem Material vorgelegt hatte, entsprach bei Weitem nicht seinen Erwartungen. Privater Krimskrams aus dem Nachlass eines unbedeutenden Mannes. Bemerkenswert allenfalls angesichts seiner völligen Belanglosigkeit. Banales Zeugs. Andererseits: Es stammte immerhin mitten aus dem Zentrum des DDR-Machtapparates. Und was hieß schon »unbedeutend«? War Hitlers Sekretärin etwa unbedeutend gewesen? Oder Stalins Adjudant? Maos Geliebte? Wichtige Zeitzeugen waren das doch allemal. Und jetzt eben Honeckers Hausmeister. Wer weiß, vielleicht hatten sich der Dachdecker und der Hausmeister ja gut verstanden, dachte Dr. Haberlein.

Er blickte auf seine Uhr. Inzwischen war es einundzwanzig Uhr. Sicher war er der Einzige, der sich jetzt noch in der Staatsbibliothek aufhielt. Gut, dass er nicht verheiratet war, dachte er. Dann hätte er sich solche Eskapaden nicht erlauben können. Bis in die Puppen im Büro bleiben und irgendwelche Schriftststücke wälzen. Und das nicht zum ersten Mal. Danach nicht nach Hause, sondern noch durch die Kneipen ziehen. Irgendwelche jungen Dinger aufgabeln und na ja ...

Dr. Kuno Haberlein war achtundvierzig Jahre alt, hatte volle, graue Haare, trug einen kurz gestutzten Bart, der ebenfalls langsam grau wurde, und eine randlose Brille. Er war mittelgroß, schlank und hatte stahlblaue Augen. Er wirkte oft ein wenig abwesend, irgendwie zerstreut, manchmal fast unbeholfen. Trotzdem (oder gerade deswegen?) wirkte er auf Frauen sehr anziehend – die Aura des Wissenschaftlers eben. Außerdem achtete er sehr auf sein Äußeres. Er ruderte regelmäßig, ging einmal in der Woche ins Sonnenstudio, gelegentlich in die Sauna und traf in punkto Kleidung zielgenau die Balance zwischen leger und elegant. »Du siehst aus wie Sean Connery mit mehr Haaren«, hatte Nadine gesagt. Darüber hatte sich Dr. Haberlein sehr gefreut.

Nadine war eine seiner aktuellen Freundinnen. Sie war zwanzig Jahre alt. Er hatte sie buchstäblich auf der Straße aufgegabelt. Nadine war mit sechzehn von zu Hause ausgebüxt. Hatte sich im Hamburger Schanzenviertel herumgetrieben. Hatte gekifft, was das Zeug hielt, geklaut und war ständig auf der Flucht vor der Polizei. Ihre verzweifelten Eltern, biedere Leute aus dem Rheinland, hatten keine Ahnung, wo ihre Tochter war. Sie hatten eine Vermisstenmeldung aufgegeben, aber der Polizei war es nicht gelungen, Nadine zu finden. Seit Dr. Haberlein sie unter seine Fittiche genommen hatte, hatte Nadine sich gefangen. Sie versöhnte sich mit ihren Eltern, ging wieder zur Schule und war fest entschlossen, ihr Abitur nachzumachen. Ihr Berufswunsch wechselte allerdings von Woche zu Woche, zurzeit wollte sie Psychologie studieren. Haberlein war gespannt, was als Nächstes durch ihren hübschen Kopf geistern würde.

Nadine ...

Haberlein wählte die Nummer seines eigenen Festnetzanschlusses zu Hause. Nadine war vor einigen Monaten bei ihm eingezogen. Sie bewohnte ein eigenes Zimmer im Dachgeschoss seines Hauses im Hamburger Stadtteil Volksdorf. Dort konnte sie ungestört ihr eigenes Leben führen. Haberlein erhob keinerlei Besitzansprüche, umgekehrt ließ er sich aber auch von ihr nicht über Gebühr beanspruchen. Sie waren sich vollkommen einig, jeder ließ jedem seine Freiheit. Sie hatten eine schöne Zeit.

Nadine nahm nicht ab. Sollte er sie auf ihrem Handy anrufen? Haberlein entschied, es nicht zu tun. Keinesfalls sollte der Eindruck enstehen, er wolle sie kontrollieren. Wahrscheinlich hatte sie einen neuen Freund.

Er warf einen weiteren Blick auf die Hinterlassenschaft von Maiwalds Onkel. Ansichtskarten, Rechnungen, Lieferscheine. Einige Briefe. Dazu ein Ferienprospekt vom Schwarzen Meer, mit allerlei barbusigen Schönheiten. Sieh an, sieh an, Erich und seine Genossen, lächelte Haberlein. Dann eine Mitgliederliste des Leipziger Thomanerchors. Haberlein stutzte. Komisch, was hat denn ein Hausmeister mit so was zu tun?, überlegte er.

Wieder blickte er auf die Uhr. 21.30 Uhr. Er beschloss, für heute Schluss zu machen und noch ein Bier trinken zu gehen. Auf dem Kiez hatte ein neuer Club aufgemacht, über den man viel Gutes hörte. Hübsche Mädels. Gute Musik.

Dann, als er gerade die Schreibtischlampe ausknipsen wollte, fiel es ihm auf: Einige der Schriftstücke waren nummeriert. Auf der Ansichtskarte aus Moskau beispielsweise stand eine Sieben, ganz unauffällig, unten links. Auf einem Lieferschein für eine Rohrzange eine Drei. Auf einer Quittung für Maschendraht eine Dreiundzwanzig. Und so fort.

Also doch, dachte Haberlein. Also doch.

* * *

»Und nichts für ungut.«

»Schon gut.«

»Ich meine das ganz ernst.«

»Ja, ja, Sie tun ja auch bloß Ihre Pflicht.«

Acht Uhr morgens war es gewesen, als es an der Tür geklingelt hatte. Angelika Maiwald war aus dem Tiefschlaf gerissen worden. Vor der Tür standen Kriminaloberrat Schell und seine beiden Kofferträger. Sie brachten die beschlagnahmten Bücher zurück. Schell war scheißfreundlich gewesen. Man habe nichts gefunden in den Büchern, keinen Hinweis, keinen Anhaltspunkt, keine Spur. Nichts.

»Hab' ich Ihnen ja gleich gesagt«, hatte Angelika Maiwald gesagt.

»Hätte doch sein können«, hatte Kriminaloberrat Schell erwidert. Dann hatte er sich die Rückerstattung der Bücher quittieren lassen und sich verabschiedet.

Jetzt war Angelika Maiwald wieder allein in ihrer Wohnung. Wenn das so weitergeht, krieg' ich noch eine Polizistenallergie, dachte sie. Sie war mit den Nerven am Ende und hatte kurzfristig ihren gesamten Jahresurlaub eingereicht. Die Chefin hatte ein wenig gemurrt und schließlich zugestimmt, angesichts »der Besonderheit der Situation«.

Jetzt wollte Angelika Maiwald nur noch schlafen. Schlafen und Musik hören. Lesen. Fontanes *Irrungen, Wirrungen* fiel ihr als Erstes in die Hand. Welch passender Titel, dachte sie.

* * *

Lenz fühlte sich bedrängt. Schon wieder Schröder. Kollege Schröder von »Naturwissenschaften, Technik«. Schröder wollte seine Unterschrift.

Wofür oder wogegen?

Gegen die geplante Privatisierung der Zentralbibliothek.

»Wie bitte?«

»Gegen die geplante Privatisierung der Zentralbibliothek.«

Lenz brach in schallendes Gelächter aus.

»Wer, bitte, soll denn so was planen?«

»Wer wohl, Ihre lieben Freunde vom Senat natürlich.«

»Erstens, lieber Herr Schröder, sind das nicht meine Freunde.«

»Und zweitens?«

»Zweitens glaube ich nicht, dass so etwas geplant ist. Eine private öffentliche Bibliothek: Wo gibt's denn so was?«

Schröder lächelte mitleidig. Er war aktiver Gewerkschafter und wusste manchmal nicht, ob er lachen oder weinen sollte angesichts der Naivität mancher Kollegen. »Werter Herr Kollege Lenz. Eines kann ich Ihnen sagen: Wer es fertigbringt, Krankenhäuser, Stadtwerke und Hafenbehörde zu verscherbeln, für den ist so eine Zentralbibliothek ein Klacks.«

»Herr Schröder ...«

»Und die dazugehörigen Bücherhallen in den Stadtteilen sowieso.«

»Herr Schröder ...«

»Ein Klacks, sag' ich Ihnen!«

»Lassen Sie uns doch erst mal abwarten ...«

»Und wenn man dem nicht rechtzeitig und mit aller Entschiedenheit entgegentritt ...«

»... ob an der Sache überhaupt etwas dran ist ...«

»... dann dauert es nicht mehr lange, und unsere Polizei wird ebenfalls privatisiert.«

»Jetzt übertreiben Sie aber!«

»Wehret den Anfängen!«

»Herr Schröder, wir sind hier nicht auf einer Gewerkschaftskundgebung. Wie gesagt, wenn da tatsächlich was dran sein sollte und das konkrete Formen annehmen sollte, unterschreib' ich gerne. Aber nur aufgrund irgendwelcher Latrinenparolen ... Tut mir leid, das ist mir zu vage.«

Schröder zog unverrichteter Dinge und beleidigt von dannen. Latrinenparolen. Wo hatte Lenz bloß diesen Jargon her? In seinem Eindruck von Lenz sah er sich ein weiteres Mal bestätigt: ein unkollegiales, unsoziales Subjekt. Der Kerl hielt sich für was Besseres.

Lenz seinerseits war nicht ganz wohl zumute. War es richtig, den Kollegen so abblitzen zu lassen? Sich immer aus allem rauszuhalten? Immer auf Distanz zu bleiben? Immer misstrauisch? Sich auf niemanden zu verlassen? Das musste wohl an der Einzelkämpferausbildung liegen, die er vor vielen Jahren an der Infanterieschule in Hammelburg absolviert hatte, dachte er. Die ihm aber immerhin das Leben gerettet hatte. Und – das musste er zugeben: Irgendeiner Investmentgesellschaft, womöglich noch einer amerikanischen, in die Hände zu fallen, dazu hatte er keine Lust. Hätte er vielleicht doch unterschreiben sollen? Ach was! Kollege Schröder war ein notorischer Panikmacher und Wichtigtuer. Die Zentralbibliothek und die daran angeschlossenen Öffentlichen Bücherhallen waren doch eine Stiftung! Das schlechte Gefühl blieb trotzdem.

Die Fahrt mit der U-Bahn nach Hause war ebenfalls nicht geeignet, Lenz' Laune zu verbessern. Die Bahn war brechend voll. Dass Lenz stehen musste, machte ihm nichts aus. Was ihn aber störte, war, dass die Leute so dicht gedrängt standen. An ihn schmiegte sich von vorne ein wild aussehender Punk, von der Seite ein Kaugummi schmatzendes Kind und von hinten eine Afrikanerin mit dicken Brüsten. *All cops are bastards* hatte der Punk quer über der Rückseite seiner mit Nieten besetzten Lederjacke stehen.

Zu Hause angekommen, legte er sofort Mozarts *Requiem* ein und lümmelte sich auf das Sofa. Das Telefon klingelte. Lenz ging unwillig ran. Katja Hoch. Die Frau aus Hannover.

7. Kapitel

Nadine war sauer. Kurz vor Mitternacht war sie nach einem Kinobesuch mit ihrer Freundin und einem anschließenden kleinen Imbiss nach Hause gekommen. Und Kunilein, wie sie Haberlein, halb spöttisch, halb zärtlich nannte, saß in seinem Arbeitszimmer und beachtete sie kaum. »War im Kino«, hatte sie ihm erklärt und ihm dabei einen Kuss auf die Wange gedrückt.

»Hm«, hatte er geantwortet und sie dabei noch nicht einmal angesehen.

Jetzt lümmelte sie auf dem Sofa und zappte durch das Fernsehprogramm. Was ihre Laune nicht gerade verbesserte. Kerner auf dem einen Programm. Pilawa im anderen. Und im Proll-Programm diese fette Schwuchtel, deren Namen sie zum Glück vergessen hatte. Sie schaltete einen Musiksender ein. Sarah Kuttner. »Nein!!!« Nadine resignierte, schaltete den Fernseher aus und warf die Fernbedienung auf den gegenüberliegenden Sessel. Wenigstens der Kinofilm war einigermaßen erträglich gewesen. Wenn auch nicht überragend. Irgendeine Detektivgeschichte, die sich als Hommage an Raymond Chandler verstand. Oder war es eine Persiflage? Darüber hatte sie sich mit ihrer Freundin Anne nicht ganz einigen können. Sie hätte darüber gerne noch mit Kunilein debattiert. Der hatte den Film zwar nicht gesehen, aber Nadine war der Meinung, dass Kunilein von allem Ahnung hatte und überall mitreden konnte. Doch Kunilein hatte offenbar Wichtigeres zu tun.

»Was ist denn, Schweinchen?« Kunilein steckte den Kopf zur Tür herein.

»Wieso, was soll sein?«

»Du hast irgendwas gerufen.«
»Ich? Nein.«
»Ja genau: Nein! hast du gerufen.«
»Ach, das Fernsehprogramm ist so grauenvoll.«
»Dann schalt' halt aus.«
»Hab' ich doch schon.«
Haberlein schaute Nadine fragend an. »Na also, dann ist doch alles in Ordnung, oder?«
»Hm.«
Haberlein kam langsam näher und setzte sich schließlich zu Nadine aufs Sofa. »Also, was ist?«
Nadine legt seinen Kopf auf seinen Schoß. »Nix, hab' mich bloß gewundert, dass du noch arbeitest.«
»Du, ich bin da auf eine Sache gestoßen ...«
»Erzähl!«
»Ach, es geht um Stasi-Unterlagen. Und wenn das stimmt, was ich vermute, dann steht dieses Land vor einem der größten Skandale, die es jemals erlebt hat.«
»Echt?«
»Ich schwör's dir.«
Nadine sah Haberlein bewundernd an. Was er alles wusste!
»Da war die Sache mit Guillaume damals nix dagegen.«
»Mit wem?«
»Mit Guillaume. Der Spion, der persönlicher Referent von Bundeskanzler Willy Brandt war.«
»Ach so. Hab' ich glaub' ich schon mal was von gehört.«
»Das übertrifft vielleicht sogar noch die Sache mit Barschel.«
»Den kenn' ich: Der lag tot in der Badewanne!«
»Genau, mein Schweinchen.« Haberlein gab Nadine einen anerkennenden Kuss auf die Stirn. Er erzählte ihr von Maiwald und Lenz und dem Nachlass von Maiwalds Onkel. Den Mordanschlag verschwieg er ihr lieber.

»In dem Nachlass ist ein Zahlencode enthalten. Ein Code, der sich auf ein Wort bezieht. Oder vielleicht auch auf einen Satz. Das Problem ist bloß, das Wort ist nirgends zu finden. Ich bekomm' es nicht zusammen. Als ob das Material nicht vollständig wäre.«

»Dann frag' doch diese Maibach ...«

»Maiwald.«

»... ob sie dir wirklich alles ausgehändigt hat. Oder ob sie vielleicht noch mehr geerbt hat.«

Haberlein sah Nadine überrascht an. »Schweinchen, du bist genial.«

Dann gab er ihr einen weiteren Kuss auf die Stirn.

»Jetzt hast du bei mir einen Wunsch frei.«

Sie beschlossen, am Wochenende auf eine Party in diesen neuen Club zu gehen.

* * *

Lenz wunderte sich. Wunderte sich über sich selbst, zum wiederholten Mal in letzter Zeit. Was war bloß los mit ihm? Was konnte es Schöneres geben, als zu Hause auf dem Sofa zu liegen und klassische Musik zu hören? Wagner. Mozart. Den »Liebestod« aus *Tristan und Isolde*. »Dies Bildnis ist bezaubernd schön« aus der *Zauberflöte*. Er war seit Langem zu der Überzeugung gelangt: Wozu eigentlich überhaupt noch die Wohnung verlassen, wenn es nicht unbedingt sein musste? Wenn er zu Hause in aller Ruhe den Klängen der alten Meister lauschen konnte? Gab es irgendetwas, das auch nur annähernd da heranreichte? Nein!

Aber was machte er dann hier? In diesem Schickimicki-Laden in der Innenstadt? Katja Hoch hatte ihn angerufen und ihm berichtet, sie habe Karten für das Konzert eines chinesischen Weltklasse-Pianisten in der Musikhalle. Ob er vielleicht Lust habe ... Lenz war sofort herbeigeeilt. Der chinesische Weltklasse-Pianist hatte seinem Ruf alle Ehre gemacht und das Publikum zu Begeisterungsstürmen hingerissen.

Jetzt saßen sie hier und tranken Sekt.

»Irgendwann haben die Chinesen auf allen Gebieten die Nase vorn, auch in der Kultur«, meinte Katja Hoch.

Für Lenz, der an seinen alten Lateinlehrer denken musste, war das nichts Neues. Er erzählte von einem Film aus dem Reich der Mitte, den er vor einiger Zeit im Kino gesehen hatte und der ihn zu Tränen gerührt hatte. Es war um einen dreizehnjährigen Jungen gegangen, der ein hochbegabter Geiger war. Katja Hoch ihrerseits wusste von einem chinesischen Roman zu berichten, der von einer Schneiderin handelte, in die zwei junge Männer verliebt waren. Auch Lenz hatte den Roman gelesen und konnte sich der Begeisterung seiner Gesprächspartnerin nur anschließen.

Woher hatte sie eigentlich so kurzfristig Karten für das Klavierkonzert bekommen, überlegte Lenz. Seines Wissens war es seit Wochen ausverkauft gewesen.

»Wenn die sich halt bloß mal zu politischen Reformen durchringen könnten«, gab Katja Hoch zu bedenken.

Lenz wiegte skeptisch den Kopf.

»Sind Sie etwa anderer Meinung?«, fragte Katja Hoch.

»Im Prinzip nein. Die Frage ist allerdings, ob es in so einem Riesenreich mit 1,3 Milliarden Menschen überhaupt möglich ist, demokratische Strukturen, die hundertprozentig unseren Vorstellungen entsprechen, aufzubauen. Wir haben da leicht reden, mit unserer Schönwetter-Demokratie«, erwiderte Lenz, »immerhin wird bei uns gleich NPD gewählt, wenn es irgendwo mal ein paar Arbeitslose mehr gibt.«

Die Frau blickte Lenz durchdringend an. Dann lächelte sie. »Wir wollen aber nicht den ganzen Abend über Politik reden, oder?«

»Nein, natürlich nicht.«

Lenz erfuhr, dass die Frau als Journalistin für einen Radiosender arbeitete. Als er ihr seinen Beruf verriet, schien sie überrascht. »Das hätte ich jetzt nicht gedacht.«

»Warum, sind Sie enttäuscht?«

»Das nicht, aber ...«

»Aber?«

»Nun, ich hätte einfach nicht gedacht, dass Sie Bibliothekar sind.«

»Sie sind doch enttäuscht!«

»Nein, keinesfalls! Es ist bloß ... Ach, ich weiß nicht ... Irgendwie haben Sie so was Geheimnisvolles an sich.«

Lenz verschluckte sich an seinem Sekt. Er musste husten. »Geheimnisvoll? Ich?«

»Ja. So was Lauerndes.«

»Das hat mir ja noch nie jemand gesagt.«

»Dann wird's Zeit.«

Lenz schaute die Frau nachdenklich an. Wo hatte sie bloß die Karten herbekommen?

»Sie wollen mich auf den Arm nehmen, oder?«

»Nein, wirklich nicht.«

Lenz lächelte. »Nun, wer sagt denn, dass Bibliothekare nicht auch interessant sein können?«

»Eben.«

Die Frau bestellte noch zwei Glas Sekt. Lenz' matten Protest ignorierte sie.

Katja Hoch trug ein schwarzes Kostüm. Ihr ohnehin schon kurzer Rock war durch ihre Sitzhaltung auf dem Barhocker weit nach oben gerutscht und gab den Blick auf wohlgeformte, mit dunklen Nylons bestrumpfte Beine frei. Die Frau strömte einen betörenden Duft aus. Das bemerkten auch die beiden jungen Männer, die links von Katja Hoch am Tresen saßen. Ziemlich ungeniert starrten sie sie an.

Lenz räusperte sich. »Jetzt würde mich mal was interessieren.«

»Raus damit.«

»Wie haben Sie eigentlich so kurzfristig noch Konzertkarten bekommen?«

Katja Hoch setzte ein geheimnisvolles Lächeln auf. »Herr Lenz, jede Frau hat ihr Geheimnis. Das sollte man ihr auch lassen.«

»Auch wieder wahr.«

»Hey, Geheimnisse sind dafür da, um gelüftet zu werden.« Einer der beiden jungen Männer mischte sich ziemlich unverschämt in das Gespräch ein. Katja Hoch ignorierte ihn.

»S' meine Spezialität. Ich bin nämlich der Lüfter. Hähähähä ...« Offensichtlich war er angetrunken. Sein Begleiter schien seine Bemerkung unglaublich witzig zu finden und stimmte in sein dreckiges Lachen ein. »Also, wenn Sie mal einen Lüfter brauchen ... hähähä ... Stets zu Diensten.« Der Mann machte eine obszöne Geste mit der Zunge.

Katja Hoch setzte demonstrativ einen angewiderten Gesichtsausdruck auf. »Danke, kein Bedarf.« Sie strafte den Mann mit einem kühlen Blick und wandte sich dann wieder Lenz zu. Lenz setzte langsam seine Brille ab und und legte sie auf den Tresen.

»Wenn du wüsstest, was dir entgeht, Schätzchen ...« Der Mann machte wieder die obszöne Geste mit der Zunge.

Katja Hoch beachtete ihn nicht.

»Oho, ich bin der Dame wohl nicht fein genug!«

Katja Hoch versuchte weiter, den Mann zu ignorieren.

»Hey, ich rede mit dir!« Er fasste sie an die Schulter.

Lenz stand auf, ging einen halben Meter auf den Mann zu. »Jetzt is' genug, ja?«

Darauf schien der Begleiter des Lüfters nur gewartet zu haben. Unternehmungslustig sprang er auf und kam drohend auf Lenz zu. Er war mehr als einen Kopf größer als Lenz und von sehr kräftiger Statur. Ein wahrer Riese. Er baute sich vor Lenz auf. »Was willst du Vogel denn?«

»Nichts. Ich wollte bloß ...«

»Bisschen wichtig tun, vor der Muschi hier, hä?«

»Nein, ich wollte nur ...«

»Denkst wohl, dass sie dich dann ranlässt, hä?«

Der Mann tippte Lenz an die Brust, schubste ihn vor sich her. Lenz wich zurück.

»Du halbes Hemd glaubst doch nicht, dass du bei der landen kannst.«

Die umstehenden Gäste suchten angstvoll das Weite.

»Das glaubst du doch wohl nicht.«

»Seien Sie doch vernünftig!«

»Vernünftig? Vernünftig? Ich hör' immer vernünftig! Ist hier jemand unvernünftig?«

»Nein, ich meinte bloß ...«

»Ey, willsu auffe Fresse, oder was?«

»Keinesfalls!«

»Eins sag' ich dir, du Vogel: Die Muschi will n' richtigen Kerl, nich' so 'n Weichei wie dich.«

Dann schlug der Mann zu. Blitzschnell, ohne jede Vorwarnung und ohne auszuholen, mit der rechten Faust. Richtung Lenz' Gesicht.

Blitzschnell, aber nicht schnell genug. Lenz wich seinem Schlag völlig mühelos aus, schlug ihm mit dem Handspann auf die Kehle. Der Mann sackte röchelnd zusammen. Der

Lüfter wollte sich von seinem Sitz erheben, wollte seinem Kumpel zu Hilfe eilen. Lenz fasste ihm zwischen die Beine, nahm seine Weichteile in einen eisernen Griff. »Ich würd's lassen«, meinte er wohlmeinend zu seinem Kontrahenten, bereit, bei Bedarf noch fester zuzudrücken.

Der Mann nickte wimmernd mit dem Kopf. Lenz ließ ihn los. Seine Bewegungen waren äußerst präzise gewesen, dabei kein bisschen hastig oder auch nur angestrengt, eher von einer geradezu aufreizenden Beiläufigkeit. Lenz wirkte vollkommen unaufgeregt.

Katja Hoch starrte ihn entgeistert an. »Meine Güte, Herr Lenz! Das ist ja wie im Kino! Wo hat man Ihnen denn so was beigebracht?«

»Da können Sie mal sehen: Die Bibliothekarsausbildung ist heutzutage ausgesprochen vielseitig.«

Lenz setzte seine Brille wieder auf.

* * *

Lenz begleitete Katja Hoch zu ihrem Hotel an der Alster. Sie hatten sich entschlossen, den Ort des Zwischenfalls schnell zu verlassen. Es waren nur ein paar hundert Meter, sie gingen zu Fuß. Katja Hoch hatte sich bei Lenz untergehakt. Sie zitterte. Am Wetter konnte es nicht liegen.

»Sie zittern ja.«

»Ich hatte vorhin da drin eine Scheiß Angst. Sie nicht?«

»Vorhin war dazu keine Zeit. Und jetzt ist es ja vorbei.«

Katja Hoch lächelte gequält. Sie erreichten das Hotel und blieben davor stehen. Katja Hoch blickte Lenz fragend an. »Noch auf einen kurzen Absacker in die Hotelbar?«

Das hatte Lenz befürchtet. Er hatte eigentlich keine Lust. Er dachte an seine Wohnung. Ihm war nach Mozarts Klavierkonzert in C-Moll. Aber er sah ein, dass er die Frau nach dem Vorfall nicht einfach so allein lassen konnte. Er unternahm einen letzten Versuch. »Haben Sie nach dem eben Erlebten denn noch Lust auf Bars und dergleichen?«

»Sie haben recht. Eigentlich hab' ich darauf gar keine Lust.«

Lenz schöpfte Hoffnung. Mozarts Klavierkonzert in C-Moll. Den Bonsais beim Wachsen zugucken.

Katja Hoch sah ihm tief in die Augen. Sie lächelte unsicher. »Herr Lenz?«

»Ja?«

»Ich würde jetzt sehr gerne mit Ihnen schlafen.«

* * *

Haberlein war in heller Aufregung. Er saß zu Hause in seinem Arbeitszimmer, vor ihm auf dem Schreibtisch stapelten sich die Bücher aus dem Nachlass von Maiwalds Onkel. Nach Nadines brillantem Einfall hatte er Maiwald am nächsten Morgen gleich angerufen und die Bücher dann persönlich abgeholt. Jetzt war in ihm ein Instinkt erwacht, der mit wissenschaftlicher Arbeit kaum mehr etwas zu tun hatte. Ein Instinkt, der ihn antrieb und ihn alles um sich herum vergessen ließ. Ein Instinkt, der ihm die tollsten Versprechungen machte. Du bist auf der richtigen Spur, sagte der Instinkt. Es ist nicht mehr weit. Bald hast du es geschafft.

Haberlein fühlte, dass die Lösung zum Greifen nah war. Wenn ihn sein Gefühl nicht trog, dann würde sich sein Leben bald von Grund auf ändern. Die Republik erlebt den größten Skandal ihrer Geschichte. Köpfe rollen. Interviews. Ruhm. Ein Lehrstuhl für Zeitgeschichte.

Es war der Instinkt eines Jägers.

Hier, hier in diesen Büchern, die jetzt auf seinem Schreibtisch lagen, musste die Lösung zu finden sein. Fontanes *Wanderungen durch die Mark Brandenburg* und Eichendorffs *Aus dem Leben eines Taugenichts*.

»Kunilein!«

Vielleicht auch in *Irrungen, Wirrungen*.

»Kunilein!«

Oder in *Effi Briest*.

»Wie findest du das?« Nadine schneite herein. Sie trug eine englische Schulmädchenuniform. Wo hatte sie die bloß wieder her? Und was hatte sie damit vor? Haberlein starrte sie verständnislos an.

Sie interpretierte seinen Blick richtig. »Na, für die Party am Wochenende.«

»Party?«

»Och, Mensch, Kunilein ...«

»Nee, klar, hab' ich natürlich nicht vergessen, war n' Scherz.«

»Also, wie findest du's?«

»Hm, na ja, also ich weiß nicht ...«

»Nicht gut?«

»Doch, schon aufreizend irgendwie ...«

»Aber?«

»Na ja, fast schon zu aufreizend.«

Nadine strahlte. Die Partys, die Haberlein und sie ab und zu besuchten, standen manchmal unter einem bestimmten Motto. »Die alten Römer« beispielsweise oder »Dekadentes Kaiserreich«. Die Teilnehmer trugen dann jeweils entsprechende Verkleidungen. Die am Wochenende anstehende Party hatte als Thema »Mein wahres Ich«. Das war ein besonders dankbares Motto. Erfahrungsgemäß würden dort Kardinäle, Nonnen, Prostituierte, Krankenschwestern, Ärzte und Lehrerinnen zuhauf vertreten sein. Auch SS-Uniformen waren bei solchen Gelegenheiten beliebt.

»Du meinst, alle Kerle sind scharf auf mich?«

»Mit Sicherheit.«

»Das wollte ich hören.« Nadine setzte sich auf Haberleins Schoß und gab ihm einen Kuss. Sie warf einen Blick auf seinen Schreibtisch. »Kommst du voran?«

»Geht so. Stochere im Moment noch etwas im Nebel.«

»Du willst damit doch nicht etwa andeuten, dass du am Wochenende durcharbeiten willst und nicht mitkommst?«

»Wo denkst du hin? Abgemacht ist abgemacht.«

»Wäre ja nicht das erste Mal.«

»Nix da. Außerdem wird mir etwas Zerstreuung ganz gut tun.«

»Sicher?«

»Ganz sicher!«

»So gefällst du mir.« Nadine gab Haberlein noch einen Kuss. »Weißt du denn schon, was du anziehst?«

»Ach, darüber hab' ich mir noch gar keine Gedanken gemacht, Schweinchen.«

»Aber ich. Ich weiß, was du anziehst.«

»Jetzt bin ich aber gespannt.«

»Einen Talar.«

»Was?«

»Na, so 'n Professoren-Dings. Heißen die nicht Talar?«

»Doch, schon, aber ...«

»Nix aber. Und dazu das passende Käppi.«

»Du spinnst!«

»Das Beste kommt noch ...«

»Was denn noch?«

»Nichts.«

»Wie nichts?«

»Ja, nichts. Unter dem Talar trägst du nichts. Da bist du vollkommen nackt.«

»Schweinchen, du bist wirklich pervers.«

»Danke.«

Haberlein musste zugeben, dass ihm die Idee gefiel.

* * *

Das Hotelzimmer war gediegen eingerichtet, man hatte einen herrlichen Blick auf die Alster.

»Herrlicher Bli...«

Lenz kam nicht dazu, seinen Eindruck in Worte zu fassen. Gehindert wurde er daran von Katja Hochs Zunge, die in diesem Moment fordernd in seinen Mund eindrang. »Ich will dich«, hauchte sie mit heiserer Stimme. Sie ging vor ihm auf die Knie, öffnete seine Hose.

Lenz fühlte sich überrumpelt, aber dieses Gefühl hielt nicht lange an, sondern wich rasch einem anderen Gefühl. Einem schöneren Gefühl. Die Frau war wirklich geschickt ... Es war für ihn das erste Mal nach langer Zeit. Nach sehr langer Zeit.

Katja Hoch war wild und hemmungslos. Und sehr laut. Lenz gab sein Bestes, hielt aber nicht allzu lange durch. Er war zu sehr außer Übung.

Auf der Alster drehte ein einsamer Schwan seine Runden.

Lenz dachte an Lohengrin.

Hinterher lagen beide nebeneinander auf dem Bett und atmeten schwer. »Ich wusste es, du bist ein gefährlicher Mann«, sagte Katja Hoch, »ein sehr gefährlicher Mann.« Sie legte ihre Hand auf seinen Bauch.

Lenz sagte nichts.

8. Kapitel

Stefan Limbach lag im Bett und hatte ausgesprochen gute Laune. Die GEZ hatte ihm mitgeteilt, dass er ein weiteres halbes Jahr von den Rundfunkgebühren befreit sei. Hartz IV sei Dank. Für das Stellenangebot, auf das er sich auf Geheiß des Arbeitsamts hatte bewerben müssen, war eine Absage gekommen. Zum Glück, denn Redakteur bei einem Anzeigenblatt in Ostfriesland, das war nun wirklich nicht sein Traumjob. Ebenso wie Lenz konnte er sich nicht vorstellen, woanders als in Hamburg zu leben. Und Lenz hatte ihm von einer Sache erzählt, die das Herz des Ex-Journalisten höherschlagen ließ. Mysteriöse Erbschaft. Mordanschlag. Möglicherweise Stasi-Hintergrund. Ganz sicher Stasi-Hintergrund. Das sagte ihm seine Nase.

»Seine Nase behält man doch«, hatte ihm damals sein ALG II-Sachbearbeiter, der neuerdings »Fall-Manager« hieß, bei einem ihrer allerersten Gespräche gesagt, als Limbach geäußert hatte, für seinen erlernten Beruf mit Ende dreißig möglicherweise schon zu alt zu sein.

»Ja, aber sie lässt nach«, hatte Limbach geantwortet.

Das war gelogen gewesen. Denn Limbach hatte, ganz im Gegenteil, sogar den Eindruck, mit den Jahren immer besser zu werden. Bloß, dass das außer ihm noch keiner gemerkt hatte. Limbach sah sich in der allerersten Kategorie seiner Zunft. *Spiegel, Zeit, stern*, mindestens. Ach was, *Spiegel, Zeit, stern*. Er träumte seit einiger Zeit davon, ein großes Enthüllungsbuch zu schreiben, ein Buch, das die Nation aufrütteln würde. So wie Wallraff damals. Noch mehr als Wallraff. Limbach, der Enthüller. Er hatte auch einmal einen Roman begonnen, war damit aber gescheitert. Schon nach wenigen Seiten hatte er gemerkt, dass dafür seine Fantasie einfach nicht ausreichte.

Lenz dachte an Joyce. »Träum' weiter«, sagte sie jedes Mal, wenn er sich wieder mal allzu sehr seinen Schwärmereien hingab. Joyce war die Jamaikanerin, mit der er vor knapp einem Jahr eine Scheinehe eingegangen war. »Schwing dich zum Mond empor, selbst wenn du ihn verfehlst, landest du bei den Sternen«, antwortete er dann jedes Mal. Ein Zitat, das ihm leider nicht selber eingefallen war, sondern das er irgendwo gelesen hatte. In dem er sich aber vollkommen wiederfand.

Joyce war auf den ersten Blick eine pragmatische und unromantische Frau. Auf den zweiten auch. Mit irgendwelchen Träumereien und Flausen im Kopf konnte sie nichts anfangen. Zwar war Limbach nur ihr Schein-Ehemann, dennoch mochte sie ihn und sah sich verpflichtet, ihn hin und wieder auf den Boden der Tatsachen zurückzuholen. Er solle sich irgendeinen Job suchen, irgendeinen, einen ganz normalen, sagte sie ihm dann. Und nicht bloß irgendwelchen unrealistischen Träumen nachhängen. Aber auch Joyce hatte einen Traum. Sie träumte davon, eines Tages in ihre Heimat zurückzukehren und dort einen Bratwurststand zu eröffnen. Deutsche Bratwürste auf Jamaika, das müsste der Renner werden, meinte sie. Eine ganze Kette von Bratwurstständen. Ein Hofbräuhaus in Kingston. Schwarzwälder Kirschtorte in Montego Bay. Und eine Villa am Strand von Negril. Joyce glaubte fest daran, dass aus ihren Plänen eines Tages Wirklichkeit werden würde, wenigstens zum Teil, wenn sie nur ernsthaft daran arbeitete, fleißig war, eisern sparte und sich so ihres Vorhabens als würdig erwies. Sonntags widmete sie sich intensiv dem Studium der Bibel. Irgendwann würde es der Herr schon richten. Bis dahin musste sie noch ganz schön ackern. Joyce ging in einem Bordell auf der Reeperbahn der gewerbsmäßigen Prostitution nach. Ihren offiziellen Wohnsitz hatte sie bei Limbach, in einem schäbigen Loch in der Hopfenstraße. In Wirklichkeit wohnte sie aber bei einer Kollegin in einem Apartment-Hochhaus an der Reeperbahn.

Limbach musste schmunzeln, als er an Joyce dachte. Sie würde Augen machen, wenn er demnächst wirklich als der große Enthüller in Erscheinung treten würde. Damit würde sie nicht rechnen, dass er doch noch den großen beruflichen Durchbruch schaffen würde. Oder vielleicht doch? Waren ihre despektierlichen Äußerungen vielleicht Taktik? Taktik, darauf ausgerichtet, ihn zu provozieren, anzuspornen? Manchmal hegte Limbach diesen Verdacht. Wer versteht schon die Frauen?

Er blickte auf den Wecker. Dreizehn Uhr, Zeit, aufzustehen. Nachdem er die für ihn erfreuliche Post aus dem Briefkasten geholt hatte, hatte er sich noch einmal ins Bett gelegt, obwohl er hellwach und voller Tatendrang war. Aber er wollte die aufkommende gute Laune in sich eindringen und bis in die Fingerspitzen vordringen lassen. Jetzt sprang er auf und unter die Dusche, versah in Windeseile seine Morgentoilette und verließ das Haus.

Er frühstückte in einem nahen Lokal in der Davidstraße und ging anschließend die Tagespresse durch. Der Blätterwald bot das Übliche: Gähnende Langeweile. Seit irgendwelche Imame, Mullahs und Groß-Muftis mitzubestimmen hatten, was erscheinen durfte und was nicht, waren sogar Fotos von barbusigen Frauen verpönt. Der EU-Außenkommissar hatte kürzlich auf seiner Tour durch islamische Staaten versprochen, auf die strikte Einhaltung der Richtlinie zu achten, die alles verbot, was religiöse Gefühle verletzen könnte.

Natürlich waren damit nur die Gefühle der Muslime gemeint. Die Imame, Mullahs und Groß-Muftis hatten zufrieden gelächelt.

Limbach dachte an seine iranische Freundin zu Studentenzeiten, mit der er seinerzeit viel Spaß gehabt hatte. Nach heutiger Lesart ein todeswürdiges Verbrechen. Sollte er sich jemals im Iran blicken lassen, was ihm allerdings fernlag, musste er mit seiner sofortigen Hinrichtung rechnen. Falls seine damaligen Schandtaten bekannt würden natürlich ...

Er hatte an der Uni auch eine indonesische Freundin gehabt, ebenfalls eine Muslimin. Sie stammte aus einer der ersten Familien des Landes, war immer topmodisch gekleidet und alles andere als ein Kind von Traurigkeit gewesen. Er hatte sie in bester Erinnerung. Heute musste sie wahrscheinlich mit ihrer Steinigung rechnen, wenn sich ihre damalige Liaison herumspräche.

In der Presse war so etwas kein Thema. Eine Zeitung beschäftigte sich lieber ausgiebig mit den Memoiren eines Schauspielers, der mit seinen Sex-Eskapaden und Drogenexzessen prahlte. Ein anderes Blatt wiederum hielt es für berichtenswert, dass die Frau eines Fußballers schwanger war. Meine Güte, dachte Limbach, wer will denn so einen Müll lesen? Da müsste das, was ihm vorschwebte, ja wie eine Bombe einschlagen. Irgendwelche Stasi-Überbleibsel vergeben offenbar Mordaufträge. Eine Hamburger Bibliothekarin entgeht knapp einem Anschlag. Wer und was genau steckt dahinter? Möglicherweise Regierungskreise? Oder war die Nation vielleicht noch nicht reif für Enthüllungen dieses Kalibers?

Limbach dachte an Barschel. Er dachte an Möllemann. Beide waren offenbar in dunkle Machenschaften verwickelt gewesen und dann auf mysteriöse Weise ums Leben gekommen. Die Nation hatte es verkraftet.

Er dachte an einen früheren Bundeskanzler, der gegen geltendes Recht verstoßen hatte. Jahrelang, ohne schlechtes Gewissen, ohne Reue und ohne jede Einsicht. Die Nation hatte es hingenommen.

Er dachte an einen ehemaligen Parteivorsitzenden im Bundestag. Seinerzeit hatte er zurücktreten müssen, nachdem sich herausgestellt hatte, dass er das Parlament angelogen hatte. Wenige Jahre später wurde er Bundesinnenminister.

Er dachte auch an einen früheren Führer der 68er-Bewegung, der jahrelang einen gesuchten mutmaßlichen RAF-Terroristen gedeckt hatte. Der Alt-68er saß heute unbehelligt im Europa-Parlament.

Limbach dachte ganz weit zurück, an die Geburtsstunde der Bundesrepublik. Eigentlich sollte Frankfurt die Hauptstadt des jungen Staates werden. Aber Adenauer hatte keine Lust umzuziehen. Überraschend entschied sich der frischgebackene Bundestag mit knapper Mehrheit für Bonn als Parlamentssitz. Bonn, eine vergleichsweise kleine Stadt am Rhein. Später stellte sich heraus, dass Bestechung im Spiel gewesen war.

Limbach lächelte still in sich hinein. BRD – Bananenrepublik Deutschland, dachte er.

Doch, die Nation konnte einiges vertragen. Ganz sicher. Auf einen wie ihn hatte sie gewartet. Sie wollte nicht länger mit Zoten von abgehalfterten Schauspielern, schwangeren Fußballer-Gattinnen, Lebenserinnerungen von verurteilten Totschlägern und Geschichten von Ex-Junkies behelligt werden. Sie hatte diesen Müll satt. Die Nation von Beethoven und Goethe. Sie wollte jetzt die Wahrheit. Die ganze Wahrheit. Sie war bereit für den einen, den ganz großen, den ganz harten Stoff. Und er war es, der ihr diesen Stoff liefern sollte. Er, der Dealer der Wahrheit.

Limbach las in der Zeitung sein Horoskop. *Es geht wieder aufwärts*, stand da. Und: *Ein Tag für große Taten.*

Limbach rief die Bedienung herbei und zahlte die Rechnung. In Gedanken ging er die Liste der Kontaktpersonen durch, die ihm bei seinen Recherchen möglicherweise helfen konnten. Sie war nicht allzu lang, dafür aber umso exklusiver. Immerhin war eine Ministerialbeamtin dabei. Während seiner Studentenzeit war er eng mit ihr befreundet gewesen. Dann hatten sie sich irgendwann aus den Augen verloren. Von einem ehemaligen Kollegen wusste Limbach, dass sie jetzt Referatsleiterin im Bundesinnenministerium war. Limbach witterte seine Chance.

Er beschloss, noch ein wenig über den Kiez zu schlendern und darauf zu warten, dass ihm noch ein paar Ideen zufliegen würden. Meistens wirkte diese Umgebung einigermaßen inspirierend auf ihn. Jetzt tagsüber war noch nicht viel los, aber gerade diese Atmosphäre mochte er. Wenn das Laster ein wenig träge war. Vor der Herbertstraße drängte sich der übliche Pulk von aufgeregten, süddeutschen Touristen, die sich gegenseitig vor dem Eingangsbereich fotografierten. Limbach achtete darauf, einen möglichst abgeklärten und gelangweilten Eindruck zu machen, als er an ihnen vorbeiging. Jedenfalls anders als damals, vor über zwanzig Jahren, als er selber noch ein aufgeregter, süddeutscher Tourist gewesen und mit zwei Schulfreunden für ein paar Tage nach Hamburg gekommen war. Drei Dorftrottel in der großen, weiten Welt. Limbach musste grinsen, als er an diese Zeit zurückdachte. Im Eroscenter hatte er damals seine Unschuld verloren. Seitdem hatte es ihm das Rotlichtmilieu angetan. Auch als er noch in Hamburg-Eppendorf wohnte, war er oft und gerne auf dem Kiez. Er hatte hier, als er es sich noch leisten konnte, viel Geld gelassen.

Jetzt hatte er kein Geld mehr, dafür lebte er inzwischen auf St. Pauli. Darüber war Limbach sehr glücklich, denn der Stadtteil war einfach sein Viertel. Leben und leben lassen hieß hier die Devise, die gegenseitige Toleranz war groß.

Wenngleich er über manche Gegebenheiten nur den Kopf schütteln konnte. So stand beispielsweise im ehemaligen *Starclub*, wo heute ein Bordell mit thailändischen Frauen war, ein Gedenkstein mit den eingravierten Namen der Bands und Musiker, die hier ihre Karriere begonnen hatten. Und der Name eines der größten von allen, Jimi Hendrix, war falsch geschrieben. *Jimmy* stand da, statt *Jimi*. Limbach empfand das als hochgradig peinlich. Geradezu als Kulturschande. Hätte er Geld gehabt, hätte er sofort einen neuen Gedenkstein in Auftrag gegeben.

Ferner war dem Ex-Redakteur vor einiger Zeit schon ein Friseurgeschäft aufgefallen, an dessen Tür an eine Astrid Kirchner erinnert wurde, die seinerzeit den Beatles ihre berühmte Pilzkopffrisur verpasst hatte. In Wahrheit, das wusste jeder echte Beatles-Fan, hieß die Dame nicht Astrid Kirchner, sondern Astrid Kirchherr. Als Limbach den türkischen Geschäftsinhaber darauf aufmerksam gemacht hatte, hatte er bloß freundliche Gleichgültigkeit geerntet, verbunden mit dem Hinweis, die wahren Fans würden den richtigen Namen ja kennen und den anderen würde der Fehler gar nicht auffallen. Orientalische Logik.

Kassierer gesucht stand am Eingang eines Strip-Schuppens an der Reeperbahn, und Limbach beschloss spontan, sich zu bewerben. Er betrat den schummrigen Eingangsbereich und steuerte die Kasse an. Dort saß eine dralle Schwarzhaarige, zu deren Aufgabenbereich nicht nur das Kassieren von Eintrittsgeld, sondern auch gelegentliche Lautsprecherdurchsagen vom Schlage »Jetzt live auf der Bühne: Die blonde Chantal zeigt alles« gehörten.

»Ihr sucht jemanden für die Kasse?«

»Weiß nicht, ich glaube, der Job ist schon weg.«

»Och, schade.«

»Ich frag' die Chefin, kannst ja deine Nummer mal dalassen.«

»Jetzt ist die Chefin nicht da?«

»Nee, leider nicht. Erst heut Abend wieder.«

»Okay.«

Limbach gab der Frau seine Handynummer und trat wieder hinaus auf die Reeperbahn. Wieder mal n' fester Job wäre nicht schlecht, dachte er. Aber wenns nicht klappt, auch nicht schlimm. Ohnehin wartete jetzt eine viel größere Aufgabe auf ihn. Was soll ich in dieser Spelunke an der Kasse sitzen, wenn ich gerade einem Riesending auf der Spur bin? Das würde all seine Zeit und Energie in Anspruch nehmen. Aber er hatte sich lange genug ausgeruht. Und die Mühe würde sich lohnen.

Zwei Frauen mittleren Alters sprachen ihn an und fragten nach dem Wachsfigurenkabinett. Limbach erklärte ihnen den Weg. Es passierte ihm oft, dass er auf dem Kiez von Touristen angesprochen wurde. Offenbar machte er einen kompetenten und vertrauenswürdigen Eindruck. Meistens konnte er den Leuten auch weiterhelfen. Kürzlich allerdings hatte er passen müssen, als er nach dem Fan-Artikel-Shop des FC St. Pauli gefragt worden war. Fußball-Muffel Limbach hatte keine Ahnung.

Ein junger Mann hatte heute mehr Glück. »Wo kann man als Essener denn hier reingehen?«, fragte er Limbach, während sich seine beiden Kumpels schüchtern im Hintergrund hielten. Limbach war etwas amüsiert angesichts der Formulierung der Frage und erkundigte sich seinerseits, ob

Essener denn besondere Vorlieben hätten. Eigentlich nicht, sie wollten bloß was Schönes sehen und nicht zu teuer sollte es sein, lautete die Antwort. Kein leichtes Unterfangen, um diese Tageszeit und das mit dem »nicht zu teuer« sei ohnehin schwierig auf St. Pauli, meinte Limbach. Er riet, sich zur zeitlichen Überbrückung erst einmal kulinarisch zu stärken, legte den dreien ein preisgünstiges und gutes Lokal am Ende der Reeperbahn ans Herz und empfahl für den Abend einen Laden in der Großen Freiheit. Die drei Essener bedankten sich artig und zogen unternehmungslustig weiter.

Es war früher Nachmittag, eine Zeit, in der der Kiez Kraft sammelte für das Lotterleben am Abend und in der Nacht. Die Ruhe vor dem Sturm. Das Laster lauerte. Die Bühnenbumser hatten ihren Dienst noch nicht angetreten, aber die meisten Bordelle hatten ihre Pforten schon geöffnet. Manchmal wunderte sich Limbach, dass die Imame das sündige Treiben auf St. Pauli überhaupt noch duldeten. Immerhin lebten viele ihrer Glaubensbrüder in dem Viertel. Aber solange die EU den Bau von Moscheen und den Luxuslebenswandel von Arafats Witwe in Paris finanzierte, war man in Islamisten-Kreisen wohl nachsichtig, dachte er. Ob der Prophet das gutheißen würde?

Limbachs Gedanken wanderten zu seiner alten Freundin Catrin, die jetzt im Bundesinnenministerium arbeitete. Er würde behutsam bei ihr vorgehen müssen. Früher hatten sie einander grenzenlos vertraut, aber jetzt hatten sie seit Jahren nichts voneinander gehört. Würde sie sich überhaupt noch an ihn erinnern? Bestimmt. Sie hatten viel zusammen erlebt. Gutes und Schlechtes. Lustiges und Trauriges. Es war eine rein platonische Freundschaft gewesen, aber eine sehr enge. Bei Liebeskummer und anderen Katastrophen hatten sie sich gegenseitig getröstet. Freude hatten sie miteinander geteilt.

Und als sich ihre Wege berufsbedingt getrennt hatten, waren sie zunächst in Kontakt geblieben. Und hatten sich irgendwann dann doch aus den Augen verloren. Leider. Aber würde er heute noch einen Draht zu ihr finden? Hoffentlich. Hier waren seine Qualitäten als Frauenflüsterer gefragt. Limbach weiß, was Frauen wünschen, lautete sein Motto in Anlehnung an einen alten Werbespruch. Immerhin: Diesmal ging es um eine heikle Sache. Sollte er gleich mit offenen Karten spielen oder sich lieber zunächst vorsichtig an sie herantasten?

Eines war klar: Er musste nach Berlin fahren und sich mit ihr treffen. Scheiße, sein Etat für diesen Monat war schon fast aufgebraucht. Er würde Joyce anpumpen müssen. Normalerweise war sie großzügig und hatte ihm bisher noch jedes Mal aus der Patsche geholfen. Dennoch war es ihm immer peinlich, sie um Geld bitten zu müssen. Wieso war er eigentlich schon wieder so knapp bei Kasse? ALG II reichte hinten und vorne nicht, klar. Aber für die Scheinehe mit Joyce hatte er eine ganz hübsche Summe kassiert. Jetzt war davon so gut wie nichts mehr übrig. Wo war das Geld geblieben? Limbach hätte es nicht konkret zu sagen vermocht. Als Erklärung vor sich selbst führte er seinen nach wie vor einigermaßen bohèmehaften Lebenswandel an, der in keinster Weise seinen tatsächlichen finanziellen Möglichkeiten entsprach. Für den Abstecher in die Hauptstadt veranschlagte er mindestens fünfhundert Euro.

Er musste auf Catrin Balkenberg Eindruck machen. Sie war eine Top-Juristin, ihr messerscharfer Verstand würde sich nicht so leicht blenden lassen. Wahrscheinlich wäre es sowieso am besten, die Karten gleich offen auf den Tisch zu legen. Andererseits: Er hatte sie lange nicht gesehen, wusste nicht, welche Entwicklung sie mittlerweile genommen hatte, in welche Seilschaften sie möglicherweise verstrickt war.

Er war damals heilfroh gewesen, dass sie keine Anwältin geworden, sondern in den Staatsdienst gegangen war. Gegen Anwälte hatte Limbach eine starke Abneigung, die zum großen Teil auf eigenen Erfahrungen beruhte. Bisher hatte er Rechtsanwälte für den geldgierigsten Berufsstand überhaupt gehalten. Seit Klinikärzte Gehaltserhöhungen von dreißig Prozent gefordert hatten, war sich der Hartz IV-Empfänger da aber nicht mehr so sicher.

9. Kapitel

Lenz war an diesem Morgen ungewöhnlich früh erwacht. Obwohl er kaum geschlafen hatte, war er nicht müde und deshalb gleich aufgestanden. Zu viel ging ihm durch den Kopf. War das am Tag zuvor wirklich passiert? Hatte er tatsächlich mit Katja Hoch ...? Oder hatte er geträumt? Falls es tatsächlich passiert war: Was hatte das zu bedeuten? War er glücklich? Unglücklich? Stolz? Peinlich berührt? Oder war es ihm gleichgültig? Es war Sonntag, und so würde er sich den ganzen Tag mit diesen Fragen beschäftigen können.

Aber wollte er das überhaupt?

Er wollte gerade Kaffee aufsetzen, als das Telefon klingelte. Lenz zuckte zusammen. Bestimmt Katja Hoch. Er hatte jetzt eigentlich keine Lust, mit ihr zu reden. Nicht zu diesem Thema. Frauen liebten es ja, Beziehungsangelegenheiten in allen Einzelheiten zu diskutieren. Lenz nicht. Er hasste es. Zögernd ging er ans Telefon und meldete sich zaghaft. Limbach. Lenz war erleichtert. Limbach schlug vor, sich zu einem gemeinsamen Frühstück zu treffen. Lenz sagte erfreut zu. Er war plötzlich froh rauszukommen. Solange er nicht zu Hause war, konnte ihn, den Handy-Nichtbesitzer, Katja Hoch nicht erreichen. Außerdem tat ihm Limbachs Gesellschaft jetzt bestimmt ganz gut. Ob er ihm erzählen sollte, was passiert war? Lenz beschloss, das davon abhängig zu machen, wie sich das Gespräch zwischen ihnen beiden entwickeln würde. Keinesfalls würde er vor dem Freund mit seinem Abenteuer prahlen und schon gar nicht irgendwie ins Detail gehen.

Lenz' Vorschlag, sich auf halber Strecke am Hauptbahnhof zu treffen, fand nicht Limbachs Zustimmung. Er war knapp bei Kasse und wollte sich die Fahrtkosten mit der U-Bahn gerne sparen. Lieber wollte er mit Lenz in seinem Stammlokal auf St. Pauli frühstücken. Lenz verkniff sich die Frage, ob es nicht sinnvoller sei, zu Hause zu bleiben, wenn man wenig Geld habe, und stimmte zu. Ohnehin würde er diesen Hallodri nie ganz verstehen können. Gut, er konnte leicht daherreden als Bibliothekar. Kürzlich hatten Angehörige des öffentlichen Dienstes gestreikt, weil sie pro Tag achtzehn Minuten länger arbeiten sollten. Etwa zur gleichen Zeit hatten sich die Mitarbeiter eines Elektrogeräte-Werks in Süddeutschland bereit erklärt, auf zwanzig Prozent ihres Einkommens zu verzichten, wenn nur ihre Arbeitsplätze erhalten blieben und das Werk nicht, wie vom Mutterkonzern geplant, geschlossen würde. Der Konzern hielt an seinem Plan trotzdem fest. In solchen Momenten war es Lenz geradezu peinlich, dem öffentlichen Dienst anzugehören.

Er stimmte Limbachs Ansinnen also zu und nahm sich vor, den Freund heute einzuladen. Womöglich hatte er ohnehin darauf spekuliert, aber das war Lenz, in einem Anfall von ungewohnter Großzügigkeit, jetzt egal. Sie verabredeten sich in einer Stunde, und Lenz sah zu, dass er in die Hufe kam.

Trotz Eile und schneller Morgentoilette legte er Wert auf eine sorgfältige Nassrasur. Überzeugter Nassrasierer war Lenz seit seiner Militärzeit. Kaum hatte er das Haus verlassen, setzte ein leichter Regenguss ein. Lenz beschleunigte seine Schritte. Es war nicht weit zur U-Bahn-Station, und Lenz hatte keine Lust, vollkommen durchnässt dort anzukommen. Er zog die Schultern hoch und den Kopf ein. So bemerkte er die beiden Männer nicht, die ihm unauffällig folgten. Es waren die beiden, mit denen er am Abend zuvor in der Bar aneinandergeraten war.

Die U-Bahn war mittelprächtig besetzt, Lenz hatte also keine Gelegenheit, auf seinem Lieblingsplatz sitzen. Der war auf der hintersten Bank im letzten Wagen. Rückendeckung und Rundumsicherung waren nach wie vor die Devise des Ex-Soldaten. Er blieb lieber stehen, als woanders zu sitzen. Aber am Hauptbahnhof musste Lenz umsteigen. Jetzt konnte er sich auf seinen Stammplatz setzen. Sogar auf der linken Seite. Wenn er wie jetzt mit der U3 Richtung St. Pauli fuhr, saß er am liebsten links. Denn ab der Station Rödingsmarkt verließ die Bahn den unterirdischen Tunnel und fuhr ein Stück überirdisch. Vorbei am Hafen und an den Landungsbrücken. Lenz liebte diesen Blick. Er empfand dann jedes Mal tiefe Dankbarkeit dafür, in dieser Stadt leben zu dürfen. Er dachte an den Song *Berlin* von der Gruppe Ideal. Warum hatte nie jemand über Hamburg ein solches Lied geschrieben?

Als Lenz in dem verabredeten Lokal eintraf, war Limbach schon da und schäkerte gerade mit der Bedienung. Lenz bestellte eine Große Sause, die aus Rühreiern mit Schinken und drei belegten Brötchen bestand, dazu einen Becher Kaffee. Limbach hatte das Gleiche geordert, bloß statt Rühreiern Spiegeleier.

»Kennst du *Berlin* von Ideal?

»Klar. Geiler Song. 1980. Ich war einer der Ersten, der die Scheibe hatte. Warum?«

»Wieso gibt's so ein Lied nicht über Hamburg?«

»Hä?«

»Hab' ich gerade überlegt, als ich am Hafen langfuhr. Ein Lied, das die Stimmung der Stadt so gut einfängt. So wie damals *Berlin* eben.«

»Gibt's doch.«

»Welches denn?«

»*Auf der Reeperbahn nachts um halb eins*.«

Lenz verdrehte die Augen, wusste dem aber im Moment nichts entgegenzusetzen.

Die Bedienung servierte die beiden Frühstücke. »Ihr meldet euch, wenn ihr noch was braucht, ja?«

»Mit Sicherheit.« Limbach starrte ihr ungeniert auf den Hintern, als sie sich davonbewegte. »Tschuldigung. Alte Gewohnheit«, sagte er, als er Lenz' missbilligenden Blick bemerkte. Dann kehrte er zum Thema zurück. »Ich weiß, was du meinst. Keine Ahnung, warum es so ein Lied nicht gibt. Vielleicht gibt's keine guten Songschreiber in der Stadt. Schreib' halt selber eins.«

»Ich? Kann ich nicht.«

»Schon mal versucht?«

»Nee.«

»Siehste. Dann weißt du doch gar nicht, ob du das kannst oder nicht. Du hast doch sogar eine klassische Musikausbildung, oder?«

»Schon, aber ...«

»Hatte Paul McCartney nicht.«

»... das ist lange her.«

»Und der hat immerhin *Yesterday* geschrieben, zum Beispiel.«

»Apropos Schreiben: Was macht dein Weltbestseller?«

»Bin im Moment noch mit den Recherchen befasst.«

»Worum ging's noch mal?«

»Möcht' ich im Moment noch nix zu sagen. Noch zu vage das Ganze.«

»Aha.«

Die Bedienung kam an den Tisch. »Alles in Ordnung bei euch?«

»Alles bestens. Besser kann's gar nicht sein«, antwortete Limbach.

»Schön.«

Die Bedienung rauschte wieder davon.

»Nicht mal 'ne Andeutung?«

»Was?«

»Worum 's geht bei deinem Buch.«

»Ach so. Nee. Bringt Unglück.«

»Schade.«

»Also gut. So viel nur: Geht um einen Politskandal, den ich aufdecken will.«

»Na, dann viel Erfolg.«

»Danke.« Limbach wirkte plötzlich sehr nachdenklich.

Was Lenz sofort auffiel. »Was ist los? Hab' ich was Falsches gesagt?«

»Nee. Ganz im Gegenteil. Komisch, dass du heute ausgerechnet den Song *Berlin* angesprochen hast.«

»Wieso?«

»Weil ich da demnächst hinmuss.«

»Nach Berlin?«

Limbach nickte.

»Mein Beileid.«

»Geht nicht anders. Muss da was checken, im Zuge meiner Recherchen.«

»Hört sich nach 'ner größeren Sache an.«

»Kann man wohl sagen.«

Lenz war es gewohnt, dass Limbach alles Mögliche ankündigte, woraus dann doch nichts wurde. Dennoch hatte er das unbestimmte Gefühl, dass es diesmal irgendwie anders war. Dass seine Gedanken ausgerechnet heute ebenfalls nach Berlin gewandert waren, kam ihm nun auch merkwürdig vor. »Mach dir n' Vorschlag. Wenn du mir verrätst, worum es bei deinem Buch geht, erzähl' ich dir auch was.«

»Was denn?«

»Was mir passiert ist.«

»Was soll dir denn groß passieren? Ist dir der Aktenordner aus der Hand gefallen?«

»Von wegen. Wirst dich wundern.«

»Oder hat dich die Maiwald rangelassen?«

»Die Maiwald nicht, aber ...«

Limbach verschluckte sich an seinem Kaffee. Er hustete und als er sich eingermaßen beruhigt hatte, guckte er Lenz mit großen Augen an. »Nee, nä?«

»Doch.«

»Du hast ...« Er räusperte sich, blickte nach links und nach rechts, senkte seine Stimme und beugte sich ein wenig zu Lenz hinüber. »Du hast Sex gehabt?«

Lenz nickte.

»Hm.« Limbach rief die Bedienung herbei. »Sandra!«

»Ja?«

»Bringst du uns zwei Glas Sekt, bitte?«

Lenz war amüsiert darüber, wie leicht es war, Limbachs Neugier zu wecken. Offenbar war die Neugier seine ausgeprägteste Eigenschaft überhaupt. Limbach konnte sich gar nicht beruhigen. »Das hätte ich jetzt nicht gedacht.«

»Was?«

»Na, dass du ...«

»Was?«

»Na, ich hab' dich allmählich irgendwie schon für ...«

»Ja?«

»Na ja, schon für asexuell gehalten. Irgendwie. Allmählich.«

»Tja. Kannste mal sehen.«

»Jetzt will ich natürlich Näheres hören.«

»Nee, Stefan, jetzt erst du!«

Sandra brachte die beiden Gläser Sekt. »Gibts was zu feiern?«, wollte sie wissen.

»Das kann man wohl sagen. Mein Freund hier ist zu den Lebenden zurückgekehrt«, antwortete Limbach.

»Dann herzlich willkommen«, gratulierte sie.

»Danke.«

»Stößt du mit uns an?«, fragte Limbach.

»Du, herzlich gerne. Aber ich darf nicht, während der Arbeitszeit.«

»Schade. Vielleicht ein anderes Mal.«

»Mit Sicherheit.«

Sandra steuerte einen anderen Tisch an, an dem die Gäste gerade zahlen wollten, und Lenz und Limbach stießen miteinander an.

»Auf dich«, meinte Limbach.

»Auf die Frauen«, erwiderte Lenz.

»Also, jetzt lass' hören. Was treibst du in Berlin?«

»Hab' vor, mich dort mit Catrin Balkenberg zu treffen. Sie weiß allerdings noch nichts davon.«

»Wer ist das?«

»Hab' ich dir von der nie erzählt?«

»Nee.«

»Freundin aus meiner Studentenzeit. Sie studierte Jura, ich Germanistik und Geschichte. Aber wir wohnten im selben Haus und hingen ständig zusammen.«

»Und die ist jetzt in Berlin.«

»Genau. Und zwar im Bundesinnenministerium. Genauer: Sie ist Referatsleiterin in der Abteilung Innere Sicherheit.«

»Du, Stefan ...«

»Mo?«

»Ich ahne da was ... Du willst doch nicht etwa ...?«

»Doch, Mo. Scheiße, ich hätte es dir schon noch gesagt. Ehrlich. Ich will mit ihr über euren Fall reden. Meiner Meinung nach steckt da ein Riesending dahinter.«

»Aus dem du Kapital schlagen willst!«

»Was heißt Kapital schlagen? Das ist mein Beruf, ich bin Journalist!«

»Ex-Journalist. Du hast selber immer gesagt, dass du mit diesem Beruf nichts mehr zu tun haben willst.«

»Man soll nie nie sagen.«

»Trotzdem: Du hättest vorher mit mir darüber reden müssen.«

»Was meinst du, warum ich mich mit dir zum Frühstück treffen wollte?«

»Eben noch wolltest du dein Projekt geheimhalten!«

»Quatsch! Ich wollte es bloß ein bisschen spannend machen. Außerdem: Wenn du wirklich nicht damit einverstanden bist, blase ich das Ganze ab. Die Fahrkarte nach Berlin ist noch nicht gekauft. Außerdem solltest du vielleicht mal mit der Maiwald darüber reden. Immerhin ist sie die Hauptbetroffene.«

Lenz musste, nachdem sein anfänglicher Ärger verflogen war, zugeben, dass es durchaus Vorteile hatte, wenn sich Limbach der Sache annahm. Schließlich war er sich mit Maiwald darin einig, dass sie sich nicht allein auf die Polizei verlassen wollten. Deshalb hatten sie ja auch Haberlein eingeschaltet. Wenn jetzt auch Limbach mit am selben Strang ziehen wollte, konnte das bloß gut sein. Denn auch ein gescheiterter und abgehalfteter Journalist hatte sicher noch den ein oder anderen Kontakt. Allerdings: Er würde zuerst mit Angelika Maiwald darüber reden müssen, dass sich Limbach als Mitstreiter angeboten habe.

»Okay, aber erst muss ich mit der Maiwald darüber reden.«

»Meine Rede.«

»Ich denke mal, sie wird nichts dagegen haben.«

»Glaub' ich auch nicht.«

Lenz erzählte Limbach, dass sie Bibliotheksoberrat Haberlein gebeten hatten, Onkel Gunthers Nachlass zu durchforsten.

»Brillante Idee. Guter Mann.«

»Kennst du ihn?«

»Nicht persönlich. Aber ich habe von ihm gehört und über ihn gelesen. War der nicht sogar mal Berater der Birthler-Behörde?«

»Keine Ahnung.«

»Auf jeden Fall versteht der sein Metier.«

Lenz und Limbach verabredeten, sich jeweils gegenseitig über neue Informationen und Entwicklungen sofort zu unterrichten. Limbach fand es bemerkenswert, dass sich das BKA in den Fall eingeschaltet hatte und die Hamburger Polizei offenbar nicht mehr allzu viel zu melden hatte. Das bestätigte ihn in seiner Einschätzung, dass hinter dem Anschlag auf Maiwald mehr steckte. Jedenfalls mehr, als es zunächst den Anschein hatte.

»Nichts gegen deine Kollegin. Aber wegen eines Mordanschlags auf irgendeine Bibliothekarin rückt normalerweise nicht das BKA an. Versteh' mich jetzt nicht falsch.«

»Versteh' schon. Und dann weiß die Polizei auch mehr, als sie uns bisher gesagt hat.«

»Das ist anzunehmen.«

Lenz seinerseits hielt es für vielversprechend, dass Limbach einen Draht ins Bundesinnenministerium hatte.

»Das BKA untersteht doch dem Bundesinnenministerium, oder?«

»Ja.«

»Hervorragend. Das sind doch die besten Voraussetzungen.«

»Ja, aber wie gesagt, dieser Kontakt muss erst reaktiviert werden. Ich habe von Catrin ewig nichts mehr gehört.«

»Das schaffst du schon, mit deinem Schlag bei Frauen.«

»War immer rein platonisch zwischen uns.«

»Trotzdem.«

»Ach, wo wir gerade beim Thema sind ... Jetzt bist du aber an der Reihe. Du wolltest mir doch was erzählen.«

Lenz räusperte sich etwas verlegen, wollte seine Brille zurechtrücken, obwohl er sie gerade gar nicht aufhatte. Dann berichtete er von seinem Abenteuer mit Katja Hoch. Er bemühte sich um eine möglichst knappe, nüchterne Darstellung. Vor allem seine Rolle bei der tätlichen Auseinandersetzung mit den beiden Männern in der Bar versuchte er einigermaßen zurückhaltend zu schildern.

Limbach verstand trotzdem. »Verstehe, du hast die voll soldatenmäßig eingenordet.«

»Quatsch, ich hab' bloß das Allernötigste gemacht!«

»Mensch Mo, du hast es immer noch voll drauf, was? Setzt mal eben so zwei Mann gleichzeitig außer Gefecht.«

Lenz versuchte abzuwiegeln. »Das war halb so wild. Die beiden hatten absolut keine Ahnung.«

»Dafür du ja wohl umso mehr.«

»Tja, gelernt ist gelernt.«

»Dich möchte ich nicht zum Feind haben.«

»Hast du ja auch nicht.«

Limbach hätte gerne noch ein paar Einzelheiten aus Katja Hochs Hotelzimmer erfahren, aber hier hielt sich Lenz, ganz diskreter Gentleman, vollkommen bedeckt. Ohnehin zweifelte er, ob es unbedingt gewesen nötig war, Limbach überhaupt davon zu erzählen. Das war eigentlich gar nicht seine Art. Andererseits: Immerhin hatte er auf diese Weise Limbachs Neugier angestachelt und so aus ihm herausgekitzelt, was er im Schilde führte. Dass Limbach ihn heute sowieso darüber informieren wollte, glaubte er nicht so recht. Obwohl: Früher oder später wäre Limbach ohnehin nicht darum herumgekommen, ihn einzuweihen. Er hätte ja wohl kaum irgendeine Geschichte über die Köpfe der Betroffenen hinweg anleiern können. Wahrscheinlich war er wieder mal zu misstrauisch. Der Instinkt des Einzelkämpfers, der sich nur auf sich selbst verlässt.

»Sag' mal, die Geschichte, wenn's denn überhaupt eine ist, willst du die dann einem Blatt anbieten oder gleich ein ganzes Buch drausmachen?«

»Sowohl als auch. Erst in einem Blatt veröffentlichen und dann später, viel ausführlicher, in einem Buch genau die Details und die Hintergründe schildern.«

»Denkst du dabei an deine alte Zeitung?«

»Gott bewahre. Die haben mich entlassen. Warum sollte ich denen so einen Stoff servieren? Außerdem sind die dafür sowieso viel zu verschnarcht. Nee, ich denke da viel eher an die üblichen Verdächtigen.«

»Also an die Hamburger Kampfpresse?«

Limbach schmunzelte. »Nun ja, so könnte man es formulieren.«

»Ich weiß nicht, wie die Maiwald das sieht, aber für mich gilt: Meinen Namen lässt du da vollkommen raus, klar?«

»Klar, wie du möchtest. Gar kein Problem.«

»Auf gar keinen Fall möchte ich in irgendeiner Form in die Öffentlichkeit gezerrt werden.«

»Das ist dein gutes Recht.«

»Allein der Gedanke daran verursacht bei mir schon absolute Übelkeit.«

»Mo ...«

»Geradezu Panik ...«

»Mo ...«

»Das wäre das Ende meines Lebens!«

»Ich hab's verstanden!«

Limbach betonte, dass er ein seriöser Journalist sei, der bei einer sehr renommierten und hochseriösen Zeitung gearbeitet hatte. Dass er sich seiner Verantwortung vollkommen bewusst sei. Und zwar generell und grundsätzlich. Und dass er sich durch die Brisanz des vorliegenden Falles außerdem zu besonderer Sorgfalt und Sensibilität verpflichtet fühle. Schon gar nicht käme ihm in den Sinn, irgendetwas zu tun, was einen Freund gefährden könnte. So weit gehe der berufliche Ehrgeiz dann doch nicht.

»Siehst du, deswegen hast du es in diesem Beruf auch zu nichts gebracht.«

»Wie jetzt?«

»Echte Journalisten haben keine Freunde.«

Limbach musste lachen, gab aber zu, dass in dieser hämischen Bemerkung zumindest ein Körnchen Wahrheit steckte.

Der Fahrplan sah nun vor, dass Lenz mit Maiwald über Limbachs Vorhaben reden sollte. Und dass sich Limbach, sobald Maiwald ihr Einverständnis erklärt habe, gen Berlin in Bewegung setzen sollte.

»Eines kommt mir dann aber doch komisch vor.«

»Was denn?«

»Die Sache mit Katja Hoch.«

»Wieso? Dass eine Frau mich gut findet, kommt dir komisch vor?«

»Nein, aber der Zeitpunkt. Dass die ausgerechnet jetzt in dein Leben tritt. Und dann auch noch auf so spektakuläre Art und Weise.«

»Die Wege des Herrn sind unergründlich.«

10. Kapitel

Komm', irgendwas ist doch!«
»Nee, alles in Ordnung.«

»Angie, ich kenn' dich seit dreiundzwanzig Jahren. Und ich merke dir an, wenn irgendwas nicht stimmt!«

Angelika Maiwald zögerte noch einen Moment. Dann gab sie auf. »Ach Scheiße, Claudi, nix is' in Ordnung, nix stimmt.«

Maiwald telefonierte mit ihrer alten Freundin Claudia Schneider. Seit ihrem ersten Tag am Gymnasium in Lüneburg, als sie zufällig Banknachbarinnen geworden waren, waren sie eng befreundet. Gemeinsam waren sie durch dick und dünn gegangen, hatten zueinander grenzenloses Vertrauen und sich gegenseitig immer alle Geheimnisse anvertraut. Sie hörten dieselbe Musik, schwärmten für dieselben Schauspieler und begeisterten sich für dieselben Bücher. Sogar beruflich gingen ihre Interessen in eine ähnliche Richtung. Nach dem Abitur hatte Claudia eine Buchhändlerlehre absolviert, während Angelika Bibliothekarin wurde. Bloß was ihr Privatleben betraf, waren die beiden irgendwann unterschiedliche Wege gegangen. Claudia hatte mit Mitte zwanzig geheiratet und war, nach Jahren in Hamburg, in eine kleine Stadt in Schleswig-Holstein gezogen. Dort lebte sie mit ihrem Mann und mittlerweile zwei Kindern. Sie hatte eine eigene Buchhandlung. Angelika war, nach einer langjährigen, unglücklichen Beziehung mit einem inzwischen pleitegegangenen Kaufhausbesitzer, seit Langem Single. Aber der Kontakt war immer eng geblieben. Oft besuchte Angelika ihre Freundin am Wochenende, die Kinder nannten sie Tante. Kam kein Wochenendbesuch zustande, telefonierten die beiden miteinander.

So wie heute. Angelika Maiwald wäre an diesem Wochenende liebend gerne zu ihrer Freundin gefahren, noch lieber als sonst. Aber sie hatte keine Lust, mit einer Polizei-Eskorte bei ihr aufzukreuzen. Nach dem Attentat hatte sie das Bedürfnis verspürt, gleich bei Claudia anzurufen und ihr ihr Herz auszuschütten. So wie sie es sonst auch immer getan hatte, bei den kleineren und größeren Katastrophen ihres Lebens. Aber diesmal hatte sie es nicht fertiggebracht. Was passiert war, erschien ihr so unheimlich, so vollkommen rätselhaft und bedrohlich, dass sie Angst hatte, jeden mit hineinzuziehen, dem sie davon erzählte. Aber Claudia Schneider konnte sie nichts vormachen. Ihre Freundin hatte sie angerufen, um ihr stolz zu berichten, dass ihr Großer eine besonders gute Klassenarbeit abgeliefert hatte. Die beste, um genau zu sein. Thorben besuchte die vierte Klasse und schien ein richtiges kleines Genie zu sein. Er hatte einen Aufsatz zum Thema »Was ich einmal werden will« geschrieben. Er wollte Arzt werden, »weil es immer kranke Leute gibt und Ärzte immer gebraucht werden. Da werde ich nie arbeitslos und habe immer Geld.« Null Rechtschreibfehler und überzeugende Argumente. Ein Lichtblick, hatte Herr Schwaiger, der Klassenlehrer, gesagt. Wortwörtlich, ein Lichtblick. Angelika Maiwald, die an der Entwicklung der Kinder ihrer Freundin sonst großen Anteil nahm, hatte so matt Begeisterung geheuchelt, dass es Claudia sofort aufgefallen war. Die gute, alte Claudi!

Jetzt erzählte Angelika Maiwald ihr alles. Und Claudia fiel fast der Hörer aus der Hand, so entsetzt war sie. »Angie, ich komm' jetzt sofort zu dir!«

»Nee, is' nicht nötig.«

»Halt die Klappe! Ich setz' mich jetzt gleich ins Auto. In spätestens einer Stunde bin ich da!«

»Wenn du meinst ...«

»Ja, meine ich. Also bis gleich.«

»Ja, bis gleich.« Als Angelika Maiwald den Hörer aufgelegt hatte, begann sie hemmungslos zu heulen.

* * *

Moritz Lenz war nur einen Moment unvorsichtig gewesen. Das reichte. Das wurde gleich schamlos ausgenutzt. Silke Haberlandt, die dralle Blonde aus dem zweiten Stock, und ihr tätowierter Proll-Lover mit den oberschenkelbreiten Oberarmen und einem Gesichtsausdruck so intelligent wie Brot, kamen ihm im Treppenhaus entgegen. Und Lenz hatte leichtsinnigerweise nicht wie sonst knapp gegrüßt und war gleich weitergeeilt, sondern hatte seiner Hausnachbarin einen freundlichen Blick, vielleicht sogar ein Lächeln, geschenkt.

»Ach, Herr Lenz, gut, dass ich Sie treffe.«

Lenz blieb zögernd stehen, lächelte unsicher.

»Ja?«

»Wir feiern am nächsten Wochenende ja unser fünfjähriges Bestehen. Also, ich meine, das *Sun Paradise*. Sie waren ja leider noch nie bei uns.«

»Ich, äh ... Nun, ich glaube, das ist nichts für mich ...«

»Bevor man etwas nicht mal ausprobiert hat, kann man das doch gar nicht sagen.«

»Also, ich hab' etwas empfindliche Haut ...«

»Gerade da ist ein gelegentlicher Besuch im Sonnenstudio nur zu empfehlen.«

»Meinen Sie?«

»Aber ja! Natürlich in Maßen. Und verantwortungsbewusst. Aber bei uns sind Sie da in den besten Händen.«

»Wirklich?«

»Wir sind geprüft und alles!«

Lenz wiegte skeptisch den Kopf.

Arnold Schwarzenegger sagte die ganze Zeit nichts.

»Aber ich will Ihnen gar nichts aufschwatzen. Ich wollte Sie bloß zu unserer kleinen Feier am Wochenende einladen.«

»Oh, danke schön.«

»Am Samstag um achtzehn Uhr geht's los. Es kommen supernette Leute. Wäre schön, wenn Sie auch kommen könnten.«

»Ich weiß noch nicht ...«

»Gibt natürlich was zu trinken und Häppchen und gute Musik.«

Ich möchte nicht wissen, was du unter guter Musik verstehst, dachte Lenz. »Hört sich gut an.«

»Und Sie können auch gerne noch jemanden mitbringen.«

»Ja, wie gesagt ... Mal sehen. Auf jeden Fall vielen Dank für die Einladung.«

»Würde mich freuen, Sie begrüßen zu können. Also, dann vielleicht bis Samstag, ja?«

»Ja, vielleicht bis Samstag.«

»Sie wissen, wo Sie uns finden?«

»Äh ...«

Silke Haberlandt drückte Lenz eine Visitenkarte in die Hand, auf der die Adresse ihres Sonnenstudios vermerkt war.

»Danke.«

»Tschüss, schönen Tag noch.«

»Ja, danke, tschüss. Ebenfalls schönen Tag.«

Arnold Schwarzenegger verzog keine Miene, sagte keinen Ton und trottete mit seinem kahl geschorenen Schädel brav hinter der Sonnenstudiobesitzerin her, wobei er so aussah, als ob er vor Kraft kaum laufen konnte. Lenz war sich sicher, am nächsten Wochenende ganz bestimmt keine Zeit zu haben. So eine Party wäre was für Limbach, dachte er. Umsonst essen und jede Menge scharfe Weiber. Er beeilte sich, die Stufen bis zu seiner Wohnung im vierten Stockwerk schnell und möglichst ohne weitere Störung hinter sich zu bringen. Er hätte auch den Aufzug nehmen können, aber er mochte keine Aufzüge.

Er war heilfroh, als er die Wohnungstür hinter sich geschlossen hatte, und legte sofort Mahlers zweite Sinfonie auf. Er guckte nach den Bonsais. Alles in Ordnung. Er guckte zum Fenster hinaus. Alles ruhig. Er dachte an Limbach. Daran, was er über sein Abenteuer mit Katja Hoch gesagt hatte. Alles bloß inszeniert? Für Lenz, der sowieso ein zutiefst misstrauischer Mensch war, war ein solcher Verdacht ein gefundenes Fressen. Er wunderte sich, dass er nicht von alleine darauf gekommen war. Klar, die Gegenseite stellt eine gar nicht mal so raffinierte Falle und er, der Trottel, tappt voll hinein. Andererseits, so etwas kam doch jeden Tag vor. Tausendfach. Millionenfach, weltweit gesehen. Das war doch nichts Sensationelles. Nichts Außergewöhnliches. Männer und Frauen gehen nun mal hin und wieder miteinander ins Bett. Aus den unterschiedlichsten Gründen. Manchmal bestimmt auch aus Berechnung. Aber die Intrige einer Killerbande steckte wohl in den allerseltensten Fällen dahinter.

Er guckte zum Telefon.

Limbach hatte einfach eine blühende Fantasie, das war ja bekannt. Er würde ihm bei nächster Gelegenheit dringend raten, kein Sachbuch zu schreiben, sondern es doch mal mit einem Roman zu versuchen.

Er guckte wieder zum Telefon.

Was Katja Hoch jetzt wohl machte? Ob sie an ihn dachte? Komisch, dass sie nicht anrief. Oder hatte sie es versucht, während er mit Limbach frühstücken war? Er fand, er hatte sich gar nicht so schlecht gehalten, bei ihr auf dem Hotelzimmer. Zumindest wenn man bedachte, wie ungewohnt dieser Vorgang für ihn war. Aber sicher war sie Besseres gewohnt. Hatte er sich womöglich blamiert?

Lenz griff zum Telefonhörer.

* * *

Brötchenholen hatte Angelika Maiwald bisher den nicht besonders aufregenden Begleiterscheinungen des Lebens zugeordnet. Außer, wenn der Sohn des Bäckers hinterm Tresen stand. Aber das kam erstens nicht so oft vor. Und zweitens war der sowieso viel zu jung für sie. Das mit dem wenig aufregend musste ungefähr vor hundert Jahren gewesen sein. Jetzt glich der Gang zum Bäcker um die Ecke einem generalstabsmäßig geplanten Kommandounternehmen. Sie wollte nicht mit völlig leeren Händen dastehen, wenn ihre Freundin Claudia jetzt gleich bei ihr auf der Matte stehen würde. Claudi liebte Süßigkeiten. Sie selber mochte es lieber etwas deftiger. Frische Brötchen mit Gehacktem und Krustenbraten.

Angelika Maiwalds Schutzengel ließen es sich natürlich nicht nehmen, sie zu begleiten. Wobei »begleiten« maßlos untertrieben war. Sie wichen ihr nicht von der Seite. Sie kam sich vor wie der US-Präsident auf Staatsbesuch im Iran. Unterwegs tasteten die Augen ihrer Begleiter wachsam die Umgebung ab, fixierten die umliegenden Fenster und Dächer. Vor allem jedes Auto beäugten sie misstrauisch. Vor der Bäckerei bezog der eine am Eingang Stellung, der andere begleitete sie in den Laden.

Die Verkäuferin, die Angelika Maiwald kannte, grüßte freundlich und musterte mit neugierigem Blick ihren Begleiter. Angelika Maiwald glaubte in ihren Augen so etwas wie Erstaunen und Anerkennung zu sehen. Ihre heutigen Beschützer waren nicht dieselben wie die beiden, die sie vor einigen Tagen zu sich in die Wohnung gebeten hatte. Aber auch sie waren ziemlich ansehnlich. Junge, drahtige Typen mit Bürstenhaarschnitten. Ob das bei der Polizei eine eigene Abteilung ist?, überlegte Angelika Maiwald. Abteilung junge, drahtige Typen mit Bürstenhaarschnitten? Dezernat durchtrainierte junge Helden? Kommissariat attraktive Beschützer? Spezialkommando knackige Hintern?

Angelika Maiwald empfand fast so etwas wie Stolz, als sie den Blick der Verkäuferin bemerkte. Was die jetzt wohl dachte? So ein Mordanschlag hatte durchaus auch Vorteile. Sie gab ihre Bestellung auf. Zwei halbe Brötchen mit Gehacktem und eines mit Krustenbraten. Zwei Quarktaschen und ein Erdbeerplunder. »Möchten Sie auch etwas?«

Ihr Begleiter schüttelte den Kopf. »Danke, ist nicht nötig.«

»Nötig nicht, aber angenehm wäre es schon, oder?«

Der Mann lächelte etwas verlegen.

»Also, kommen Sie schon, was möchten Sie?«

»Die Brötchen mit Krustenbraten sehen nicht schlecht aus.«

»Und Ihr Kollege?«

»Moment, ich frag' ihn.« Der Polizist ging zu seinem Kollegen am Eingang.

Der zierte sich zunächst ebenfalls, kam dann aber in den Laden. »Sie machen Sachen, Frau Maiwald ...«

Ihm hatten es vor allem die Salami-Baguettes angetan.

Angelika Maiwald orderte noch zwei halbe Brötchen mit Krustenbraten und ein Salami-Baguette, zahlte und verabschiedete sich.

»Und schönen Sonntag noch!«, rief ihr die Verkäuferin hinterher.

Täuschte sie sich oder schwang da ein leicht anzüglicher Unterton mit?

»Ja danke, das wünsche ich Ihnen auch.«

Auf dem Weg zurück zu ihrer Wohnung kam sich Angelika Maiwald plötzlich ziemlich wichtig vor. Ob auf den umliegenden Dächern Scharfschützen postiert waren?

* * *

Claudia Schneider stand das Entsetzen ins Gesicht geschrieben. Angelika Maiwald hatte ihr eben die ganze Geschichte noch einmal erzählt. Im Grunde genommen nichts anderes als vorhin am Telefon. Aber von Angesicht zu Angesicht wirkte das Ganze viel stärker, viel unmittelbarer. Vorhin, auf der Fahrt nach Hamburg, hatte Claudia Schneider für einen Moment überlegt, ob ihre Freundin sie vielleicht auf den Arm nehmen wollte. Angie war für ihren manchmal etwas merkwürdigen Humor und ihre gelegentlich makabren Scherze bekannt. Nur zu gut erinnerte sich Claudia Schneider an eine von ihrer Freundin fingierte Einladung zu einem Vorstellungsgespräch. Zu einer hochpeinlichen Situation hatte das damals geführt. Und Angelika Maiwald hatte sich totgelacht.

Spätestens als sie die beiden vor der Wohnungstür postierten grimmig dreinblickenden Männer gesehen hatte, war jedoch der letzte Zweifel ausgeräumt. Die Frauen saßen in der Küche, Kaffee und Gebäck standen unberührt auf dem Tisch vor ihnen.

»Und dieser Kollege von dir, dieser ...«

»Lenz.«

»... der ist in der Lage, einen bewaffneten Profikiller zu überwältigen?«

»Der war beim Bund wohl in so 'ner Spezialeinheit.«

»Von dem hast du mir nie was erzählt.«

»Dafür gab es bisher auch keinen Grund. Das ist ein ganz unauffälliger Typ, ich hab' den bisher kaum wahrgenommen.«

»Was offenbar ein Fehler war.«

»Warum?«

»Oh, Angie, du und die Männer! So was kannst auch nur du fragen! Warum? Vielleicht weil das ein interessanter Mann ist.«

»Ach, ich weiß nicht, der ist irgendwie merkwürdig.«

»Wie, merkwürdig?«

»Ja, so verschroben, so zurückhaltend, irgendwie ... merkwürdig halt.«

»Angie-Maus, mach' nur so weiter! Du machst mich jetzt richtig neugierig.«

»Ich werd' aus dem nicht so recht schlau. Kurz hatte ich das Gefühl, der interessiert sich vielleicht sogar für mich, aber ...«

»Aber?«

»Jetzt glaub' ich, er mag mich nicht.«

»Wie kommst du darauf?«

»Sonst würde er sich anders verhalten. Da wäre er nicht so reserviert.«

»Wer weiß? Manche Männer sind eben zurückhaltend. Und das müssen nicht die schlechtesten sein. Vielleicht ist er ja liiert.«

»Nein, ist er nicht.«

»Aha, so viel weißt du immerhin!«

»Ja, das hat er mir erzählt. Warum auch nicht?«

»Und wie sieht es bei dir aus? Empfindest du etwas für ihn?«

»Du isst ja gar nichts. Und der Kaffee wird auch kalt. Mensch Claudi, ich hab' extra eingekauft!«

»Oh, entschuldige! Vor lauter Aufregung über deine Geschichte hab ich das Essen komplett vergessen. Also, dann lang' ich jetzt mal zu.«

»Ja, lass' dir's schmecken.«

Claudia Schneider musste grinsen angesichts des abrupten Themawechsels durch ihre Freundin, den sie als Eingeständnis wertete. Zumindest aber als sehr schweres Indiz. »Hm, köstlich, die Quarktasche.«

Angelika Maiwald griff zu dem Brötchen mit Krustenbraten. Der Kaffee war inzwischen lauwarm. Plötzlich fing sie an zu lachen.

»Was ist?«

»Sag' mal, das darf ja wohl nicht wahr sein: Jemand wollte mich umbringen, ich hab' nicht den leisesten Schimmer, warum, zwei Polizisten stehen vor meiner Tür, meine beste Freundin kommt eingeflogen, damit ich mich bei ihr ausheulen kann ... und jetzt sitzen wir hier und unterhalten uns über Kerle ... pubertärer geht's ja wohl nicht!«

Jetzt musste auch Claudia Schneider lachen. »Zwei Teenies am Rande des Wahnsinns!«

»Kurz vorm Abgrund!«

Claudia Schneider war froh, ihre Freundin ein wenig aufmuntern zu können. Dass es ihr tatsächlich gelingen würde, hatte sie stark bezweifelt. Sie selber war zutiefst beunruhigt. Ein Mordanschlag auf ihre Angie: Unfassbar! Und trotzdem war es ihr gelungen, sie zum Lachen zu bringen. Sie beschloss, noch ein wenig weiter in diese Kerbe zu hauen. »Sag' mal: Kannst du mich mit diesem Lenz nicht mal bekannt machen?«

»Was? Wieso das denn? Du hast doch deinen Martin!«

»Na und? Denkst du, ein Mann genügt mir?«

»Claudi!?«

»War 'n Scherz! Was du gleich wieder denkst! Nee, nur so, aus Neugier ... Du weißt doch, wie gerne ich neue Leute kennenlerne.«

In der Tat war Claudia Schneider immer die Kontaktfreudigere der beiden gewesen. Auch heute noch war sie viel geselliger und umgänglicher als ihre Freundin.

»Ja gut, vielleicht ergibt sich ja mal die Gelegenheit.«

»Vielleicht! Das musst du gezielt herbeiführen! Von selber passiert gar nichts.«

»Ich wüsste jetzt nicht, wie ...«

In diesem Moment klingelte das Telefon. Am Apparat war Lenz. Er fragte an, ob er kurz vorbeikommen könne, und entschuldigte sich im nächsten Moment für seinen Überfall. Aber es gebe eine neue Entwicklung, die er mit ihr besprechen müsse und das würde er ungern am Telefon tun.

Angelika Maiwald musste schwer an sich halten, um nicht in schallendes Gelächter auszubrechen, was ihr umso schwererfiel, als Claudia Schneider die ganze Zeit Grimassen schnitt. »Überhaupt kein Problem, Herr Lenz. Ja, kommen Sie am besten gleich vorbei. Ich habe zwar gerade Besuch ... Nein, das macht gar nichts. Wirklich nicht. Meine älteste und beste Freundin ist hier. Wir sitzen gemütlich hier und trinken Kaffee. Wenn Sie sich beeilen, bekommen Sie auch noch was ab.«

Sie versicherte Lenz noch, dass Claudia Schneider absolut vertrauenswürdig sei, und legte den Hörer auf. Ihre Freundin applaudierte.

* * *

Angelika Maiwald war alles andere als begeistert. Ein Journalist interessierte sich für den Mordanschlag auf sie? »Das kommt nicht infrage! Ich will doch nicht in die Presse! Demnächst soll ich noch bei Kerner auftreten, oder was?«

Ohnehin war es erstaunlich, dass die Hamburger Zeitungen bisher so stillgehalten hatten. Zwar war gemeldet worden, dass eine alleinstehende Frau in Eilbek von einem Einbrecher überfallen worden war und dass ein Arbeitskollege den Mann überwältigt hatte. Aber von einem gezielten Mordanschlag war nichts zu lesen. Bislang interessierte sich auch niemand für den Retter. Limbach war das komisch vorgekommen. »Normal wäre etwa die Schlagzeile: Ein Bibliothekar, der Held von Hamburg«, hatte er gemeint.

»Dich scheint es ja ganz schön in den Fingern zu jucken«, hatte Lenz gestichelt.

Limbach hatte zugegeben, dass das nicht ganz von der Hand zu weisen sei. Und er hatte Lenz gewarnt, dass es nur eine Frage der Zeit sei, bis die Presse bei ihm vor der Tür stehe.

Aber offenbar waren die Hamburger Blätter bislang von Dubinski abgelenkt. Auf den erschossenen Profikiller hatten sie sich mit großer Begeisterung gestürzt. Maiwald, Lenz und Limbach waren schockiert gewesen, als sie die Geschichte in der Zeitung gelesen hatten. Aber bisher hatte offenbar kein Journalist den Killer mit dem Überfall auf Maiwald in Verbindung gebracht. Bisher.

Jetzt saß Lenz bei Angelika Maiwald und ihrer Freundin in der Küche und versuchte ihr klarzumachen, warum es von Vorteil sei, dass sich ein gewisser Stefan Limbach für den Fall interessierte. »Der hat gute Verbindungen, bis in Berliner Regierungskreise, der kann bestimmt was herausfinden.«

»Warum überlassen Sie die Ermittlungen nicht einfach der Polizei?«, mischte sich Claudia Schneider ein.

Angelika Maiwald hatte sie miteinander bekannt gemacht, und während Claudia Schneider Lenz offen und neugierig gegenübertrat, verhielt der sich zwar höflich, aber sehr reserviert.

Lenz warf Maiwald einen Blick zu, und sie übernahm es, zu antworten. »Nun, wir haben den Eindruck, dass die Polizei nicht mit offenen Karten spielt.«

»Wie kommst du darauf?«

Maiwald erzählte ihrer Freundin, dass der Mann, der sie überfallen hatte, inzwischen selbst ermordet worden war. »Und die Polizei hat es nicht für nötig befunden, mich darüber zu unterrichten. Ich habe aus der Zeitung davon erfahren.«

»Woher weißt du denn, dass das derselbe Mann ist? Ich meine, da stand doch bestimmt nicht sein Name dabei ...«

»Ich bitte dich: Sergej D., 32, aus der Ukraine. Das ist ja wohl eindeutig. Außerdem: Die Beschreibung ...«

»Okay, zugegeben. Aber das muss doch kein böser Wille der Polizei sein. Die haben einfach viel um die Ohren bei so 'nem Fall. Da hat einfach keiner dran gedacht, dir Bescheid zu sagen.«

»Also wirklich: So was vergisst man doch nicht. Immerhin geht es um mein Leben. Und die Typen, die seit ein paar Tagen vor meiner Wohnungstür rumlungern ...«

»Was ist mit denen?«

»Ich weiß nicht: Ich bin mir nicht sicher, sollen die mich beschützen oder beaufsichtigen?«

»Angie, klar, du hast viel durchgemacht. Immerhin, ein Mordanschlag, meine Güte ... Aber jetzt siehst du wirklich Gespenster.«

Lenz schaltete sich ein. Er verlieh seiner Einschätzung darüber Ausdruck, dass es einigermaßen merkwürdig sei, dass sogleich der Staatsschutz den Fall übernommen habe. Und dass dann auch noch gleich das BKA anrücke. »Und den Grund dafür haben sie bis heute nicht genannt. Wir, also Frau Maiwald und ich, glauben deshalb, dass die Polizei mehr weiß, als sie uns sagt.«

Claudia Schneider musterte Lenz. In der Tat: Ihre Freundin hatte recht, ein eher unauffälliger Typ, auf den ersten Blick. Und doch: Seine wachsamen Augen, seine geschmeidigen, präzisen Bewegungen, seine gesamte Ausstrahlung ... Sie bildete sich ein, auch wenn Angelika ihr nichts über Lenz erzählt hätte, hätte sie erkannt, dass da kein gewöhnlicher Bibliothekar vor ihr saß.

11. Kapitel

Schlecht gekleidete, unhöfliche Menschen. Jede Menge schlecht gekleidete, unhöfliche Menschen. Das fiel Stefan Limbach in Berlin am meisten auf. Limbach, der Hamburg nur verließ, wenn es sich gar nicht vermeiden ließ, und möglichst nie gen Berlin, war über seinen Schatten gesprungen und für einige Tage in die Hauptstadt gekommen. Hatte seine persönlichen Vorlieben und Animositäten für eine Weile zurückgestellt, ganz im Interesse der Sache, der er auf den Grund gehen wollte. Wenn's der Wahrheitsfindung dient, sagte er sich. Limbach empfand das als einigermaßen professionell und war demzufolge ein wenig stolz auf sich. Joyce hatte das Ticket bezahlt und fünfhundert Euro für die Reise lockergemacht. Bei sparsamer Haushaltsführung müsste er eine Woche damit auskommen, hatte er ausgerechnet. Er hatte ein Zimmer in einem bescheidenen Hotel in Friedrichshain genommen.

Von Lenz hatte er nach dessen Rücksprache mit Maiwald grünes Licht bekommen und sich daraufhin sofort in Bewegung gesetzt. Maiwald hatte zunächst offenbar einige Vorbehalte gehabt, Lenz war es schließlich aber doch gelungen, unter Zusicherung völliger Anonymisierung. Die Büchertante schien was gegen Journalisten zu haben, dachte Limbach, was er allerdings gut verstehen konnte.

Er hatte sich zwar vorgenommen sparsam zu sein. Aber er musste ja nicht sofort damit anfangen, sagte er sich und steuerte ein Lokal am Potsdamer Platz an, dem der Touristen-Nepp schon aus hundert Metern Entfernung anzusehen war. Aber mit leerem Magen konnte er nun mal nicht richtig denken. Und Gedanken musste er sich machen. Bisher war es ihm noch nicht mal gelungen, Catrin Balkenbergs Telefonnummer ausfindig zu machen. Auch nicht über das Internet, denn seine Freundin aus Studentenzeiten hatte offenbar eine Geheimnummer. Nicht weiter verwunderlich, bei einer Referatsleiterin im Bundesinnenministerium, musste er sich eingestehen. Dennoch ärgerte er sich, Leute mit geheimen Telefonnummern konnte er eigentlich nicht leiden, obwohl er selber seit Langem eine hatte.

Die Bedienung kam grußlos an den Tisch. Limbach hatte sich fest vorgenommen, sich nicht zu ärgern, konnte sich ein übertrieben freundliches »Ihnen auch einen wunderschönen Tag« aber doch nicht verkneifen. Die Bedienung erwiderte seinen Gruß nicht und verzog keine Miene. Wahrscheinlich muss ich noch froh sein, dass sie mich nicht anschnauzt, dachte Limbach. Alle seine Vorurteile über Berlin schienen sich ein weiteres Mal zu bestätigen.

Limbach bestellte ein Steak mit Ofenkartoffel, dazu ein Bier. 17,80 Euro würde das kosten, und Limbach kam kurz der Gedanke, dass es eine Currywurst mit Pommes an einem der zahlreichen Kioske eigentlich auch getan hätte. Was soll's, wer was leistet, der darf sich auch mal was gönnen, sagte er sich. Großzügig, wie er nun mal war, würde er der Bedienung nachher einen Zwanzig-Euro-Schein geben und »Stimmt so« sagen, obwohl sie es seiner Meinung nach wirklich nicht verdient hatte. Sein altes Problem trat wieder zutage: Hatte er Geld in der Tasche, was selten vorkam, konnte er damit einfach nicht haushalten. Wie von einem unsichtbaren Magneten wurden ihm die Scheine aus der Tasche gezogen. Liebe das Leben, war sein Motto, und zwar immer und überall. Du hast nur das eine und es kann jeden Tag vorbei sein. Siehe Maiwald. Wäre Lenz nicht gewesen, würde demnächst an der Hamburger Zentralbibliothek eine Stelle ausgeschrieben sein.

Endlich war er mental bei seinem eigentlichen Thema angelangt. Bei dem Grund, weshalb er überhaupt nach Berlin gekommen war: Catrin Balkenberg. Wie an sie herankommen? Einfach im Innenministerium anrufen und nach ihr fragen? Erfahrungsgemäß würde er nicht durchgestellt werden. Und wenn er sich gleich als Journalist zu erkennen geben würde, würde er automatisch mit der Pressestelle verbunden werden und dort würde die Frage sofort lauten: »Worum geht es?« Und dann würde der Hinweis kommen: »Auskünfte an die Presse gibt nur die Pressestelle oder der Minister selber.« Und nicht eine gewisse Frau Balkenberg.

Limbach musste sich eingestehen, dass er keinen Plan hatte. Er hoffte, dass ihm nachher mit einem Steak im Magen die zündende Idee kommen würde. Die Bedienung brachte das Bier und sagte überraschenderweise »Wohl bekomm's«. »Danke«, sagte Limbach und dachte: Meiner positiven Ausstrahlung kann sich eben auf Dauer niemand entziehen. Schon gar keine Frau. Als sie das Essen brachte, wünschte ihm die Kellnerin sogar einen guten Appetit und Limbach überlegte, ob sie ihm als Nächstes einen Heiratsantrag machen würde.

Obwohl sein persönliches Glück nicht vom Verhalten einer Kellnerin abhing, besserte sich seine Laune schlagartig. Als auch noch das Steak vorzüglich schmeckte, machte sich plötzlich grenzenlose Zuversicht in Limbach breit. Die Lösung des Problems stand unmittelbar bevor, das spürte er. Das Leben ist voller Möglichkeiten, man muss nur zugreifen. Kürzlich hatte ihn in Hamburg auf offener Straße ein wildfremder Inder angesprochen und ihm auf den Kopf zugesagt, dass er, Limbach, im nächsten Monat großen Erfolg haben werde. Woher er das wisse, hatte Limbach gefragt. Das lese er in seinem Gesicht, hatte der Inder geantwortet. Das erzählt der jedem und jeder freut sich, hatte Limbach gedacht. Daraufhin hatte der Inder Limbach bescheinigt, dass er gegenwärtig in einer sehr schweren Situation sei, viel Pech gehabt und viel durchgemacht habe. Er habe sich viel vorgenommen, aber er werde auch viel erreichen. Da hatte Limbach gestutzt. Und er hatte plötzlich Tränen in den Augen gehabt, vor diesem wildfremden Mann. Bei Indern weiß man nie, hatte Lenz gesagt, als Limbach ihm davon erzählt hatte. Etwas enttäuscht war Lenz gewesen, als Limbach ihm das Aussehen des Inders beschrieben hätte: Nicht etwa alt, mit Turban, weißem Vollbart und am besten noch ohne Schuhe. Sondern jung, glattrasiert und mit Anzug. Businesstyp. »Hm«, hatte Lenz' Kommentar daraufhin gelautet und er hatte skeptisch den Kopf gewiegt, »alt, Vollbart, Turban und barfuß wäre irgendwie besser gewesen.«

Das war vor einem Monat gewesen. Jetzt musste Limbach plötzlich daran denken. Vor jemandem in seiner unmittelbaren Umgebung solle er sich in Acht nehmen, hatte ihm der Inder noch mit auf den Weg gegeben. »Mann oder Frau?«, hatte Limbach wissen wollen. »Mann«, hatte der Inder geantwortet. Die Warnung hatte ihn etwas beunruhigt, aber alles andere, was der Hellseher ihm gesagt hatte, hatte ihm gefallen. Vor allem die Passage mit dem »viel erreichen«. Damals hatte er sich allerdings nicht so recht vorstellen können, auf welchem Gebiet sich der Erfolg einstellen sollte. Würde er es vielleicht doch noch zum zum Inhaber einer Künstleragentur bringen? Oder zum Bordellbesitzer? Am ehesten und am liebsten hätte er noch an einen Erfolg als Romanautor gedacht. Oder als Drehbuchautor. Bisher waren all seine diesbezüglichen Versuche jedoch kläglich gescheitert.

Jetzt sah er plötzlich klar: Der Erfolg, den ihm der Inder prophezeit hatte, würde sich in seinem erlernten Beruf, als

Journalist, einstellen. Ein Thema, mit dem er eigentlich längst abgeschlossen hatte. Vor allem, seit er sich kürzlich mit einem ehemaligen Kollegen getroffen hatte, der heute stellvertretender Redaktionsleiter bei einer kleinen Lokalzeitung in Norddeutschland war. Der Ex-Kollege hatte ihm von den vielen Zumutungen berichtet, denen seinesgleichen heute ausgesetzt war. Dass einem immer mehr Aufgaben aufgebürdet wurden, die eigentlich dem Bereich der technischen Zeitungsproduktion zuzuordnen waren, daran hatte man sich ja gewöhnt. Auch Gehaltskürzungen waren in der heutigen Zeit wohl unvermeidlich, bei gleichzeitiger Erhöhung der Arbeitszeit. Aber dass die Redakteure ihre Zeitung neuerdings auch noch selber austragen sollten, das war schon ein starkes Stück. Gut, dass ich mit diesem ganzen Zirkus nichts mehr zu tun habe, hatte Limbach gedacht. Das war vor zwei Wochen gewesen.

Jetzt sah er das ganz anders. Was für ein interessanter, toller Beruf, dachte er. Journalist wird man nicht. Journalist ist man. Gewissermaßen von Geburt an und dann sein ganzes Leben lang. Das alte Fieber hatte ihn wieder gepackt. Journalisten-Fieber. Das wäre doch gelacht, dachte er jetzt, wenn es jemandem mit seinen Fähigkeiten, mit seiner Fortune, nicht gelingen sollte, eine Freundin aus Studententagen aufzustöbern, die wenige hundert Meter von dem Platz entfernt arbeitete, an dem er sich gerade befand und ein köstliches Steak verspeiste.

Er blickte sich in dem Lokal um. Die Gäste sahen mehr nach Touristen als nach Ministerialbeamten aus. Er könnte es doch telefonisch im Ministerium versuchen und die Frau am anderen Ende der Leitung – und es war todsicher eine Frau, es waren immer Frauen – mit seinem umwerfenden Charme gnadenlos um den Finger wickeln, überlegte Limbach. Er könnte um die Mittagszeit die Lokale in der Nähe des Innenministeriums abklappern und Catrin in ihrem Stammlokal aufstöbern. Damals hatte sie eine Vorliebe für die italienische Küche gehabt. Wie viele italienische Lokale gab es in der Nähe des Bundesinnenministeriums? Oder hatte sich ihr Geschmack möglicherweise geändert? Er könnte sich einfach vor den Eingang des Ministeriums stellen und warten, bis sie herauskam. Oder hatte das Ministerium möglicherweise mehrere Eingänge? Er kö...

»Limbi, bist du das?« Limbach fuhr herum. Vor ihm stand eine attraktive Frau mit langen, schwarzen Haaren und grünen Augen. Sie trug ein elegantes, schwarzes Kostüm. In ihrer Begleitung befand sich ein großer, schlanker Mann mittleren Alters mit wenig Haaren auf dem Kopf und einer Designerbrille auf der Nase, der ihn misstrauisch und schlecht gelaunt musterte. Brauchst gar nicht so blöd zu gucken, dachte Limbach überlegen, ich kenne sie länger als du. Er hatte sie sofort erkannt, auch wenn er sie seit über zehn Jahren nicht gesehen hatte. Sie hatte sich kaum verändert.

Es war Catrin Balkenberg.

* * *

Sollte Bob Dylan den Literaturnobelpreis bekommen? Bob Geldof den Friedensnobelpreis? In Afrika der Kolonialismus wieder eingeführt werden? Welchen Stellenwert haben Geisteswissenschaften in Zeiten der Ökonomisierung? Fragen, die die Welt bewegten.

Lenz war wieder ganz in seinem Element. Er saß an seinem Arbeitsplatz in der Bibliothek, vor sich eine Thermoskanne mit Kräutertee, ein Sortiment an Stiften akkurat geordnet auf dem Schreibtisch. Konzentriert sichtete er die Neuerwerbungen für seine Abteilung, studierte nebenbei den Kulturteil der *FAZ* und hing gleichzeitig seinen Gedanken nach. Historische Stoffe jedweder Art standen derzeit auf dem Buchmarkt hoch im Kurs. Besonders die katholische Kirche hatte es den Leuten angetan. Auf einem Buchumschlag musste nur ein Kreuz zu sehen sein, im Titel entweder das Wort »Gral« oder »Orden« enthalten sein und das Buch verkaufte sich wie geschnitten Brot. Ferner waren herzzerreißende Frauenschicksale der unterschiedlichsten Couleur der Renner. Ein angesagter Krimiautor wiederum, ein eitler Schwafler und Wichtigtuer, der jede Menge Stuss zusammenschrieb und auf seiner Homepage jeden Pups, den er tat, ausführlich erörterte, konnte vorlegen, was er wollte, und es wurde ein Erfolg.

Wäre ich jünger, ich würde glatt Verleger werden, dachte Lenz. Kirche, Killer und Verschwörung, Prise Sex dazu, schwuppdiwupp, fertig ist der Bestseller. Wenn – mit etwas Glück – dann auch noch jemand gegen das Buch klagte oder – mit ganz viel Glück – vielleicht sogar der Vatikan davor warnte, war der Welterfolg nicht mehr aufzuhalten. Wenn ich der Vatikan wäre, würde ich mich um eine stille Teilhaberschaft in der Verlagsbranche bemühen, überlegte Lenz und wunderte sich ein wenig über sein plötzlich erwachendes kommerzielles Gespür.

Eine Zeit lang hatte er tatsächlich von einem Job in dem Kirchenstaat geträumt, wohl wissend allerdings, dass dies für immer ein Traum bleiben würde: Kommandant der Schweizer Garde, das wäre es gewesen. Den Papst zu beschützen, die ehrenvollste Aufgabe, die sich Lenz damals hatte vorstellen können. Eine Position, die für ihn jedoch unerreichbar war. Katholisch war er ja, eine erstklassige militärische Ausbildung hatte er auch, aber leider auch die falsche Nationalität.

Seit dem Nachmittag mit Maiwald und ihrer Freundin waren zwei Tage vergangen. Lenz war zuerst etwas misstrauisch gegenüber Claudia Schneider gewesen, doch das hatte sich bald gelegt. Schließlich war sie ihm sogar ganz sympathisch gewesen. Bloß etwas zu neugierig für seinen Geschmack. Allzu sehr hatte sie sich für seine Soldatenzeit interessiert, was er zunächst mit einem strafenden Blick Richtung Angelika Maiwald quittiert und ansonsten mit dem Hinweis auf Geheimhaltungsvorschriften weitgehend abgewehrt hatte. Was Claudia Schneiders Neugier allerdings nur noch mehr angestachelt hatte, wie ihm die Blicke verraten hatten, die zwischen ihr und der Maiwald hin und her geflogen waren. Etwas gewundert hatte er sich über die einigermaßen sachkundigen Fragen, die sie ihm gestellt hatte. Darauf angesprochen, hatte die Buchhändlerin auf die Militaria-Abteilung ihres Ladens verwiesen. »Besuchen Sie mich doch mal in meiner Buchhandlung«, hatte Claudia Schneider ihn zum Abschied aufgefordert, worauf Maiwald mit einem kurzen Stirnrunzeln und er selber mit dem für ihn in letzter Zeit typischen »Hm, mal sehen, vielleicht, danke für die Einladung« reagiert hatte. »Es gibt auch einen guten Kaffee«, hatte Claudia Schneider nicht lockergelassen, an Maiwalds Stirn hatten sich ein weiteres Mal einige Runzeln gezeigt, und Lenz hatte ein wenig verlegen gelächelt.

Er hatte Limbach umgehend darüber informiert, dass Angelika Maiwald mit seinen Recherchen einverstanden war, und Lenz hatte regelrecht durch das Telefon gespürt, wie erfreut Limbach über diese Nachricht war. »Ich nehm' den nächsten Zug nach Berlin«, hatte er euphorisch und direkt schon ein wenig atemlos verkündet. So ganz konnte Lenz nicht nachvollziehen, wieso Limbach so heiß auf den Fall war, aber offenbar musste man dafür Journalist sein. Ihm selber wäre es jedenfalls nicht in den Sinn gekommen, sich in wildfremder Leute Angelegenheiten zu mischen.

Er persönlich hatte mit der Sache ja nun eigentlich gar nichts mehr zu tun. Ein Historiker und ein Journalist kümmerten sich darum, versierte Leute, er konnte jetzt wieder sein gewohntes Leben führen. Endlich. Von Katja Hoch hatte er nichts mehr gehört und würde er wohl auch nichts mehr hören. Bestimmt war sie längst wieder in Hannover. Lenz war erleichtert. Einerseits. Er war aber auch ein wenig traurig, andererseits. Er war kein Mann für schnelle Abenteuer.

»Besuch für Sie, Herr Lenz.«

Lenz war wieder einmal so vertieft in seine Gedanken gewesen, dass er die neue Praktikantin, deren Namen er sich nicht merken konnte, erst bemerkte, als sie direkt vor seinem Schreibtisch stand. Sie hatte jemanden im Schlepptau, den Lenz nicht sofort sah, weil die Praktikantin ihm den Blick versperrte. Die Praktikantin hatte lange, blonde Haare, trug eine Hornbrille, die ihr ausgezeichnet stand, und war recht hübsch. Warum kann ich mir bloß ihren Namen nicht merken, überlegte Lenz. Sonst war sein Namensgedächtnis ausgezeichnet.

»Danke, Frau ...«, sagte Lenz.

»Steffi«, sagte die Praktikantin und rauschte wieder hinaus.

Jetzt sah Lenz die Person, die Steffi hereingeführt hatte.

»Hallo, Moritz. Lust auf Sushi?«, fragte Katja Hoch.

* * *

Lenz saß mit Katja Hoch am Tresen seiner Stamm-Sushi-Bar. Wanvalai hatte das Essen und die Getränke serviert und Lenz mit der Auskunft betrübt, dass sie kündigen wollte. Außerdem wurde sie weiterhin von Heimweh geplagt und spielte mit dem Gedanken, Deutschland in absehbarer Zeit ganz zu verlassen. Lenz konnte nicht verbergen, dass er darüber wenig erfreut war.

»Du scheinst die Kleine ja ganz gerne zu haben«, stellte Katja Hoch fest.

»Ja, hab' ich«, gab Lenz zu, »sie ist einer der wenigen Lichtblicke in meinem tristen Alltag.«

»Hast du mit ihr schon mal …?«

Lenz verschluckte sich an seinem Alsterwasser, einigermaßen perplex angesichts dieser Direktheit. Er hustete und lief rot an. »Nein, natürlich nicht.«

»Wieso natürlich? Gefällt sie dir nicht?«

»Doch, klar, aber ...«

»Aber was?«

»Meine Güte, die ist gerade mal zwanzig!«

»Na und?«

»Ich bin zwanzig Jahre älter!«

»So what?«

Lenz hüstelte verlegen. Er war sichtlich verblüfft und peinlich berührt angesichts des Themas und vor allem der deutlichen Worte, die aus Katja Hochs Mund kamen. »Also, ich bin nicht gerade ein Frauenheld.«

»Was nicht ist, kann ja noch werden.«

»Außerdem hat sie einen Freund!«

»Vielleicht hätte sie mal Lust auf einen Dreier.«

Lenz verschluckte sich schon wieder. Diesmal bekam er einen schlimmen Hustenanfall. Katja Hoch klopfte ihm hilfsbereit auf den Rücken.

»Was?«, stammelte er fassungslos, als er sich halbwegs wieder beruhigt hatte.

»Sag' jetzt nicht, dass du nicht weißt, was das ist, ein flotter Dreier!«

»Doch, natürlich. Aber ...«

»Gibt Frauen, die stehen auf so was.«

»Glaub' ich nicht.«

»Ich zum Beispiel.«

»Bitte?«

»Und wenn ich mir die Kleine so anschaue ... Die ist bestimmt recht neugierig, was gewisse Dinge betrifft. Die hat so was im Blick. So was Laszives.«

»Was redest du denn da?«

»Hast du keine Augen im Kopf?«

»Doch, natürlich ...«

»Dann schau doch mal hin!«

»Du, ich bin nicht interessiert an solchen Dingen.«

»Nicht?«

»Nein!«

Katja Hoch fasste ihm unvermittelt mit ihrer rechten Hand zwischen die Beine. »Das fühlt sich aber ganz anders an.«

Lenz klappte die Kinnlade nach unten. Katja Hoch schien das nicht zu stören, sie begann, ihn zu massieren. Lenz war angesichts der Attacke so überrumpelt, dass er zu keinerlei Abwehrmaßnahmen fähig war.

Meine Güte, bin ich denn George Michael?, dachte er. Dann fiel ihm ein, dass der ja auf Männer stand. Er sah schon die Schlagzeile vor sich: Sex-Skandal in der Sushi-Bar. Bibliothekar wegen Erregung öffentlichen Ärgernisses festgenommen. Oder so ähnlich. Es gab Zeiten, in denen wäre Katja Hoch als Hexe öffentlich verbrannt worden, dachte er. Und ich, was hätten sie mit mir gemacht? Kerker mindestens. Aber diese Zeiten waren ja vorbei. Also ließ er es geschehen. Außerdem fürchtete er, dass es viel mehr auffallen würde, wenn er sich groß zur Wehr setzen würde. Sie saßen am hinteren Teil des Tresens, mit dem Rücken zur Wand, sodass die übrigen Gäste und die Kunden des Kaufhauses nicht sehen konnten, was unterhalb der Brusthöhe geschah. Dennoch galt es, verräterische Bewegungen und Geräusche zu vermeiden. Katja Hoch lieferte eine Meisterleistung ab. Sie saß mit unbeteiligter Miene da, vermittelte den Eindruck, sich im Plauderton mit ihrem Nachbarn über irgendwelche Belanglosigkeiten zu unterhalten. Und spielte dabei seelenruhig und unauffällig an ihm herum.

»Nicht interessiert, ja? In Wirklichkeit würdest du doch nichts lieber tun, als mit der Kleinen da mal in die Kiste zu hüpfen.«

»Du bist ja verrückt.«

»Wie oft hast du schon daran gedacht?«

»Vollkommen verrückt.«

»Wie oft?«

Lenz sagte nichts. Er war um einen möglichst unauffälligen, gelangweilten Gesichtsausdruck bemüht, den er auch ganz gut hinkriegte. Kein Laut drang über seine Lippen.

Bloß seine weithin sichtbaren rot leuchtenden Ohren waren ein wenig auffällig.

12. Kapitel

Die Erleuchtung kam Bibliotheksoberrat Dr. Kuno Haberlein morgens um 5 Uhr 27. Er hatte ein sehr gelungenes Wochenende hinter sich, das ganz Nadines und seinen Vorstellungen und Neigungen entsprochen hatte. Genau genommen hatte es sie noch übertroffen. Haberlein war mit dem festen Vorsatz zu der Party gegangen, dort nicht an seine Arbeit zu denken. Ein Vorsatz, der nicht lange gehalten hatte. Wie auch, wenn dort jemand in der Uniform eines NVA-Obersts erschienen war? Haberlein hatte, wie vereinbart, einen Professoren-Talar und eine entsprechende Kopfbedeckung getragen, Nadine war als englisches Schulmädchen verkleidet. Der NVA-Oberst hatte großen Gefallen an Nadine gefunden, er hatte dem Professor zu dem Schulmädchen gratuliert. Haberlein hatte gemeint, ein wenig Neid aus den Worten herauszuhören, und hatte sich eingestehen müssen, für einen Moment tatsächlich so etwas wie Besitzerstolz empfunden zu haben, obwohl er doch immer betonte, keinerlei Besitzansprüche an Nadine zu stellen und sie, bitteschön, aber auch nicht an ihn. Na ja, ein wenig stolz darf ich schon sein auf mein kleines Schweinchen, hatte sich der Bibliotheksoberrat zugestanden.

Jetzt lag Haberlein hellwach in seinem Bett. Er hatte wirr geträumt. Irgendetwas mit Nadine und Stasi-Spitzeln und NVA-Schergen. Dann war plötzlich dieser Satz in seinem Kopf, kaum dass er aufgewacht war. Ein Satz aus Fontanes *Irrungen, Wirrungen*. Davon war er wach geworden. Der Satz hatte an sein Bewusstsein geklopft, dann gar nicht erst das »Herein« abgewartet, sondern war gleich in seinen Kopf eingedrungen und hatte sich dort eingenistet. Dort saß er jetzt und harrte der Dinge, die da kommen würden. Erwartungsvoll und voller Neugier, ob dieser notgeile Bibliothekar endlich sein Gehirn einschalten würde oder ob bei ihm inzwischen gänzlich ein anderes Organ das Kommando übernommen hatte.

Doch der Bibliothekar hatte sein Gehirn eingeschaltet. Das ist es, dachte Haberlein. Das ist die Lösung.

Er wusste jetzt, wohin ihn sein nächster Weg führen würde.

* * *

»Nein, Limbi, nein, nein, nein und nochmal nein. Das ist völlig ausgeschlossen. Wie stellst du dir das vor? Ich darf dir darüber nichts sagen.«

Aufgebracht sprang Catrin Balkenberg auf, ging in ihrem Wohnzimmer unruhig auf und ab. Was bildete dieser Nichtsnutz sich ein? Tauchte nach über zehn Jahren hier auf und brachte ihr wohlgeordnetes Leben durcheinander. Durcheinander? Das war noch beschönigend ausgedrückt. Er gefährdete es, gefährdete es massiv, brachte alles in Gefahr, was sie sich mühsam aufgebaut hatte in all den Jahren. Einen gut dotierten Job als Spitzenbeamtin in einem Bundesministerium. Eine schöne Eigentumswohnung in Charlottenburg. Neuerdings eine ernst zu nehmende Liaison mit einem netten Kollegen aus dem Wirtschaftsministerium. Eine sehr ernst zu nehmende Liaison. Mit einem sehr netten Kollegen.

»Limbi, ich bin Ministerialbeamtin ...«

»Ich weiß ...«

»... im Bundesinnenministerium ...«

»Klar.«

»... ich sitze dort nicht etwa an der Pforte ...«

»Logisch.«

»... oder arbeite in der Kantine ...«

»Natürlich nicht.«

»Ich bin Referatsleiterin ...«

»Toll!«

»... in der Abteilung Innere Sicherheit.«

»Respekt!«

»Mit fünfunddreißig!«

»Glückwunsch!«

»Bei mir laufen die Fäden von BKA, Bundespolizei und Verfassungsschutz zusammen.«

»Verstehe.«

»Jedenfalls zum Teil.«

»Immerhin.«

»Die Verantwortung für die innere Sicherheit unseres Landes liegt zu einem nicht unwesentlichen Teil in meinen Händen.«

»Donnerwetter!«

»Und in denen meiner Kollegen natürlich.«

»Natürlich.«

»Das ist doch was, ich meine, karrieremäßig gesehen, oder?«

»Aber hallo!«

»Oder nicht?«

»Doch, doch, unglaublich!«

»Ja, unglaublich! Aber glaubst du etwa, das bin ich wegen meiner grünen Augen geworden?«

»Natürlich nicht!«

»Oder wegen meiner langen schwarzen Haare?«

»Keinesfalls!«

»Oder etwa wegen meiner dicken Titten?«

Limbach warf ein Blick auf ihre Oberweite. Sie war noch beachtlicher als früher. »Na ja ...«

Catrin Balkenberg stutzte erst angesichts der Unverfrorenheit ihres alten Freundes. Sie wollte zu einer weiteren Schimpftirade ansetzen. »Sag' jetzt nichts«, brachte sie gerade noch heraus. Dann brach sie in schallendes Gelächter aus.

Nach anfänglichem unsicheren Zögern stimmte Limbach in ihr Lachen ein. Sie steigerten sich immer mehr hinein, schaukelten sich gegenseitig hoch. Bald hatten sie Tränen in den Augen vor Lachen, krümmten sich. Wie in alten Zeiten. Das hatte sie an Stefan immer geliebt. Seinen skurrilen, manchmal tiefschwarzen Humor. Seine Fähigkeit, nahezu jeder Situation komische Seiten abzugewinnen. Ein unglaubliches Gespür für Situationskomik hatte dieser Limbi.

Sie hatte manchmal gedacht, dass er aus seinem Talent eines Tages bestimmt einen Beruf machen würde. Sicher hätte er einen guten Kabarettisten abgegeben. Nein, einen erstklassigen Kabarettisten. Auf einer Stufe mit Jonas und Richling. Mindestens. Aber Limbi traute sich öffentliche Auftritte nicht zu. Stattdessen war er Journalist geworden. Jemand, der darüber berichtet, was andere Leute machen. Catrin Balkenberg fand immer, dass er sich damit unter Wert verkauft hatte. Die Lage ist hoffnungslos, aber nicht ernst, hatte damals sein Motto gelautet.

Offenbar war das noch immer sein Leitspruch. Mein Gott, wurde dieser Mann denn nie erwachsen?

»Limbi, du bist unmöglich. Du bist der unmöglichste Mensch, den ich kenne«, brachte Catrin mühsam hervor, als sie sich einigermaßen beruhigt hatte. Dabei wischte sie sich die Tränen aus den Augen.

»Ich weiß«, kam es kleinlaut von Limbach zurück, »magst du mich trotzdem?«

»Nein. Ich hasse dich.«

»Dachte ich mir.«

»Ja?«

Limbach nickte. »Ja.«

»Aber eines weißt du noch nicht.«

»Was denn?«

»Dass ich jetzt noch 'ne Flasche Wein hole.«

Catrin Balkenberg setzte ihre Ankündigung in die Tat um und verschwand in der Küche. Wenig später kam sie mit einer Flasche Rotwein zurück, öffnete sie, goss Limbach und sich selber ein. Es war bereits ihre zweite Flasche an diesem Abend. Catrin Balkenberg hatte Stefan Limbach zu sich nach Hause zum Essen eingeladen. Sie hatte Lasagne gemacht. Wie damals, zu Studentenzeiten. Bloß, dass sie diesmal nicht Lambrusco, sondern Clos de los Siete dazu getrunken hatten. Als sie sich vor zwei Tagen zufällig am Potsdamer Platz begegnet waren, waren sie einander nach anfänglichem Zögern stürmisch um den Hals gefallen und hatten sich spontan für den Abend verabredet. Ihren grimmig dreinschauenden Begleiter hatte Catrin Balkenberg als Dr. Laurenz Schöffler-Wallenberg, Wirtschaftsministerium, vorgestellt. Was er mit ihr zu tun hatte, darüber hatte sie sich ausgeschwiegen.

Am Abend hatte Limbach sie wie verabredet um achtzehn Uhr am Innenministerium abgeholt. Mit dem Taxi waren sie nach Kreuzberg gefahren. Dort hatten sie eine Kneipe aufgesucht, in die Catrin nach Limbachs Eindruck nicht mehr ganz zu passen schien, schon gar nicht in ihrem gegenwärtigen Outfit. Aber offenbar hatte sie es vermeiden wollen, mit ihm zusammen an einem Ort gesehen zu werden, wo man sie kannte. Sie hatten dann lange in Erinnerungen geschwelgt und dabei reichlich dem Alkohol zugesprochen. Erst nach mehreren Stunden und erst nachdem sie die Kneipe gewechselt hatten, war das Gespräch auf ihren jeweiligen Werdegang, seit sich ihre Lebenswege getrennt hatten, und ihre aktuelle Situation gekommen.

Catrin, die während ihrer gemeinsamen Zeit immer eine höchstens mittelmäßige Studentin gewesen war, war am Ende ihres Studiums offenbar von einer Art Erleuchtung heimgesucht worden und hatte ein glänzendes Examen hingelegt. Nach ihrem Referendariat war ihr Zweites Staatsexamen noch glänzender ausgefallen. Sie hatte sofort eine Stelle im Innenministerium eines der neuen Bundesländer bekommen. Als ihr damaliger Abteilungsleiter nach einigen Jahren zum Staatssekretär im Bundesinnenministerium berufen wurde, hatte er sie, die bewährte Mitarbeiterin, einfach mit nach Berlin genommen. Dort war sie nach kurzer Zeit zur Referatsleiterin aufgestiegen. Ihre weiteren beruflichen Perspektiven waren glänzend.

Auch Limbach hatte seinen Berufsweg kurz skizziert. Nachdem er sich schon während seines Studiums als freier Mitarbeiter für eine Tageszeitung die Wochenenden und so manchen Abend um die Ohren geschlagen hatte, hatte er nach Beendigung desselben bald ein Volontariat bei der Zeitung bekommen. Danach hatte er eine Redakteursstelle bei einer kleinen Tageszeitung in Norddeutschland ergattert, von wo aus ihm nach ein paar Jahren der Sprung in das Hamburger Korrespondenten-Büro einer großen, überregionalen Tageszeitung gelungen war. Limbach hatte nicht verschwiegen, dass er dort vor ein paar Jahren im Zuge von Einsparmaßnahmen entlassen worden war. Seine gegenwärtige Situation hatte er dagegen einigermaßen beschönigt, hatte davon gesprochen, als freier Journalist ganz gut im Geschäft und gerade an einer größeren Sache dran zu sein. Dass er Hartz IV-Empfänger war und eine Scheinehe mit einer Prostituierten eingegangen war, hatte er verschwiegen.

Vollkommen bedeckt gehalten hatte er sich bezüglich des Grundes, aus dem er überhaupt nach Berlin gekommen war. Das wäre gleich am ersten Abend deplatziert gewesen, hatte der Frauenversteher vermutet. Seine alte Freundin war, das wusste er, allem Selbstbewusstsein und schnoddrigen Auftreten zum Trotz, ein äußerst sensibler und verletzlicher Mensch. Außerdem war sie auch eine äußerst korrekte, pflichtbewusste Ministerialrätin. Das hatte er nun an diesem Abend erfahren müssen, als er bei ihr zu Hause nach dem Essen dann doch die Karten auf den Tisch gelegt hatte. Er hatte sie unverblümt nach der BKA-Aktion in Hamburg gefragt. Hatte wissen wollen, warum sich das BKA für das Attentat auf eine Bibliothekarin interessierte. Hatte um Informationen darüber gebeten, was oder wer dahintersteckte. Hatte zugegeben, dass er genau deswegen nach Berlin gekommen war, in der Hoffnung, dass sie ihm weiterhelfen könne.

»Prost«, sagte Catrin Balkenberg.

»Santé«, erwiderte Stefan Limbach.

Sie stießen an, tranken, lachten.

»Noch sauer?«

»Du weißt genau, dass ich noch nie lange auf dich sauer sein konnte, du Arschloch.«

»Gott sei Dank! Das würde ich nämlich nicht verkraften, wenn wir ernsthaft verkracht wären.«

»Sauhund.«

»Das meine ich jetzt ganz im Ernst.«

»Ich weiß.«

»Ja? Ach so, okay.« Limbach räusperte sich, nahm einen weiteren Schluck.

»Ich meine, worum geht es? Ich bin mitten in schwierigen Recherchen und hoffe, dass eine alte Freundin und enge Vertraute mir dabei helfen kann. Dass das aufgrund deiner beruflichen Position etwas heikel ist ...«

»Äußerst heikel!«

»... äußerst heikel, das ist mir schon klar. Aber du sollst wissen, dass du als Informantin natürlich vollkommenen Schutz genießen würdest.«

»Was soll das heißen?«

»Niemand würde jemals erfahren, von wem ich meine Informationen habe.«

Catrin Balkenberg lachte. Auch sie nahm einen weiteren Schluck. »Im Ernst, Limbi. Du verlangst Unmögliches von mir. Ich bin in erster Linie meinem Dienstherren verpflichtet. Ich bin vereidigt, wie du dir ja sicher vorstellen kannst.«

»Moment, Frau Juristin: Du bist nicht auf den Minister persönlich vereidigt oder auf sonst jemanden, sondern auf den Staat und das Grundgesetz, nehm' ich mal an. Wir sind schließlich nicht mehr bei Adolf.«

»Ja schon, aber ...«

»Und wer ist denn der Staat? Das sind wir doch alle, die Gesamtheit der Bürger, nicht bloß die paar Pappnasen an der Spitze, auch wenn die sich so aufführen. Immerhin werden die von uns bezahlt, das sind unsere Angestellten, im Grunde genommen.«

»Klar.«

»Im Grunde ist die Bundesregierung so was wie der Vorstand einer Aktiengesellschaft und die Bürger sind die Aktionäre ...«

»Sicher.«

»... und ich bin einer dieser Aktionäre. Also, im Grunde genommen ...«

»Ja?«

»Wenn man's genau nimmt ...«

»Ja?«

Limbach schaute Catrin prüfend an. Ja, sie war soweit. »Im Grunde genommen bist du auf mich vereidigt.«

Sie brach wieder in schallendes Gelächter aus.

»Jedenfalls unter anderem.«

Sie krümmte sich vor Lachen.

»Einen Unterschied gibt's allerdings doch zur Wirtschaft«, fuhr Limbach in seinem Exkurs fort, als sich Catrin wieder einigermaßen beruhigt hatte.

»So? Welchen denn?«

»In der freien Wirtschaft wären die alle längst verhaftet worden.«

»Wer?«

»Na, die Bundesregierung.«

»Ach so. Ja klar. Und warum?«

»Wegen Veruntreuung von Firmengeldern.«

»Jetzt übertreibst du aber.«

»Keinesfalls. Abgesehen davon, dass sie mehrfach ihren Amtseid gebrochen haben, mit dem sie geschworen haben, zum Wohle unseres Landes zu agieren. Von Afghanistan und dem Kongo war da jedenfalls nicht die Rede. Und von diesem Abnickverein möchte ich gar nicht erst reden.«

»Abnickverein?«

»Namens Bundestag. Der mit großer Mehrheit jedes noch so abenteuerliche Vorhaben der Bundesregierung einfach absegnet. Nur die Linken und die FDP halten ab und zu dagegen. Interessante Kombination übrigens.«

Limbach hatte sich in Rage geredet. Was sonst nicht seine Art war.

»Limbi, warum bist du eigentlich nicht in die Politik gegangen?«

»Ich? Keine Ahnung. Hab' ich nie dran gedacht. Wie kommst du da jetzt drauf?«

»Du hast eben eine flammende Wahlkampfrede gehalten!«

Limbach lachte. »Findest du?«

»Klar.«

»Das wäre wohl nichts für mich. Ich wüsste gar nicht, welcher Partei ich beitreten sollte.«

»Gründe halt selber eine.«

»Kann ich nicht. Außerdem würde mich sowieso niemand wählen.«

»Die Hoheit über die Stammtische wäre dir sicher.«

Limbach überlegte kurz, ob er vielleicht eingeschnappt sein sollte angesichts dieser Bemerkung, entschied sich aber doch dagegen. Immerhin hatte er eben ganz schön vom Leder gezogen, und wer austeilte, musste eben auch einstecken können. Außerdem stand zu viel auf dem Spiel. Dass es nicht einfach werden würde, hatte er ja gewusst. Catrin Balkenberg war ein verdammt harter Brocken. Er fand, dass er sich bisher ganz gut geschlagen hatte.

»Findest du, das ist alles Quatsch, was ich gesagt habe?«

»Nein, nicht alles. Ein Körnchen Wahrheit ist schon dabei.«

»Ein ziemlich großes Korn.«

Limbach hatte den Eindruck, dass Catrin ein wenig nachdenklich geworden war. War er kurz davor, die Bastion zu stürmen?

»Trotzdem, was ihr da vorhabt, dein Freund und du, das ist völlig illusorisch. Mal angenommen, ich gebe euch ein paar Informationen ...«

»Ich wusste es!«

»Nur angenommen!«

»Ja klar!«

»Und dann?«

»Was, und dann?«

»Ja, was wollt ihr dann damit anfangen?«

»Dann machen wir, also ich, um genau zu sein, die Sache öffentlich. Das gibt einen Riesenskandal.«

»Siehst du, und genau da liegt dein Irrtum. Das funktioniert nämlich nicht. Nicht mehr, um genau zu sein.«

»Wie meinst du das? Warum nicht? Hetzen die mir einen Profikiller auf den Hals, oder was?«

Catrin Balkenberg schüttelte den Kopf. »Es kommt kein Profikiller. Die schicken jemanden, der noch schlimmer ist.«

»Noch schlimmer?«

»Ja. Einen Anwalt.«

Limbach zuckte merklich zusammen. »Einen Anwalt?«

Catrin nickte und hielt Limbach einen längeren, juristischen Fachvortrag. Limbach verstand nicht alles, aber im Wesentlichen ging es dabei um das Persönlichkeitsrecht und um den Schutz des Einzelnen vor den Medien.

»Du meinst also, mal angenommen, ich decke auf, dass da eine Riesensauerei dahintersteckt, in die irgend so ein Großkotz verwickelt ist: Ich dürfte zwar über die Sauerei berichten, aber nicht darüber, dass der Großkotz da was mit zu tun hat?«

»Genau so ist es.«

»Tut mir leid, aber das glaube ich nicht. Immerhin gibt es noch so was wie Pressefreiheit. Stichwort: Öffentliches Interesse.«

Catrin Balkenberg lächelte milde. Neben Sinn für Humor zeichnete ihren alten Freund noch etwas aus: eine gewisse Naivität. Zweifellos ein sympathischer Zug. Aber er würde nie etwas erreichen, würde nie zu den Gewinnern gehören. Im Grunde war es gut, dass er sich mit seinem Anliegen an sie gewandt hatte. Sie musste ihn dringend unter ihre Fittiche nehmen. Am besten, sie fing gleich damit an. Indem sie ihm behutsam die Augen öffnete. Sie zählte einige Gerichtsurteile aus der jüngsten Zeit auf. Limbach traute seinen Ohren nicht. Von ehemaligen Stasi-Bonzen war da die Rede, die Gerichtsurteile durchgesetzt hatten, die es verboten, sie öffentlich in Misskredit zu bringen. Von Journalisten, die als Spitzel für den Geheimdienst gearbeitet hatten und per Richterspruch verhinderten, dass ihre Kollegen darüber berichteten. Von Politikern, denen es mit Hilfe gerissener Anwälte gelungen war, trotz eindeutiger Rechtsverstöße mit blütenweißer Weste dazustehen.

Alles im Namen des Rechtsstaates.

Limbach war fassungslos. »Das gibt es nicht. Von solchen Urteilen habe ich noch nie etwas gehört!«

»Kannst du auch nicht. Denn Bestandteil der Urteile ist, dass über sie nicht berichtet werden darf.«

»Das darf ja wohl nicht wahr sein! Wo sind wir denn hier? Dafür gibt es keinerlei rechtliche Grundlage! Was ist mit dem Grundgesetz?«

»Interessiert kaum noch einen.«

»Das würde ja bedeuten, dass die Medien vollkommen unter der Fuchtel der Justiz stehen!«

»Na ja, vielleicht nicht vollkommen. Aber zu einem gewissen Teil. Und die Entwicklung geht immer weiter. Es kommt immer häufiger zu Redaktionsdurchsuchungen. Und, ganz im Vertrauen, Limbi: Die Bespitzelung von Journalisten durch den BND, über die sich vor ein paar Jahren viele so mächtig aufgeregt haben ...«

»Was ist damit?«

»In Sicherheitskreisen wurde darüber mächtig gefeixt. Also, über die Aufregung. Diese Bespitzelungen sind nämlich nur Spitze eines Eisberges. Eines riesengroßen Eisberges. Es werden noch ganz andere Leute bespitzelt, nicht nur ein paar Presseheinis.«

Limbach war schockiert. Wollte ihn Catrin auf den Arm nehmen? Ihn so vielleicht von seinem Vorhaben abbringen? Oder war an ihren Behauptungen etwas dran? Er dachte an einen mächtigen Albaner-Clan in Hamburg. Der hatte mit nicht immer legalen Mitteln nahezu den gesamten Kiez unter seine Kontrolle gebracht. In den Zeitungen war davon nichts zu lesen. Die Blätter der Pressestadt waren eingeschüchtert. Nicht von Schlägern oder Killern. Sondern von Anwälten. Ließ es sich im Zuge irgendeines Großprojektes nicht vermeiden, dass über den Clan-Boss berichtet wurde, wurde er zurückhaltend als »Investor« oder »Immobilienkaufmann« bezeichnet. Von der Justiz blieb er völlig unbehelligt. Die stolze Freie und Hansestadt unter der Knute von Zuhältern und Dealern.

Limbach war in sich zusammengesunken. Schweigend saß er da. Sein ohnehin seit einigen Jahren spärliches Vertrauen zur Justiz war nun vollkommen erschüttert.

Catrin Balkenberg nahm seine Hand. »Mein Gott, Limbi, was ist los? Bin ich zu weit gegangen?«

»Wieso?«

»Du bist kalkweiß im Gesicht! Hab' ich dich so schockiert?«

»Ehrlich gesagt, ja.«

»Tut mir leid.«

»Schon gut. Du kannst ja nichts dafür.«

»Eines verstehe ich allerdings selber nicht.«

»Was denn?«

»Dass sich kein Protest regt. Dass sich das Volk das bieten lässt. Dass die Leute alles so hinnehmen. So eine Justiz. Solche Gerichtsurteile. Solche Politiker.«

»Vergiss' das Volk, Catrin. Fußball und Bier, das ist alles, was die Leute interessiert. Fußball und Bier und Urlaub. So lange davon genug da ist, ist alles in Ordnung. Alles andere geht den Leuten völlig am Arsch vorbei.«

»Jetzt klingst du verbittert. Und zynisch.«

»Wundert dich das?«

»Nein.«

Limbach lachte bitter auf.

»Was ist?«

»Diese tolle neue Rechtssprechung: Das ist in etwa so, als wenn Adolf Hitler nach dem Zweiten Weltkrieg sich auf seine Persönlichkeitsrechte berufen und gerichtlich hätte verbieten lassen, dass über ihn negativ berichtet wird.«

Catrin dachte kurz nach. Dann sagte sie: »Rein juristisch gesehen hätte der Mann heute gute Chancen.«

* * *

»Und schön war sie die Rosa, schön und mutig.«

»Ich weiß.«

»Und erst der Karl ... Wat für'n schöner Mann, wa?«

»Tatsächlich?«

»Und wie! Aber, wat sollet? Äußerlichkeiten. Viel wichtiger war ja, wat die beeden jemacht und jesacht haben, wa?«

»Auf jeden Fall!«

»Aber det hat ja nu keen jutes Ende jenommen mit de beeden, wa? Hammse enfach abgeknallt, die Rechten. Bumm, bumm, bumm, enfach abjeknallt hammse die. Ick saje Ihnen, wenn Se det als Kind mitanjesehen haben, det verjessen Se nich.«

»Schrecklich.«

»Ihr Leben lang nich.«

»Das glaube ich Ihnen.«

»Det tut präjen tut det, det saje ick Ihnen.«

»Klar.«

»Fürs janze Leben tut det präjen.«

»Kann ich gut verstehen.«

»Noch Kaffee, junger Mann?«

»Nein danke, für mich wirds dann auch Zeit.«

»Er schmeckt Ihnen doch nicht!«

»Doch, doch, vorzüglich.«

»Hab' Ihnen ja jesagt, ick hab' nur Muckefuck, wa? Koffeinfreien.«

»Kein Problem. Vorzüglich, wirklich.«

»Wissen Se, ick bin ja noch jung, wa?«

»Zweifellos.«

»Erst fünfundneunzig.«

»Das hätt' ich jetzt nicht ...«

»Trotzdem, det Herz, wissen Se.«

»Verstehe.«

»Immer langsam mit de jungen Pferde, saje ick immer, wa?«

»Da haben Sie recht.«

Der Mann blickte ungeduldig auf seine Armbanduhr. Lenchen Wibuscheit schaute ihren Besucher nachdenklich an. Das sollte einer von ihnen sein? Ihr kam er reichlich bürgerlich vor. Aber vielleicht war das ja Tarnung. Und er hatte den Satz gewusst, das war das Wichtigste. Seit vielen Jahren hatte sie darauf gewartet, dass jemand ihn zu ihr sagte. Jetzt war es soweit. Der Kampf war noch nicht verloren, noch lange nicht.

Die Weltrevolution nahm ihren Gang.

Den Sozialismus in seinem Lauf, hält weder Ochs' noch Esel auf, hatte Erich immer gesagt.

»Aber n' Eierlikörchen nehm' Se doch, junger Mann, wa?«

»Äh, ja gut, gerne. Aber einen ganz kleinen.«

»Nu stell'n Se sich ma nich' so an, so jung komm' Se nich mehr hier her, wa?« Lenchen Wibuscheit erhob sich überraschend behende aus ihrem Sessel und schlurfte in die Küche.

Ihr Besucher schaute sich im Wohnzimmer um. Die Wohnung lag im zwölften Stock eines Plattenbaus im Ostberliner Stadtteil Marzahn. Tapete mit buntem Blumenmuster und umrahmte Urkunde mit Hammer und Sichel an der Wand. Über dem Fernseher ein Porträt von Erich Honecker. Ihm schauderte. Ein Relikt aus dem Arbeiter- und Bauernstaat. Er kam sich vor wie in einem Museum.

Lenchen Wibuscheit kam mit einer Flasche Eierlikör zurück und stellte sie auf den flachen Couchtisch. Dann ging sie zum Wohnzimmerschrank, holte zwei Likörgläser und einen Schnellhefter. Sie legte den Hefter auf den Tisch, füllte die Gläser. »Na, denn prost, junger Mann. Auf Rosa und Karl!«

»Ja, prost, auf ... äh, Rosa und Karl.«

Sie stießen an und tranken. Die Augen des Mannes wurden von dem Schnellhefter magisch angezogen. Lenchen Wibuscheit bemerkte seinen Blick und reichte ihm die Mappe. »Na, nu nem' Se schon, deswegen sind 'Se doch hier, wa?«

Er griff erfreut zu, öffnete eilig den Hefter. Gleich auf der ersten Seite stutzte er. Ungläubig sah er zu Lenchen Wibuscheit. Ihm stockte der Atem.

»Stimmt was nich', Jenosse ...?«

»Haberlein. Dr. Kuno Haberlein.«

13. Kapitel

Luft. Lenz brauchte dringend frische Luft. Und ein paar Minuten ganz für sich alleine. Er verließ seinen Arbeitsplatz außerhalb der Zeit, teilte der Kollegin im Nebenzimmer knapp mit, er müsse »mal kurz weg« und verließ eiligen Schrittes die Zentralbibliothek. Verwundert schaute ihm die Kollegin hinterher. Was war mit Lenz los? Dass er seinen Arbeitsplatz außerhalb der Mittagspause verließ, kam sonst nie vor. Das musste mit dieser attraktiven Frau zusammenhängen, die ihn an den letzten beiden Tagen abgeholt hatte. Die Kollegin schaute auf ihre Armbanduhr. Es war gerade mal 10 Uhr 25. Sie beschloss, umgehend Frau Bobenstein-Hallerbeck aufzusuchen und sie unverzüglich über die neuesten Entwicklungen zu informieren.

Lenz strebte gen Hauptbahnhof, bog von dort in die Spitalerstraße ein. In einem Stehcafé gönnte er sich zwei Croissants und einen Becher Kaffee. Beides nahm er, obwohl es kühl war, an einem der Stehtische im Freien zu sich, was er sonst nie tat, da er Fliegen und Bettler fürchtete. Aber in letzter Zeit wich er öfter von seinen Gewohnheiten ab.

Nach dem Zwischenfall in dem Sushi-Lokal war Katja Hoch abends mit zu ihm gekommen. Sie war die ganze Nacht geblieben. Die darauffolgende Nacht auch. Sie waren nicht zum Schlafen gekommen. Lenz erlebte Dinge, von denen er noch nie etwas gehört hatte. Und entdeckte, nach einer kurzen Eingewöhnungsphase, an sich selber Seiten, von denen er bisher nichts geahnt hatte. Ihm kam es vor, als sei er erst seit zwei Tagen auf der Welt.

Nun war er völlig erschöpft. Ihm brummte der Schädel.

Katja Hoch. Das war der einzige Gedanke, der in seinem Kopf derzeit Platz hatte. Maiwald? Limbach? Wer war das? Namen aus grauer Vorzeit. War da nicht was? Kürzlich erst? Keine Ahnung. Lenz dachte an Wanvalai. Ob sie etwas gemerkt hatte? Hoffentlich nicht. Das wäre ihm unendlich peinlich gewesen. Sie hatte zum Abschied freundlich gelächelt. Aber das tat sie ja immer.

Er musste sich dringend den Nachmittag freinehmen. Vielleicht konnte er so wenigstens ein paar Stunden Schlaf finden. Abends musste er jedenfalls fit sein. Da hatte sich Katja Hoch angesagt.

* * *

Ach, meine kleine Lene, man hat nichts sicher, gar nichts, auch nich mal einen Kranz aufs Grab.

So sprach Frau Nimptsch zu Lene. Da konnte Lene noch lachen, über so viel Pessimismus. Im zehnten Kapitel von *Irrungen, Wirrungen* war ihre Welt noch in Ordnung. Da turtelte sie mit Botho und alles war gut. Botho hatte so schöne Dinge zu ihr gesagt. *Ach, Lene, du weißt gar nicht, wie lieb ich dich habe* zum Beispiel, oder *Du siehst so glücklich aus*.

Später musste Lene erleben, dass Frau Nimptsch recht hatte. Denn Botho hieß mit Nachnamen von Rienäcker und war ein Baron und sie, Lene, bloß eine Näherin, und im 19. Jahrhundert war das ein Problem. So konnte es also nichts werden mit Botho und Lene, auch wenn sie einander aufrichtig liebten.

Ach, meine kleine Lene, man hat nichts sicher, gar nichts, auch nich mal einen Kranz aufs Grab.

Das war der Satz. Theodor Fontane hatte ihn 1888 in Berlin aufgeschrieben und hundertzwanzig Jahre später öffnete er

Dr. Kuno Haberlein in Hamburg die Augen. 1888 war *Irrungen, Wirrungen* erschienen. Die Quersumme des Erscheinungsjahres ergab 25. Die Summe der Zahlen auf den Schriftstücken aus dem Nachlass von Maiwalds Onkel hatte 250 ergeben. 250, das Zehnfache von 25. Und in Kapitel Zehn stand dieser Satz. Eine ganze Nacht hatte es Dr. Kuno Haberlein gekostet, den restlichen Code zu knacken. Aber es hatte sich gelohnt.

Es war ein Zahlencode, ein Wegweiser, der, übertragen auf den Satz aus Fontanes Buch, zu einem Koordinatensystem führte, aus dem sich Wörter bilden ließen. Wörter, die die Adresse einer Wohnung in Berlin-Marzahn ergaben. Wer dort wohnte, war der Gralshüter der untergegangenen DDR – und bewahrte eines der größten Geheimnisse der jüngeren deutschen Geschichte.

Nadine hatte pflichtschuldig und ein wenig halbherzig gemault, hatte es im Grunde aber eingesehen, dass ihr Kunilein auch mal ein paar Überstunden einlegen musste. »Wenn's der Wahrheitsfindung dient ...«, sagte sie neuerdings bei jeder Gelegenheit. Weiß der Himmel, wo sie das bloß wieder aufgeschnappt hatte. Weniger erfreut war sie gewesen, als Haberlein ihr eröffnet hatte, er müsse dringend und sofort nach Berlin fahren. Sie war nicht gern allein im Haus. Und sie hing doch mehr an ihm, als sie sich und ihm eingestehen mochte. Aber er hatte versprochen, spätestens am nächsten Tag zurück zu sein.

»Schönen Gruß von Botho«, hatte die Losung gelautet, nachdem Lenchen Wibuscheit ihm die Tür geöffnet hatte, und sie hatte wie aus der Pistole geschossen geantwortet: »Botho hat sein Lenchen nicht vergessen, die gehören einfach zusammen.«

Und er: »Man hat nichts sicher, gar nichts ...«

Und sie: »... auch nich mal einen Kranz aufs Grab.«

Dann hatte sie ihn in ihre Wohnung gelassen und ihm das Material ausgehändigt.

Jetzt saß er in seinem Büro in der Universitäts- und Staatsbibliothek, studierte zum x-ten Mal die Akten, die mindestens seit der Wende in Lenchen Wibuscheits Wohnzimmerschrank vor sich hingeschlummert hatten. Vielleicht auch noch länger. Er konnte es nicht fassen. Vor ihm taten sich Abgründe auf. Der Inhalt übertraf seine schlimmsten Erwartungen bei Weitem. Vereinbarungsgemäß musste er das Material jetzt eigentlich an Maiwald und diesen Lenz übergeben oder die beiden zumindest über das Ergebnis seiner Nachforschungen und den Inhalt der Schriftstücke informieren. Immerhin waren die beiden so etwas wie seine Auftraggeber.

Aber sollte er das wirklich? Was wollten diese beiden Amateure denn damit anfangen? Er würde umgehend Kopien von den Akten anfertigen. Er dachte an Frau Nimptsch. »Man hat nichts sicher ...«

* * *

Sie war eine Augenweide. Anfang zwanzig vielleicht. Asiatin. Bildschönes Gesicht. Zierliche Gestalt. Wunderbare Haut. Langes, schwarzes Haar, das seidig glänzte. Sie saß Limbach genau gegenüber. Sonst war niemand im Abteil. So stellte er sich Wanvalai vor, von der ihm Lenz manchmal vorgeschwärmt hatte. Zu der er ihn aber bisher noch nie mitgenommen hatte. Als ob er sie von ihm fernhalten wollte.

Sie schaute aus dem Fenster, warf ihm manchmal einen verstohlenen Blick zu. Eigentlich ein Fall für ihn. Genau seine Kragenweite. Aber er war mit den Gedanken woanders. Zu viel ging ihm auf der Zugfahrt zurück nach Hamburg im Kopf herum. Zu deprimiert war er. Wenn das stimmte, was Catrin ihm erzählt hatte, dann war sein Vorhaben schon gescheitert, bevor es überhaupt richtig begonnen hatte. Immerhin hatte sie ihm, als Trostpflaster sozusagen, und mit der Bemerkung »Damit kannst du sowieso nichts anfangen, aus den genannten Gründen« alles gesagt, was sie über die BKA-Aktion in Hamburg wusste. Und das war einiges. Lenz und Maiwald würden Augen machen.

Draußen flog Brandenburg vorbei und drinnen kramte das Zauberwesen auf dem Sitz gegenüber in einem kleinen Rucksack. Es holte einen Apfel heraus und begann ihn zu essen.

Damit kannst du sowieso nichts anfangen. Wenn sie sich da mal nur nicht täuschte, die gute Catrin. Eigentlich eine Unverschämtheit. Wenn sich andere Journalisten von irgendwelchen Winkeladvokaten einschüchtern ließen, musste das noch lange nicht auch für ihn gelten.

»Guten Appetit«, wünschte Limbach.

Er hatte das dringende Bedürfnis, sich mit Lenz zu beraten. Der war zwar etwas weltfremd und vor allem den schöngeistigen Dingen des Lebens zugeneigt. Aber man konnte, wenn es wirklich hart auf hart kam, auf ihn zählen. Das hatte er nun schon ein paarmal bewiesen.

»Danke«, hauchte das Zauberwesen und strahlte Limbach an.

Je weiter sich der Zug von Berlin entfernte, je mehr er sich Hamburg näherte, desto mehr fasste er wieder Mut.

Das Zauberwesen kramte ein weiteres Mal in seinem Rucksack, holte noch einen Apfel heraus und reichte ihn Limbach.

Offenbar hatte die Nation tatsächlich auf einen wie ihn gewartet. Sie wusste es nur noch nicht.

»Oh, vielen Dank. Sehr freundlich.«

Andererseits: Fußball, Bier und Urlaub ...

Das Zauberwesen nickte freundlich, Limbach biss in den Apfel.

... Blöd-Zeitung und Unterschichten-Fernsehen ...

»Schmeckt sehr gut.«

Poldi, Klose, Schweini ...

»Danke.«

... spielt sie kurz und kleini!

»Von wo kommst du?«

Ihm kam die Geschichte von Don Quichote in den Sinn.

»Von Berlin.«

Don Quichote, der Ritter von der traurigen Gestalt, und sein aussichtsloser und vor allem vollkommen sinnloser Kampf gegen Windmühlen.

»Nein, ich meine ...«

Unerschütterlich unterstützt von seinem treuen Sancho Pansa.

»Ach so«, kicherte das Zauberwesen, »von Thailand.«

Limbach musste schmunzeln. Lenz und er als Don Quichote und Sancho Pansa. »Dachte ich mir. Und wie heißt du?«

Er fragte sich bloß, wer von ihnen beiden wohl Don Quichote war und wer Sancho Pansa.

»Nui«, antwortete das Zauberwesen und Limbach hatte ein weiteres Mal den Eindruck, dass Thailänderinnen entweder ganz kurze oder ganz lange Namen hatten. »Schöner Name.«

Okay, bei seinem Hintergrund, seiner Vergangenheit und seinen Fähigkeiten kam Lenz wohl eher die Rolle des Don Quichote zu und er selber war dann eben Sancho Pansa, auch gut.

Das Zauberwesen strahlte überglücklich. »Danke schön!«

Andererseits wurden die Kämpfe der heutigen Zeit nicht unbedingt mit der Lanze ausgetragen, sondern eher mit der spitzen Feder.

»Ich heiße Stefan. Stefan Limbach.«

Das Zauberwesen nickte und strahlte Limbach voller Begeisterung über den Wohlklang des Namens an. Limbach lächelte zurück. Moment mal, Vorsicht, dachte er plötzlich. Vielleicht ist das ja bereits eine Agentin des Verfassungsschutzes, die auf mich angesetzt wurde. Nach dem, was Catrin erzählt hatte, musste man heutzutage ja mit allem rechnen. Mit Nachrichtenmagazinen, deren halbe Belegschaft auf der Lohnliste des BND stand. Oder des BKA. Oder was es da sonst noch so gab. Mit ehemaligen Stasi-Spitzeln, die in hohe und höchste Etagen des Staates aufgestiegen waren. Und mit Sex-Agentinnen sowieso.

Er schaute Nui forschend in die tiefschwarzen Augen. Und versank darin. Dann musste er lachen. Das war in etwa so unwahrscheinlich wie ein Kerner-freier Tag im Fernsehen.

* * *

»Nein.«

»Doch.«

»Auf keinen Fall.«

»Das wäre das Beste.«

»Das kann ich euch nicht zumuten.«

Claudia Schneider hatte wie immer in den letzten Tagen ihren Laden pünktlich nach Geschäftsschluss verlassen und war zu ihrer Freundin Angelika Maiwald nach Hamburg geeilt. Die letzten beiden Nächte hatte sie bei ihr geschlafen und war dann jeweils frühmorgens zurückgefahren. Auf Dauer wurde ihr das aber zu stressig. Vor allem hätte sie ihre beiden Kinder und ihren Mann gerne wieder mal gesehen. Nun versuchte sie Angelika Maiwald zu überreden, für ein paar Tage mit zu ihr zu kommen.

Angelika Maiwald zierte sich. »Ich kann hier nicht einfach weg.«

»Du hast doch frei!«

»Ich müsste das erst mal mit der Polizei besprechen ...«

»Du, die können dir keine Vorschriften machen. Du bist nicht deren Gefangene.«

»... und mit Lenz.«

»Ach, was geht denn den das an?«

»Komm, immerhin hat er mir das Leben gerettet!«

»Okay. Trotzdem ...«

»Weißt du, was die Indianer sagen?«

»Was denn?«

»Wenn einer jemandem das Leben rettet, ist er für denjenigen für den Rest seines Lebens verantwortlich.«

»Ach! Weiß Lenz das?«

»Der weiß alles.«

»Aber er ist kein Indianer.«

Die beiden lachten.

»Nein, das ist er zweifellos nicht.«

»Im Ernst, Angie, das wäre das Beste, wenn du für ein paar Tage zu uns kämst, glaube mir. Das ist überhaupt kein Problem. Platz genug haben wir, du hast ein Zimmer für dich alleine. Und Martin und die Kinder haben nicht nur nichts dagegen, die freuen sich.«

»Herr Müller-Lüdenscheidt ...«

»Der kommt natürlich mit. Auf den freuen sich die Kinder besonders.«

»Danke, ist nett von euch. Aber ich will euch nicht in Gefahr bringen.«

»Du, in einem Kuhdorf in Schleswig-Holstein sucht dich bestimmt keiner.

* * *

Wäre er nur nicht ans Telefon gegangen. Katja Hoch hatte ihn davon abhalten wollen. Und fast hätte sie es geschafft. Setzte wieder alle Mittel ein, das Luder. Räkelte sich nackt auf dem Sofa. In den aufreizendsten Posen. Beinahe war er schon wieder soweit. Aber dann war er doch rangegangen.

Limbach. Im wichtigen Verschwörerton.

Man müsse sich dringend sehen. Unglaubliche Neuigkeiten.

Wirklich so wichtig? Es sei gerade etwas ...

Unter allen Umständen!

»Worum geht es denn?«

Katja Hoch ließ ihre Hände über ihren Körper wandern.

»Worum wohl!«

Sie seufzte lüstern.

»Ach so ...«

Sie fasste sich zwischen die Beine.

»Du hast also tatsächlich etwas herausgefunden?«

»Und ob!«

»Und was?«

»Nicht am Telefon!«

Katja Hoch kam auf allen vieren zu ihm gekrochen, langsam, wie ein auf Beute lauerndes Tier.

»Verstehe.«

Sie war jetzt mit ihrem Mund ganz nah an seinem Hosenschlitz.

»Eine Neuigkeit verrat ich dir allerdings schon mal vorab.«

Sie öffnete seinen Reißverschluss.

»Die wäre?«

Sie holte ihn heraus.

»Es gibt in Hannover keine Hörfunkjournalistin namens Katja Hoch.«

14. Kapitel

Lenz, Maiwald und Limbach saßen mit offenen Mündern da und trauten ihren Ohren nicht. Dr. Haberlein hatte Maiwald am frühen Morgen angerufen, als Claudia Schneider gerade gen Heimat aufgebrochen war. Er müsse sie dringend sehen. Jetzt. Sofort.

Haberlein hatte plötzlich Angst bekommen, angesichts der Brisanz seiner Erkenntnisse. Je mehr Leute davon erfuhren, desto besser, dachte er plötzlich. Was nützen wissenschaftlicher Ruhm und Ehre und ein Lehrstuhl, wenn ich tot bin?

Maiwald hatte Lenz alarmiert und der seinerseits hatte Limbach, den notorischen Langschläfer, wachgeklingelt, aus Rache für den Koitus Interruptus Telefonicus. Eigentlich waren sie erst für zehn Uhr verabredet gewesen.

Jetzt saßen alle zusammen in Angelika Maiwalds Wohnzimmer. Maiwald hatte starken Kaffee gekocht. Plötzlich war auch Limbach, der bis eben noch kaum aus den Augen gucken konnte vor Müdigkeit, hellwach. Nicht wegen des Kaffees. Sondern wegen dem, was Dr. Haberlein eben vorgetragen hatte. Es passte zu dem Bild, das Catrin Balkenberg vor ihm entworfen hatte, übertraf dessen Dimensionen aber noch um einiges.

Haberlein hatte die Akten, um die es ging, als Beleg für seine Behauptungen auf dem Wohnzimmertisch ausgebreitet.

»Und es besteht kein Zweifel?«, wollte Lenz wissen.

»Leider nein«, antwortete Haberlein, »ich wollte, es wäre so. Aber die Schriftstücke, immerhin Originalakten aus dem MfS, also aus dem Ministerium für Staatssicherheit, lassen keinen Zweifel. Unser Bundesinnenminister ist ein ehemaliger Stasi-Spitzel.«

Es war nicht nur das. Neben dem Innenminister waren offenbar weite Teile der Gesellschaft von Stasi-Leuten unterwandert, etliche Spitzenpositionen von ihnen besetzt. Vor allem in Schlüsselstellungen des Sicherheitsapparates hatten sich Mielkes Mannen eingenistet. Aber auch ein Gewerkschaftsführer, ein Top-Manager und der Chefredakteur eines Nachrichtenmagazins waren verkappte Kommunisten. Einige waren allerdings auch schlicht und einfach bloß bestechlich.

Die RAF, die über viele Jahre hinweg die Bundesrepublik in Atem gehalten und in Angst und Schrecken versetzt hatte, war direkt von der Stasi aufgestellt und gesteuert worden. Auch die Friedensbewegung war weitgehend von Spitzeln und Agitatoren unterwandert. Der Gipfel aber war eine Parteigründung, die von Ostberlin aus mit dem Ziel der Indoktrination und Destabilisierung in die Wege geleitet worden war. Die Partei hatte es bis in den Bundestag geschafft, war eine Zeit lang sogar an der Bundesregierung beteiligt, saß in etlichen Landesparlamenten und Landesregierungen und im Europaparlament.

»Das darf ja wohl nicht wahr sein, fast zwanzig Jahre nach der Wiedervereinigung macht die Stasi hier munter weiter, oder was?« Limbach war schockiert.

»Es sieht leider ganz danach aus«, bestätigte Haberlein resigniert. Er konnte sich über den Erfolg seiner Nachforschungen nicht freuen. Seine schlimmsten Befürchtungen waren noch weit übertroffen worden. Er hatte damit gerechnet, vielleicht eine oder zwei hochrangige Persönlichkeiten als Stasi-Agenten enttarnen zu können. Er hatte nicht damit gerechnet, dass es der Bundesinnenminster sein würde. Er hatte vor allem nicht damit gerechnet, dass so weite Teile des Staates und der Gesellschaft stasi-durchsetzt waren. Es ging längst nicht mehr nur um einzelne Personen. Es ging um ganze Strukturen. Wie eine Krake hatte Mielkes Machtapparat seine Arme ausgebreitet.

Haberlein sah blass und erschöpft aus. In der Nacht hatte er sein Testament gemacht.

»Wie kann das sein? Das kostet doch Unsummen! Wie haben die das alles finanziert?«, wollte Limbach wissen.

Haberlein warf ihm einen mitleidigen Blick zu. »Herr ...«

»Limbach.«

»Herr Limbach: Erstens ist das Parteivermögen der SED bis heute verschollen. Das war bzw. ist ein Milliardenvermögen. Und zweitens haben sie mächtige und finanzkräftige Verbündete.«

»So? Wen denn?«, hakte Limbach nach.

»Der KGB, der ehemalige sowjetische Geheimdienst, hat die Wende und den Untergang der Sowjetunion ebenfalls überlebt. Und zwar nicht nur nahezu unbeschadet, sondern er ist heute mächtiger und einflussreicher denn je. Und vor allem: Er hat mehr Geld denn je.«

»Wie kann das sein, wie machen das diese Leute?«, fragte Limbach zweifelnd, »kann man von denen eventuell diesbezüglich was lernen?«

Haberlein lachte bitter. »Man kann, Herr Limbach, man kann.«

»Ach! Und was?«

»Ironie der Geschichte: Sie haben die Mechanismen des Kapitalismus erkannt, wenden sie an und nutzen sie für sich. Und bei Bedarf setzen sie sie ohne Bedenken als Waffe ein.«

»Gegen uns«, vermutete Lenz.

»Gegen wen auch immer. Das können heute wir sein und morgen jemand ganz anderes.«

»Gehts ein bisschen konkreter? Nennen Sie doch mal Ross und Reiter«, forderte Limbach Haberlein auf.

»Es geht, Herr Lettbach ...«

»Limbach.«

»Herr Limbach. Es geht ...« Er nannte den Namen eines russischen Energiekonzerns.

Limbach, Lenz und Maiwald wunderten sich nun über gar nichts mehr. Limbach dachte an die hanebüchenen Gerichtsurteile, von denen ihm Catrin Balkenberg erzählt hatte. Offenbar waren auch bereits weite Teile des Justizapparats unterwandert. Maiwald dachte an ihre Freundin Claudia Schneider. Deren Eltern waren früher oft in die DDR gefahren. Was hatten sie dort gemacht? Wie weit hatten sich die Stasi-Seilschaften bereits ausgebreitet? Etwa auch in der Zentralbibliothek? Dieser Schröder vom Personalrat verbreitete für ihren Geschmack reichlich linke Ansichten. Und Lenz dachte an Katja Hoch. Nachdem sie ein letztes Mal und heftiger denn je Sex miteinander gehabt hatten, hatte er sie mit Limbachs Enthüllung konfrontiert. »Du bist nicht die, für die du dich ausgibst. Wer hat dich geschickt?«, hatte er ihr an den Kopf geworfen. Sie hatte sich auf keinerlei Diskussion eingelassen und war sofort verschwunden. Würde er sie jemals wiedersehen?

»Tja, und jetzt? Was fangen wir mit unseren Erkenntnissen an?«, fragte Lenz in die Runde.

Betretenes Schweigen.

»Fangen wir überhaupt etwas damit an?«, fragte Maiwald nach einer Weile.

Limbach berichtete über die immer dreister werdenden Einschüchterungsversuche der Justiz, denen die Medien nach Beobachtung seiner Freundin, einer Juristin und Referatsleiterin im Bundesinnenministerium, heute ausgesetzt seien. »Das sind schon bald keine Einschüchterungsversuche mehr, das entwickelt sich allmählich zu einem eisernen Würgegriff«, lautete seine Einschätzung. Er gab auch seinen Vergleich mit Adolf Hitler zum Besten, den er schon gegenüber Catrin Balkenberg geäußert hatte und den er selber ziemlich witzig fand, erntete dafür aber nur mäßige Begeisterung.

Haberlein war nach Limbachs Worten noch mehr in sich zusammengesunken. »Ich weiß nicht, was Sie machen. Ich werde das Land verlassen«, sagte er dann.

Die anderen starrten ihn an.

»So ernst?«, fragte Maiwald mit schwacher Stimme.

Haberlein nickte. »Ich fliege heute Abend noch nach Oslo. Von dort geht es weiter. Wohin, sage ich Ihnen nicht.« Er stand auf, überreichte Maiwald die Dokumente. »Passen Sie gut darauf auf, das ist Sprengstoff«, sagte er. Er ging zur Tür, wandte sich noch einmal um. »Und passen Sie auch gut auf sich auf«, sagte er zu den dreien. Er war sich sicher, dass er sie nie wiedersehen würde.

Maiwald begleitete ihn zur Wohnungstür. »Und vielen Dank, Herr Dr. Haberlein. Alles Gute für Sie.«

Haberlein nickte. »Für Sie auch.«

Sie öffnete die Tür, ließ Haberlein hinaus. Im Treppenhaus musterten die vier Augen der beiden Bewacher den Besucher misstrauisch.

Maiwald schloss die Tür wieder ab, kam in die Wohnung zurück und trat ans Fenster. Sie blickte Haberlein nach, der zu seinem vor dem Haus geparkten Auto ging. »Schade, dass er geht«, sagte sie.

»Ja, wirklich schade«, pflichtete Limbach ihr bei, »das ist ein guter Mann. Ein verdammt guter Mann. Müsste es mehr von geben.«

»So gut nun auch wieder nicht. Ich hätte nicht gedacht, dass der sich so schnell einschüchtern lässt«, hielt Lenz dagegen, in dem offenbar gerade wieder mal der Kämpfer dabei war zu erwachen.

»Vermutlich hat er aber recht«, entgegnete Maiwald und wandte sich Lenz und Limbach zu. Das war ihr Glück, denn sonst hätten die Scherben der Fensterscheibe, die in diesem Moment in das Wohnungsinnere flogen, ihrem Gesicht vermutlich einige schlimme Schnittwunden zugefügt. Ursache war die Druckwelle, die wiederum von einer ohrenbetäubenden Explosion vor dem Haus herrührte. Maiwald wurde quer durch den Raum direkt auf Lenz geschleudert, der neben Limbach auf dem Sofa saß. Sie schrie laut auf, Lenz hielt sie in seinen Armen und versuchte, sie zu beruhigen.

Die Polizisten im Treppenhaus läuteten Sturm und klopften an die Wohnungstür. »Frau Maiwald, machen Sie auf! Ist Ihnen was passiert? Machen Sie auf!« Sie hatten ihre Waffen gezogen. Der eine sprach in ein Funkgerät.

Herr Müller-Lüdenscheidt, der den ganzen Morgen schon schlecht gelaunt gewesen war, war unter das Sofa gesaust. Von dort beobachteten seine schreckgeweiteten Augen die Szenerie.

Limbach stürzte zum Fenster, blickte hinaus.

Von Haberleins Auto waren nur noch brennende Einzelteile übrig.

15. Kapitel

Limbach und Maiwald staunten. So hatten sie Lenz bisher nicht gekannt. Schon der Gesichtsausdruck. Wild entschlossen. Die Augen zusammengekniffen, die Umgebung taxierend, als bewegten sie sich in Feindesland. Die Sprechweise. Von ihm kamen schon eine ganze Weile bloß noch knappe Anweisungen. »Los, wir müssen sofort hier raus!« Das hatte er ihnen direkt nach der Explosion mitgeteilt.

»Bitte?«

»Wir müssen sofort raus aus der Wohnung, wir müssen weg, hier sind wir nicht sicher!«

Für wie lange denn?

Schwer zu sagen.

Maiwald hatte darauf hingewiesen, dass sie dann doch wenigstens ein paar Sachen mitnehmen müsse.

Unmöglich!

Kleider zum Wechseln, Zahnbürste.

Keine Zeit!

Wenigstens Herrn Müller-Lüdenscheidt!

Okay, den natürlich schon.

»Mo, jetzt mal halblang, wollen wir nicht wenigstens warten, bis Holzinger ...?«

»Stefan, jetzt nicht! Jetzt ist keine Zeit für Diskussionen. Macht jetzt einfach, was ich sage!«

Maiwald und Limbach hatten sich schließlich gefügt in der Hoffnung, dass Lenz derjenige von ihnen war, der am besten wusste, was in der gegenwärtigen Situation zu tun war.

So waren sie überstürzt aufgebrochen, wie Verbrecher auf der Flucht. Lenz mit einem Aktenkoffer in der Hand, in dem er die hastig zusammengerafften Dokumente, die der

Bibliotheksoberrat ihnen ausgehändigt hatte, verstaut hatte. Maiwald mit ihrer Katzenbox, aus der die ängstlichen Augen von Herrn Müller-Lüdenscheidt blickten. Und Limbach mit einer Tüte Chips. Mit leerem Magen könne er nicht denken, hatte er erklärt.

»Denken ist jetzt gar nicht gefragt, sondern Handeln«, hatte Lenz gesagt.

»Mit leerem Magen kann ich auch nicht handeln«, hatte Limbach erwidert.

Die beiden Polizisten, die zu Maiwalds Schutz abgestellt waren, waren in dem allgemeinen Chaos, das nach der Explosion ausgebrochen war, weder in der Lage gewesen, die drei aufzuhalten noch ihnen zu folgen.

Jetzt fuhren sie schon eine halbe Ewigkeit kreuz und quer durch die Stadt. Erst mit der U-Bahn. Dann mit der S-Bahn. Und jetzt mit dem Bus. Farmsen-Berne. Heimfeld. Lemsahl-Mellingstedt. Stadtteile, von den sie bisher noch nie etwas gehört hatten.

»Bewegliche Ziele sind schwerer zu treffen«, hatte ihnen Lenz, der Ex-Offizier, erklärt. Bloß nicht länger als unbedingt nötig an einem Ort bleiben. Am besten in der Öffentlichkeit. Am besten wäre es sowieso gewesen, sich zu trennen. Dann erwischten sie vielleicht bloß einen.

Davon wollten Maiwald und Limbach nichts wissen. Maiwald starrte die ganze Zeit ohne etwas zu sagen vor sich hin. Limbach war ständig am quasseln. Beide standen unter Schock.

Lenz hatte sich im hinteren Teil des Busses platziert. Obwohl genug Sitzplätze frei waren, stand er und spähte wachsam aus dem Rückfenster.

Allmählich war die Stimmung auf dem Nullpunkt angelangt. Maiwald musste aufs Klo. Limbach hatte Hunger.

Im Stadtteil Lurup sahen sie einen Rollstuhlfahrer mit Sturzhelm, der sich anschickte, die Straße zu überqueren.

»Scheint hier 'ne gefährliche Gegend zu sein«, kommentierte Limbach scherzhaft die Szene. Lenz deutete mit dem linken Mundwinkel ein leichtes Lächeln an. Maiwald zeigte keinerlei Reaktion. Immerhin ermutigte Lenz' Regung Limbach, eine Diskussion zu beginnen.

»Okay, Mo, bevor das hier endgültig zum Road Movie wird: Könntest du uns jetzt erklären, warum wir hier so panisch durch die Gegend hetzen? Und wie lang das noch so gehen soll? Was mit Haberlein passiert ist, ist furchtbar, klar. Wahrscheinlich sind wir ebenfalls in Gefahr, auch klar. Aber wieso flüchten wir denn vor der Polizei? Glaubst du etwa ...?«

Maiwald zückte plötzlich ihr Handy und wählte eine Nummer.

»Wen rufst du an?«, wollte Lenz wissen.

»Claudia Schneider«, antwortete Maiwald.

* * *

»Noch ein Stück Kuchen?«

»Danke, wirklich nicht.«

»Aber ein Käffchen nimmst du doch noch?«

»Ja, gerne.«

Claudia Schneider war bemüht, ihrer Freundin Angelika Maiwald den Aufenthalt so angenehm wie möglich zu machen. Nach deren Anruf war es für sie gar keine Frage gewesen, Angelika und auch Lenz und Limbach Unterkunft zu gewähren. Wenn auch nur für eine Nacht, darauf hatten ihre Freundin und vor allem Lenz bestanden.

»Das kommt doch gar nicht infrage, ihr könnt bleiben, solange ihr wollt.«

»Wegen uns ist schon ein Mensch gestorben.« Dieser Satz, ausgesprochen von Angelika Maiwald, hatte alle Diskussionen beendet. Ohnehin hatte Martin Schneider, Claudias Mann, eher reserviert auf die unerwarteten Gäste reagiert. Angelika, ja, okay, aber diese beiden Typen, die sie mitgebracht hatte! Der eine war angeblich Bibliothekar, gebärdete sich aber wie James Bond persönlich. Und dem anderen, angeblich Journalist, war der Hallodri schon auf hundert Metern Entfernung anzumerken. Und dann waren die drei auch noch in irgendeine dubiose Sache verwickelt und offenbar sogar auf der Flucht vor der Polizei. Und eine Katze hatten sie auch noch mitgebracht.

Das war gar nicht nach Martin Schneiders Geschmack. Er war Beamter im Liegenschaftsamt und schätzte sein geordnetes, unaufgeregtes Familienleben. Wurde dasselbe gestört, konnte er sehr einsilbig werden. Wurde es massiv gestört, konnte er allerdings auch sehr einfallsreich sein.

»Onkel Hinnerk«, hatte er am ersten Abend, als sie alle beisammensaßen, freudestrahlend verkündet.

Onkel Hinnerk?

Genau, Onkel Hinnerk in irgendeinem gottverlassenen Kaff in Ostholstein. Dort könnten die drei Unterschlupf finden, mitsamt Herrn Müller-Lüdenscheidt.

»Der ist ziemlich einsam, der freut sich über etwas Gesellschaft bestimmt«, hatte Martin Schneider versichert.

Lenz hatte zuerst skeptisch geguckt, war dann aber, als er von der abgeschiedenen Lage von Onkel Hinnerks Fischerkate hörte, aber auch in Ermangelung von Alternativen, doch einverstanden gewesen. Martin Schneiders Laune hatte sich daraufhin schlagartig verbessert. Eine Nacht mit fremden Leuten im Haus, das würde er schon verkraften. Seine Kinder dagegen waren enttäuscht gewesen. Sie hatten sich über den überraschenden Besuch ihrer »Tante« Angelika und vor allem Herrn Müller-Lüdenscheidts gefreut und hätten gegen einen längeren Aufenthalt nichts einzuwenden gehabt.

Und Claudia hatte darauf bestanden, für zwei, drei Tage mit zu Onkel Hinnerk zu kommen, offenbar hatte sie kein großes Vertrauen in dessen gastgeberische Fähigkeiten.

Die Nacht hatte Angelika Maiwald im Gästezimmer verbracht, Thorben hatte sein Zimmer für Lenz geräumt und bei seiner Schwester Annika übernachtet, und Limbach hatte mit dem Hinweis, ein geübter Sofa-Schläfer zu sein, mit dem Wohnzimmer vorliebgenommen.

Lenz hatte fast die ganze Nacht wach gelegen und dabei begonnen, einen Schlachtplan zu entwerfen. Limbach hatte wirr geträumt und morgens nach dem Aufwachen im ersten Moment nicht gewusst, wo er war. Und Maiwald war, offenbar in einem Anfall von völliger Erschöpfung, sofort eingeschlafen, aber schon nach wenigen Stunden wieder aufgewacht und hellwach.

Gleich nach dem Frühstück hatten sie sich auf den Weg zu Onkel Hinnerk gemacht. Der hatte nicht viele Fragen gestellt, schien über die Abwechslung sogar erfreut. Seit dem Tod seiner Frau vor drei Jahren führte er ein einsames Leben. Seine Kinder und Enkel ließen sich selten bei ihm blicken. War er am ersten Abend noch etwas reserviert gewesen, so war er im Verlauf des darauffolgenden Tages langsam aufgetaut und hatte abends bereits lebhaft mit Limbach über Politik und Frauen diskutiert.

Claudia Schneider hatte eingekauft, die Betten bezogen und gekocht. Ihre Freundin und deren Begleiter sollten sich wohlfühlen, nach allem, was sie durchgemacht hatten. Und es funktionierte. Am zweiten Tag schien sich die Anspannung, die auf den dreien lastete, etwas zu lösen. Hie und da wurde sogar gescherzt und gelacht. Zwischen Lenz und Maiwald bahnte sich offenbar etwas an. Und Limbach und Onkel Hinnerk verstanden sich prächtig, bei jeder Gelegenheit steckten sie die Köpfe zusammen. Gestern Abend hatten sie sich über die Besonderheiten der norddeutschen Küche ausgetauscht.

Aber es war eine trügerische Idylle. Der Anlass, der die drei hier zusammengeführt hatte, ließ sich auf Dauer einfach nicht ignorieren. Und noch etwas war nicht zu übersehen: Es braute sich etwas zusammen. Dieser Lenz schien etwas auszubrüten. Am Morgen hatte er sich Claudias Auto geliehen und war mit Limbach nach Hamburg gefahren. Sie müssten einige Dinge klären, hatte er gesagt.

Jetzt saßen Angelika Maiwald und Claudia Schneider bei Kaffee und Kuchen vor Onkel Hinnerks Haus. Onkel Hinnerk machte seinen täglichen Strandspaziergang. Claudia hatte vor, am nächsten Tag wieder zu ihrem Mann und ihren Kindern zurückzufahren.

»Die Buchhandlung kommt ein paar Tage ohne mich aus. Ich habe gute Mitarbeiterinnen. Aber die Kinder brauchen mich, denke ich«, erklärte sie.

»Klar, Claudi. Fahr' nur. Wir kommen schon ohne dich klar. Es ist so nett von deinem Onkel, dass er uns einfach so beherbergt. Immerhin kennt er uns gar nicht.«

»Komm, du gehörst gewissermaßen zur Familie. Und deine Freunde sind auch meine Freunde.«

»Claudi?«

»Ja?«

»Komm', lass dich mal drücken.«

Die beiden Freundinnen umarmten sich. Beide hatten Tränen in den Augen.

»Ihr seid da aber auch in eine böse Sache hineingeschlittert.«

»Kann man wohl sagen.«

»Stimmt das denn, dass da sogar Polizisten mit drinhängen?«

»Nicht nur Polizisten.«

»Wer denn noch?«

Angelika Maiwald schaute ihre Freundin nachdenklich an. Nach einer Weile sagte sie: »Claudi, je weniger du weißt, desto besser. Weißt du, ich will dich nicht in Gefahr bringen. Dich und Martin und die Kinder. Das könnte ich mir nie verzeihen, wenn euch was zustoßen würde. Was mit diesem Haberlein passiert ist ...« Angelika Maiwald begann zu schluchzen.

Ihre Freundin nahm sie in den Arm, versuchte sie zu trösten.

»Komm, ihr seid nicht schuld an seinem Tod. Ihr konntet ja nicht ahnen ...«

Sie versuchte wieder ihre bewährte Ablenkungstaktik.

»Sag' mal, du und dieser Lenz ...«

»Ja?«

»Da läuft jetzt aber was, oder?«

»Wieso?«

»Komm, ich hab' doch Augen im Kopf. Wie der dich immer anschaut, neuerdings ... Wie besorgt er um dich ist. Und seit wann duzt ihr euch eigentlich?«

Angelika Maiwald schaute auf ihre Armbanduhr.

»Wo bleiben die beiden bloß?«

* * *

Hauptkommissar Georg Holzinger musterte misstrauisch sein Gegenüber. »Und wieso melden Sie sich erst jetzt? Wo waren Sie überhaupt die ganze Zeit? Und wieso treffen wir uns ausgerechnet hier?«

Er hatte nervenaufreibende Tage hinter sich. Erst die Bombe vor Maiwalds Wohnung und ein Toter. Dann Maiwald verschwunden. Dann der Anschiss vom BKA. Dann der vom Staatsanwalt. Und dann der überraschende Anruf von Lenz.

Jetzt standen sie sich in der obersten Etage der Europa Passage in der Hamburger Innenstadt gegenüber. Lenz hatte ihm gerade den Inhalt der Wandlitz-Papiere erörtert. Den Gesichtsausdruck Holzingers skeptisch zu nennen, wäre stark untertrieben gewesen.

»Frage eins: Wir mussten uns erst mal sammeln und uns über einiges klar werden. Frage zwei: An einem sicheren Ort. Frage drei: Wir dachten, ein möglichst öffentlicher Platz wäre das Beste.«

»Was wollen Sie damit sagen?«

»Hier befinden wir uns im Schutz der Öffentlichkeit.«

Holzinger blickte sich um. »Nun ja, wie man's nimmt. Man könnte auch sagen, wir sitzen hier auf dem Präsentierteller. Wenn das alles stimmt, was Sie mir gerade aufgetischt haben ...«

»Es stimmt, darauf können Sie sich verlassen.«

»Wo ist Maiwald jetzt? Und wo sind diese Dokumente?«

Lenz lächelte. »Das behalte ich erst mal für mich.«

»Warum? Trauen Sie mir etwa nicht?«

»Wir trauen niemandem mehr.«

Holzinger sah Lenz verdutzt an. Dieser Bibliothekar ging ihm allmählich auf die Nerven. »Sie müssen mir diese Informationen geben.«

»Dazu bin ich nicht verpflichtet.«

»Doch!«

»Nein! Gegen Maiwald liegt nichts vor, sie kann sich aufhalten, wo sie will. Und die Dokumente ...«

»Die Dokumente sind Eigentum des Staates. Und Maiwald wird dringend als Zeugin benötigt. Also raus mit der Sprache!«

Lenz sagte nichts.

»Okay Lenz, Sie wollen es ja nicht anders. Sie sind festgenommen. Folgen Sie mir!«

Lenz war verblüfft. »Dürfte ich erfahren, auf welcher rechtlichen Grundlage?«

»Ich nehme Sie in Beugehaft. Gefahr im Verzug. Also los, kommen Sie.«

»Lächerlich! Dazu sind Sie nicht befugt. Damit kommen Sie niemals durch ...«

»Das werden wir ja sehen!« Holzinger zog seine Waffe und richtete sie auf Lenz. Er wusste, wie gefährlich der Bibliothekar werden konnte, und wollte kein Risiko eingehen.

Sofort brach um sie herum Panik aus. Menschen suchten angstvoll das Weite und Schutz in Läden und Lokalen. Wegen der offenen Bauweise der riesigen Einkaufs- und Gastronomie-Passage verbreitete sich die Panik in Windeseile und griff auch auf die übrigen Stockwerke über. Ein Sicherheitsmann im ersten Obergeschoss, der die Szene beobachtet hatte, sprach aufgeregt in sein Walkie Talkie, zwei seiner Kollegen rannten herbei. Holzinger versuchte, die Lage wenigstens halbwegs wieder zu beruhigen, zückte mit der linken Hand seinen Dienstausweis, hielt ihn in die Höhe. »Alles in Ordnung, ich bin Polizist, ich nehme diesen Mann gerade fest.«

»Das trifft sich gut, Herr Kollege, wir sind auch Polizisten und nehmen Sie jetzt fest. Legen Sie die Waffe ganz langsam auf den Boden!«

Holzinger fuhr herum – und blickte geradewegs in drei Pistolenmündungen. Vor ihm stand Kriminaloberrat Schell vom BKA, flankiert von seinen beiden Schnöseln. Die drei hatten eindeutig feindliche Absichten. Einen Moment schien es, als dachte der Hauptkommissar an Gegenwehr. Hektisch flog sein Blick zwischen Lenz und den drei BKA-Leuten hin und her. Aber er war Profi genug, um zu erkennen, dass er keine Chance hatte.

»Die Waffe, auf den Boden!«, wiederholte der Kriminaloberrat seine Aufforderung.

»Kriminaloberrat Schell vom BKA. Wir hatten den Kollegen schon seit Längerem im Visier. Er scheint Teil einer großangelegten Verschwörung von ehemaligen Stasi-Agenten zu sein«, erläuterte Schell an Lenz gewandt.

»Waffen auf den Boden, Hände hoch!«, ertönte es plötzlich gleichzeitig aus zwei unterschiedlichen Richtungen. Hein Petersen hatte sich strategisch geschickt verteilt. Hein stand an der Rolltreppe, Petersen war direkt vor dem Geländer in Stellung gegangen, hinter dem es drei Stockwerke tief hinunter ins Erdgeschoss ging. Beide hatten ihre Waffen im Anschlag und zielten auf die BKA-Leute.

Schell und seine beiden Begleiter fuhren herum und zielten ihrerseits auf Hein Petersen, während Holzinger seine Pistole hob und auf die BKA-Beamten richtete.

Sechs Polizisten standen einander mit gezogenen Waffen gegenüber und hielten sich gegenseitig in Schach.

Das nennt man wohl eine klassische Patt-Situation, dachte Lenz.

Aber wenn sechs sich streiten, freut sich der siebte.

Dann schwang er sich über das Geländer und sprang in die Tiefe.

* * *

»Verdammt, Mo, das war scheiß-gefährlich!«

»Ach was, das sah schlimmer aus, als es war.«

»Mensch, da standen sechs Typen mit Knarren in den Händen! Wie in einem Spaghetti-Western von Sergio Leone. Fehlte bloß noch, dass *Spiel mir das Lied vom Tod* erklingt.«

Lenz sah Limbach amüsiert an. »Das wäre passend gewesen.«

»In der Tat.«

Beide mussten lachen.

»Gib's zu, es hat dir gefallen.«

»Quatsch!«

»Komm. Ein bisschen schon, oder?«

»Na ja, das hatte schon was … Einigermaßen bizarr das Ganze. Aber der Sprung war ja wohl der Wahnsinn.«

»Halb so wild. Unten stand ja die Hüpfburg, in der ich sicher gelandet bin.«

»Trotzdem. Du hättest sie verfehlen können.«

»Willst du mich beleidigen? Was meinst du, wie oft wir so was an der Luftlandeschule in Altenstadt trainiert haben?«

»In Hüpfburgen landen?«

»In Hüpfburgen natürlich nicht. Aber punktgenaue Landungen standen dort regelmäßig auf dem Stundenplan.«

»Na ja, ich hab' mir jedenfalls schon beim Zusehen fast in die Hose gemacht.«

Lenz und Limbach saßen im Auto von Maiwalds Freundin Claudia. Sie fuhren zügig auf der A1 Richtung Lübeck. Limbach saß am Steuer. Er hatte die Aktion in der Europa Passage aus sicherer Entfernung beobachtet. Lenz hatte ihn als Zeugen in der Nähe haben wollen – wofür auch immer.

Die Lage an dem Treffpunkt mit Holzinger hatte er vorher genau ausgekundschaftet. Und zu seiner Freude festgestellt, dass just an besagtem Tag im Erdgeschoss ein Kinderfest stattfand – mit allem was dazugehörte. Zum Beispiel mit einer Hüpfburg. Dem ehemaligen Elite-Offizier mit Fallschirmspringerausbildung war sofort ins Auge gefallen, welch idealer Fluchtweg sich dadurch gegebenenfalls bot.

Lenz' Sprung in die Tiefe war von einem vielfachen Aufschrei des Entsetzens begleitet gewesen. Aber es war alles gut gegangen. Bloß den rechten Fuß hatte er sich verstaucht. Das allgemeine Chaos, das mittlerweile in der Passage herrschte, hatte er ausgenutzt, um ungehindert davonzuhumpeln. Mit Limbach hatte er einen Treffpunkt an der nahen Binnenalster vereinbart.

Ganz so harmlos, wie er Limbach vorgegaukelt hatte, war die Sache aber doch nicht gewesen. Es hätte bloß einer der Polizisten die Nerven verlieren müssen, und die Ballerei wäre losgegangen. Auch der Sprung war nicht ganz ohne gewesen. Er war schließlich völlig aus der Übung.

Aber warum den Freund unnötig beunruhigen? Der schwankte ohnehin unentschlossen zwischen Angst, Faszination und Neugier hin und her.

Jetzt eben überwog wieder die Angst.

»Ich steig' jedenfalls aus. Mir wird das Ganze zu heiß«, verkündete Limbach gerade.

Lenz schaute ihn überrascht an. »Das war vorhin alles ein bisschen viel für dich. Schlaf' drüber, morgen sieht die Welt schon wieder ganz anders aus«, versuchte er ihn aufzumuntern.

»Nee du, ich bin nicht lebensmüde. Das ist mir einfach viel zu gefährlich.«

»Mensch, was ist mit deiner Enthüllungsstory? Du wolltest die ganze Nation aufrütteln!«

»Das war, bevor Haberlein vor meinen Augen in die Luft geflogen ist. Meine Devise ist: Lieber ein lebendiger Feigling als ein toter Held. Ich lebe einfach total gerne, verstehst du?«

»Klar, ich lebe auch gerne.«

»So was von gerne!«

»Ich verstehe dich.«

»Das kannst du dir gar nicht vorstellen.«

»Doch, kann ich.«

»Sechs Typen mit Knarren in den Händen: Spiel mir das Lied vom Tod. Wahnsinn!«

Faszination.

»Wer sind jetzt eigentlich die Guten und wer die Bösen? Ich meine, diese BKA-Heinis, das sind doch Catrins Leute. Das müssen doch die Guten sein, oder nicht? Aber dieser Holzinger, ein Stasi-Mann? Das gibt's doch nicht. Aber warum bedrohen die sich dann gegenseitig mit Waffen?«

Und jetzt wieder Neugier.

»Was hat dir Catrin über den BKA-Einsatz in Hamburg erzählt?«, fragte Lenz.

»Dass auch in den Reihen der Hamburger Polizei ermittelt werde. Aber sie nannte keinen Namen. Von Holzinger war jedenfalls nicht die Rede. Offenbar stehen mehrere Beamte in Verdacht. Und ›In den Reihen‹ bedeutet doch nicht, dass die gesamte Polizei ...«

»Und wer wusste von unserem Kontakt zu Haberlein?«

Limbach dachte kurz nach. »Scheiße. Holzingers Leute.«

»Eben. Sonst niemand. Das ist zwar noch kein Beweis. Aber ein schweres Indiz.«

Lenz schaute aus dem Seitenfenster. Draußen regnete es. Die Landschaft flog vorbei. Lenz dachte, dass eigentlich alles ziemlich schnell vergeht. Schmerz und Freude. Angst und Glück. Liebe und Hass.

Und das Leben sowieso.

* * *

»Limbach hat recht. Wir werfen die Papiere einfach weg und vergessen das Ganze.«

»Das können wir nicht machen. Die Leute müssen davon erfahren. Diesem Stasi-Pack muss endlich das Handwerk gelegt werden. Die treiben schon viel zu lange ihr Unwesen.«

Lenz und Maiwald saßen auf der Bank vor Onkel Hinnerks Haus. Claudia war zurück zu ihrem Mann und ihren Kindern gefahren. Onkel Hinnerk arbeitete im Garten. Herr Müller-Lüdenscheidt erkundete zugleich unsicher und neugierig die neue Umgebung. In der Nachbarschaft hatte eine attraktive Katze sein Interesse geweckt.

Maiwald legt den Kopf auf Lenz' Schulter. Seit sie durch die Explosion in seine Arme geschleudert worden war, hatte er sie praktisch nicht mehr losgelassen.

Limbach ging unruhig auf und ab. Er war ein reines Nervenbündel. Unsicher blickte er Lenz und Maiwald an. »Okay, also wenn ich das richtig verstanden habe, besteht gegen Holzinger der Verdacht, ein Stasi-Mann zu sein. Was mir jetzt nicht klar ist: Gehören seine Leute, die plötzlich in der Europa Passage aufgetaucht sind, auch dazu? Oder wollten die bloß ihrem Chef helfen? Und vor allem: Weiß Catrin, dass ihr Minister offenbar der große Boss im Hintergrund ist? Und wenn ja, seit wann?«, fragte Limbach.

Lenz warf Limbach einen nachdenklichen Blick zu. »Du stellst sehr gute Fragen.« Dann meinte er: »Bist du dir eigentlich sicher, auf welcher Seite deine Catrin steht?«

Entgeistert starrte Limbach Lenz an. »Das meinst du jetzt nicht im Ernst, oder?«

»Du, ich kenne die nicht. Und du sagst selber, du hattest sie lange nicht mehr gesehen. Von Holzinger hätte ich das auch nicht gedacht.«

»Für Catrin lege ich meine Hand ins Feuer!«

»Sie hat auffällig schnell Karriere gemacht, finde ich.«

»Nicht jeder, der Karriere macht, ist ein Stasi-Spitzel.«

Limbach war jede Farbe aus dem Gesicht gewichen. Er ging immer noch unruhig hin und her. Dann blieb er abrupt stehen. Und wirkte plötzlich sehr entschlossen. »Ich weiß nicht, was ihr jetzt macht. Ich jedenfalls bin draußen. Ich will mit der ganzen Sache nichts mehr zu tun haben. Ich vergesse das ganz schnell. Ich bin sowieso sehr vergesslich. So was von vergesslich. Das gibt's gar nicht.«

Limbach begann wie irre zu lachen. Dann verschwand er um die Ecke.

Maiwald schaute ihm irritiert nach, Lenz besorgt. Etwas labil war Limbach ja immer gewesen. Hinter seiner schnoddrigen Art verbarg sich in Wahrheit eine empfindsame Seele, das war Lenz nicht neu. Limbach hatte in den letzten Jahren viel durchgemacht, war einigermaßen abgebrüht. »Wem das Wasser bis zum Hals steht, darf den Kopf nicht hängen lassen« lautete einer seiner Lieblingssprüche. Aber die Ereignisse der jüngsten Zeit schienen eindeutig über seine Kräfte zu gehen. Immerhin war Haberlein vor seinen Augen in die Luft geflogen. Mit dem er fünf Minuten vorher noch auf dem Sofa gesessen hatte. Er hatte es jetzt mit eiskalten Killern zu tun, war in Lebensgefahr, das war ihm klar. Aber noch mehr schockierte ihn offenbar, was er, Lenz, eben über Catrin gesagt hatte. Typisch Limbach. Lenz machte sich Vorwürfe. War er zu weit gegangen? Hätte er seinen Verdacht für sich behalten sollen, zumindest vorerst?

»Was Stefan sagt, ist natürlich Quatsch. Aus dieser Sache kann man nicht einfach so aussteigen. Dafür wissen wir zu viel. Allein schon deswegen müssen wir das öffentlich machen.«

»Moritz, das Ganze hat so fürchterliche Ausmaße, das können wir den Leuten nicht zumuten. Das wäre ein zu großer

Schock. Das würde die Gesellschaft nicht verkraften. Das würde sie zerreißen.«

»Ach was, das sind mündige Bürger, die in einer Demokratie leben. Sie müssen die Wahrheit erfahren. Wir haben nicht das Recht, sie ihnen vorzuenthalten.«

»Manchmal ist es besser, nicht alles zu wissen.«

»Es ist ein Mensch wegen dieser Sache umgekommen. Soll der umsonst gestorben sein? Außerdem: Selbst wenn wir über die Sache Stillschweigen bewahren: Bist du dir sicher, dass die uns dann in Ruhe lassen?«

»Nein, natürlich nicht.«

»Siehst du!«

»Dann sind wir also ständig in Lebensgefahr?«

»Im Grunde ja. Es sei denn, wir lassen sie auffliegen. Manchmal ist ein Gegenangriff die beste Verteidigung. Glaube einem alten Soldaten.«

»Aber wie sollen wir das denn machen? Der nächstbeste Polizist oder Staatsanwalt oder Journalist könnte doch einer von denen sein! Jeder, im Grunde genommen!«

»Da hast du allerdings nicht ganz unrecht.«

»Die Sache ist vollkommen aussichtslos, oder? Alles was wir machen, ist wahrscheinlich falsch.«

»Nicht unbedingt. Eine Möglichkeit gibt es vielleicht.«

* * *

Bundesinnenminister Eugen Conrad war bestens gelaunt. Diese Botschaftsempfänge hatten eine Reihe von Vorteilen aufzuweisen. Man hatte eigentlich nichts zu tun, brauchte bloß einen guten Eindruck zu machen und die ganze Zeit freundlich zu grüßen. Es gab gutes Essen und was zu trinken. Und vor allem: Man kam für eine Weile aus seinem Ministerium heraus.

»Herr Minister, schön, dass Sie kommen konnten.« Der Botschafter schoss begeistert auf ihn zu und schüttelte seine Hand heftig.

»Ich bitte Sie, zu Ihnen komme ich doch immer gerne.«

»Bloß das Wetter, na, das weiß man halt nie ...« Kummervoll wanderten die Augen des Botschafters zu einem der großflächigen Fenster. Draußen regnete es in Strömen. Die geplante Gartenparty hatte deshalb nicht stattfinden können, die Feier war in das Innere des Gebäudes verlegt worden.

»Ich bitte Sie, das sind wir doch schon gewohnt. Hier ist es ja genauso schön«, tröstete der Minister den Botschafter.

Da nahezu jedes in Deutschland diplomatisch vertretene Land jeweils zu seinem Nationalfeiertag zum Empfang lud und da Deutschland Beziehungen zu weit über hundert Ländern unterhielt, hatte der Minister oft und viel Gelegenheit zur Freude.

»Herr Minister, auf ein Wort, bitte ...«

»Ja?«

Der Minister wandte sich um. Vor ihm stand ein ihm unbekannter Mann mittleren Alters, an seiner Seite eine attraktive Frau Anfang dreißig. Der Mann stellte sich als Moritz Lenz und seine Begleiterin als Angelika Maiwald vor.

»Die Dokumente sind bei einer Person unseres Vertrauens deponiert«, sagte der Mann.

»Ich weiß jetzt nicht, was Sie meinen.«

»Und sollte Frau Maiwald oder mir auch nur ein Haar gekrümmt werden, wandern sie gleichzeitig an die Presse und an die Staatsanwaltschaft.«

Der Minister blickte den Mann verblüfft an. Dann wanderten seine Augen zu der Frau.

»Und zwar nicht nur an deutsche Medien ...«, ergänzte der Mann.

Jetzt guckte der Minister noch verblüffter. Die ganze Zeit strahlten der Mann und er sich freundlich an, der Kontrast zu dem Inhalt des Gespräches hätte nicht größer sein können.

»Respekt, Herr Lenz, kommen Sie zu uns«, raunte er dem Mann in vertraulichem Ton zu.

»Sie können mich mal«, antwortete der Mann.

16. Kapitel

Auf der Bahnfahrt zurück nach Hamburg saßen Lenz und Maiwald zunächst eine Weile schweigend nebeneinander. Jeder hing seinen Gedanken nach. Das sollte es nun gewesen sein? Ein Militärattaché, den Lenz aus seinem früheren Leben kannte, besorgt ihnen eine Einladung für das Sommerfest irgendeiner Botschaft. Dann spricht Lenz dort kurz direkt mit dem Bundesinnenminister und alles wird gut?

»Moritz, glaubst du wirklich, das funktioniert? So schnell lassen die sich doch nicht einschüchtern. Ich meine, das ist so simpel.«

»Doch, doch, das funktioniert, darauf kannst du dich verlassen. Simpel, aber wirksam, wirst sehen.«

»Die geben doch keine Ruhe! Niemals! Das kann ich mir nicht vorstellen!«

»Doch, das werden sie, vertraue mir. Und weißt du was? Die beschützen uns noch, bloß damit uns nichts passiert.«

»Du spinnst!«

»Das ist mein voller Ernst!«

»Was macht dich nur so zuversichtlich?«

»Der Mann am Tegernsee.«

»Wer?«

»Der Mann am Tegernsee.«

Lenz nannte Maiwald den Namen eines Mannes, den sie noch nie gehört hatte. Der Mann war in der DDR eine große Nummer gewesen: in der Öffentlichkeit nahezu unbekannt, in Wirklichkeit jedoch einer der einflussreichsten und mächtigsten Strippenzieher des Arbeiter- und Bauernstaates. Seine Hauptaufgabe, die Geldbeschaffung, hatte er stets zur allergrößten Zufriedenheit der Staats- und Parteiführung erfüllt. Ein Mann wie aus einem Mafia-Film. Aber ein Produkt des real existierenden Sozialismus.

»Das ist ja sehr interessant, aber was hat der mit uns zu tun?«

»Ganz einfach: Wir können von ihm lernen.«

»Wie das denn?«

»Die DDR-Bonzen wurden nach dem Untergang ihres Staates alle von der westdeutschen Justiz verfolgt. Alle, bis in die oberste Führungsriege hinein, selbst Mielke, Krenz und sogar Honecker. Alle, bis auf einen. Rate mal, wer.«

»Etwa ...«

»Genau. Der musste sich niemals verantworten.«

»Vielleicht hat er sich einfach nichts zuschulden kommen lassen. Ich meine, wenn ich das richtig verstanden habe, hat er Geschäfte gemacht. Das muss ja nicht unbedingt was Schlechtes sein.«

»Das mag sein. Aber der musste sich nicht nur nie verantworten, der wurde noch nicht mal als Zeuge gehört. Noch nicht mal als Zeuge, stell' dir das mal vor! Kein einziges Mal. Kein Gericht, kein Untersuchungsausschuss hat ihn jemals vorgeladen. Bis zum heutigen Tag nicht. Und das Schönste: Sogar die Medien lassen ihn in Ruhe. Er lebt seelenruhig in einer schmucken Villa am Tegernsee. Völlig unbehelligt. Und weißt du warum?«

»Na?«

»Der weiß einfach zu viel. Wenn der auspackt, dann rollen Köpfe. Und zwar westdeutsche Köpfe.«

Maiwald dachte nach. Hinter ihrer Stirn arbeitete es. Dann hatte sie es zusammen.

»Jetzt versteh' ich: Im Grunde machen wir es jetzt genauso wie dieser ...«

»Genau!«

»Sollte uns auch nur ein Haar gekrümmt werden, holt Onkel Hinnerk die Papiere vom Dachboden ...«

»Ganz genau.«

»... und übergibt sie den richtigen Leuten.«

»So isses.«

»Mensch Moritz, du bist genial!«

»Ich weiß.«

Maiwald ergriff Lenz' Hand. Bewundernd sah sie ihn an. Dann schmiegte sie sich an ihn. Ziemlich lange saßen sie so da. Nach einer Weile richtete sich Maiwald auf, sah Lenz an. »Und die Öffentlichkeit wird von alldem nie etwas erfahren?«

Lenz zuckte mit den Schultern. »Tja, wohl nicht.«

Unsicher sah sie ihn an, versuchte in seinem Gesicht zu lesen. »Hast du dich damit abgefunden?«

Lenz blickte aus dem Fenster. Er dachte lange nach. Haberlein tot. Limbach übergeschnappt, am Rande des Wahnsinns. Und alles für nichts? Der Preis war hoch, verdammt hoch. Der Preis für ein sicheres, ruhiges Leben. In einem Staat, der von Stasi-Leuten unterwandert war. Lenz wandte sich Maiwald zu, blickte ihr tief in die Augen. »Man kann nicht alles haben.« Dann ergriff er ihre Hand.

Epilog

Er schlenderte über den neugestalteten Jungfernstieg, auf dem reger Betrieb herrschte. Wenigstens dafür war die WM gut gewesen, überlegte der Fußball-Banause, der kein einziges Spiel gesehen hatte: Die Stadt war seitdem rausgeputzt wie noch nie. Selbst Reeperbahn und Spielbudenplatz präsentierten sich nun wie aus dem Ei gepellt.

Limbach kicherte. Wenn Beckenbauer erst Bundespräsident sein würde, würde sich die Republik verändern, und zwar sichtbar. Dann wäre es bloß noch eine Frage der Zeit, bis beispielsweise das Bismarck-Denkmal im Hamburger Elbpark entfernt und durch eine doppelt so hohe Uwe-Seeler-Statue ersetzt würde. Und die Quadriga auf dem Brandenburger Tor in Berlin gegen einen riesigen Fußball ausgetauscht würde. Herrliche Zeiten, dachte er. Herrlich, herrlich, herrlich. Und was für ein schöner Tag.

Nach einer zwischenzeitlichen Regen- und Kälteperiode, in der manche schon den Herbst hatten herannahen sehen und einige sogar die Heizung wieder eingeschaltet hatten, hatte sich die Sonne schließlich doch noch durchgesetzt. Was wie immer sofort erfreuliche Konsequenzen hatte. Die Straßencafés waren vollbesetzt, die Menschen gut gelaunt, es wurde gelacht, geflirtet, Eis gegessen und getrunken. Die Frauen zeigten viel Haut. Allenthalben blitzten Piercings und Tattoos. Brüste wippten, Hintern wackelten, Bäuche präsentierten sich und Beine stolzierten durch die Gegend.

Limbachs Augen hatten viel zu tun. Er fühlte sich wohl und freute sich. Am Abend war er mit Nui verabredet. Er war jetzt guter Dinge. Diesmal würde er es schaffen. Diesmal ja. Der Roman war fertig. Er musste ihn nur noch schreiben.

Dank

an Diplom-Bibliothekarin K. S.,
Kriminaloberrat H. A., Oberstleutnant E. v. F.
und Ministerialrätin M. N.
Und an Nicola Härms, Ralf Kramp und Thorsten Warnecke.

Die Garde stirbt, aber sie ergibt sich nicht!

W. K. L.

KBV-KRIMI

F. G. Klimmek
EIN FISCH NAMENS AALBERT
Taschenbuch, 252 Seiten
ISBN 978-3-937001-15-8
9,50 EURO

Aalbert lebt im Rhein-Herne-Kanal, wo er sich als Privatdetektiv mit harmlosen Beschattungs-Aufträgen ganz gut unter Wasser hält.

Mit dem geruhsamen Leben ist es vorbei, als ihm zufällig der gerade aus dem Knast entlassene Riesenhecht Harry über den Weg schwimmt, der auf der Suche nach seiner Wilma ist. In seinem Kielwasser trifft Aalbert auf den dicken Fisch Liebskind und dessen Partner Konstantin Opelos, die dem guatemaltekischen Leviathan, einer wertvollen schwarzen Statuette, auf der Spur sind.

In Nicks Café erzählt man sich, dass ein brutaler Serienkiller sein Unwesen treibt, der seine Opfer säuberlich zerteilt. Ehe sich's Aalbert versieht, hat er auch diesen Fall an der Flosse. Und als er dem mörderischen Geheimnis schließlich doch zu nahe kommt, hat er alle Mühe, seine eigenen Schuppen zu retten.

»Eine wunderbar schräge Hommage an Dashiell Hammett, Raymond Chandler und Co.!«

KBV-KRIMI

Silvia Kaffke
BLUTLEER
Taschenbuch, 312 Seiten
ISBN 978-3-937001-74-6
9,50 EURO

Ein Serienmörder, der sich freiwillig stellt.
Und ein Geständnis, das sechs Morde erst zur Serie macht.
Hat der Frührentner Rudi Hirschfeld wirklich sechs Morde begangen? Entlang der S-Bahn-Linie 1, quer durchs ganze Ruhrgebiet, von Dortmund über Bochum, Essen, Mühlheim, Duisburg und Düsseldorf, an sechs völlig unterschiedlichen Menschen mit völlig unterschiedlichen Methoden?
Barbara Pross, Ex-BKA-Profilerin und Politeiberaterin und Ruben Jakubian, der "Neue" beim LKA, stehen mit ihrer Soko vor der undankbaren Aufgabe, Hirschfelds Geständnis für die Staatsanwaltschaft mit Beweisen zu untermauern. Da bleibt Barbara wenig Zeit, sich um ihre handfeste Ehekrise zu kümmern.
Gerade als ihr Zweifel an Hirschfelds Angaben kommen, geschieht das Unfassbare ...

»Auch den vierten Kriminalroman von Silvia Kaffke wird der Leser nur ungern aus der Hand legen, bevor er ihn beendet hat.« (Rheinische Post)

KBV-KRIMI

Mechtild Borrmann
WENN DAS HERZ
IM KOPF SCHLÄGT
Taschenbuch, 240 Seiten
ISBN 978-3-937001-70-8
9,50 EURO

Von den Schreien wird sie wach. Von der Stille danach. Sie stolpert barfuß die steile Holztreppe hinunter, stößt sich den Zeh an der Schwelle zur Spülküche, drückt ihr ganzes Gewicht gegen die schwere Tür. Vom Küchentisch tropft Tee die Wachstuchdecke hinunter und sammelt sich zu einer Pfütze auf dem Linoleumboden. Die dicke Kanne liegt reglos auf Bauch und Tülle. Ein Stuhl ist zerbrochen. Ihr Herz schlägt im Kopf...
Der alte Gietmnann ist tot. Sie finden seine Leiche grausam zugerichtet auf einem Feldweg inmitten der endlosen Felder des Niederrheins. Noch am gleichen Tag erscheint in der örtlichen Tageszeitung seine Todesanzeige. »Begrenzt ist das Leben, doch unendlich die Erinnerung.«
Peter Böhm und seine Kollegen von der Kripo Kleve stoßen bei ihren Nachforschungen überall im Dorf auf Schweigen. Als drei Tage später eine weitere Männerleiche gefunden wird, macht sich unter den Bewohnern des Ortes Angst breit.

»Ein fein gezeichnetes Psychodrama, ein Krimi, der an die Nerven geht ...«
(Niederrhein Nachrichten)